城市文学高地　工矿文艺富矿

石嘴山市城市文学丛书

SHIZUISHAN SHI
CHENGSHI WENXUE CONGSHU
SANWEN JUAN

散文卷

石嘴山市文学艺术界联合会　编

黄河出版传媒集团
宁夏人民出版社

图书在版编目（CIP）数据

石嘴山市城市文学丛书. 散文卷 / 石嘴山市文学艺术界联合会编. -- 银川：宁夏人民出版社，2022.12
ISBN 978-7-227-07755-8

Ⅰ. ①石… Ⅱ. ①石… Ⅲ. ①散文集- 中国 - 当代
Ⅳ. ①I217.1

中国国家版本馆CIP数据核字（2023）第001344号

石嘴山市城市文学丛书（散文卷）　石嘴山市文学艺术界联合会 编

责任编辑　管世献
责任校对　周淑芸
封面设计　星　秀
责任印制　宋　华

黄河出版传媒集团
宁夏人民出版社 出版发行

出 版 人　薛文斌
地　　址　宁夏银川市北京东路 139 号出版大厦（750001）
网　　址　http://www.yrpubm.com
网上书店　http://www.hh-book.com
电子信箱　nxrmcbs@126.com
邮购电话　0951-5052104　5052106
经　　销　全国新华书店
印刷装订　宁夏凤鸣彩印广告有限公司
印刷委托书号　（宁）0025397

开本　889 mm × 1194 mm　1/16
印张　17.5
字数　250 千字
版次　2023 年 3 月第 1 版
印次　2023 年 3 月第 1 次印刷
书号　ISBN 978-7-227-07755-8
定价　38.00元

序一

物之不齐，物之情也。不同的地域孕育了文化的多样性，多元的文化呈现出丰富多彩而美丽缤纷的世界。

贺兰山，宛若鄂尔多斯台地上一匹脱缰的骏马，驰骋在祖国西北的劲风中……这个在《水经注》里称为“卑移山”的地方，在《马可·波罗游记》中记载发现一种“黑色的、会燃烧的石头”，这便是享誉世界的“太西煤”。新中国成立后，“一五”计划被确定为“全国十大煤炭基地”之一，五湖四海的建设大军从祖国各地云集而来，一座因工矿而生的工业之城崛起于贺兰山下。在这里，挖掘出了宁夏的第一吨煤、点燃了宁夏的第一度电、冶炼出了宁夏的第一炉钢，石嘴山当之无愧成为宁夏工业的摇篮，经济总量一度占据宁夏的半壁河山。

于是，这个闪烁着远古文化图腾的地方，烙上了工矿文艺的胎记，结出了城市文学的硕果。郑正老先生从淮西大地千里而来，从一个煤矿工人干起，从一个煤矿通讯员开始在巴掌大小的纸片上写作，一直写到《郭拴子覆灭记》等多部小说、散文集子和一部部大书。还有陈勇先生，本土优秀的文学人才，从编辑《贺兰山》期刊直到退休将宝贵年华奉献给石嘴山的文学事业，而且还有《黄河静静流淌》《盛宴》等长篇小说的出版发行。

本人到石嘴山工作以来，之所以考虑打造“城市文学、工矿文艺”这个品牌，一方面是石嘴山有其特殊的地理位置，有独树一帜发展“城市文学、工矿文艺”的基础，有石嘴山特有的文化气质和地方标识；一方面也深深被这片土地上的人文精神所感染、所感动、所激励——移民文化、工业文化、黄河文化、军旅文化等城市元素和工矿符号一次次映入我的眼帘，萦绕在我的思绪里，久久挥之不去，也难以平静。打造“城市文学、工矿文艺”不仅继承了本地特有的人文精神，而且是今后随着城市化进程不断加快文化建设的必由之路。当下，还有一大批名家大腕和本土作家、作者依然深情书写石嘴山、礼赞石嘴山、放歌石嘴山，我们有理由有责任传承好石嘴山文学基因，在新时代讲好石嘴山故事、传播好石嘴山声音、展示好石嘴山形象。

文运兴则国运兴，文化强则民族强。党的二十大对大力传承中华优秀传统文化、优先发展文化事业提上了新的高度，明确了新的任务和要求。“文章合为时而著，歌诗合为事而作。”2014 年 10 月 15 日，习近平总书记在文艺工作座谈会上指出，“好的文艺作品就应该像蓝天上的阳光、春季里的清风一样，能够启迪思想、温润心灵、陶冶人生，能够扫除颓废萎靡之风。”石嘴山市正按照习近平总书记的嘱托，奋力打造产业转型示范市，其经济转型发展之快、生态建设效果之好、人民群众生活之幸，都是这里的最强音。这也必成为文化事业繁荣兴盛的契机，成为发展“城市文学、工矿文艺”的富矿。正值全市上下深入学习宣传贯彻党的二十大精神之际，我们编辑出版《石嘴山市城市文学丛书》（三卷本）和《名家笔下的石嘴山》，收录 188 位作家、诗人 430 余篇作品，共计 168 万字，全景式展示石嘴山文学的全新风貌。这里不仅有大家熟悉的王跃英、杨军民、吴全礼等石嘴山这块土地上成长起来的作家，更有张贤亮、梁晓声、朱光亚等名家名作，他们一腔豪情发诸笔端，赞美这片土地、讴歌这个时代。

一个城市有一个城市的“长相”，一个城市的“长相”也必然成就这个城市文学的面貌。铁凝说过，无论城市如何发展进步、社会如何飞速发展，必然会有一盏文学的灯火，而这盏文学的灯火照亮了当代人的生活，人们的生活也为此绚丽多姿。在石嘴山转型发展、绿色发展、和谐发展的当下，我们有理由也有决心相信：一个“城市文学、工矿文艺”的高地必将兴起，多部文学精品力作必将灿然闪耀，一支热心文学、致力文学、呕心沥血创作的作家队伍必将在石嘴山大地上茁壮成长，成为新时代石嘴山文化自信自强的脊梁。

是为序。

石嘴山市委常委、宣传部部长　王正儒

序二

“坚守中华文化立场，提炼展示中华文明的精神标识和文化精髓”。这是党的二十大从“增强中华文明传播力影响力”角度，为“推进文化自信自强，铸就社会主义文化新辉煌”发出的号召。这就要我们深入研究什么是中华文明的精神标识和文化精髓。细心体会党的二十大报告中这段话，会给我们深刻的启示：

“坚持和发展马克思主义，必须同中华优秀传统文化相结合。只有植根本国、本民族历史文化沃土，马克思主义真理之树才能根深叶茂。中华优秀传统文化源远流长、博大精深，是中华文明的智慧结晶，其中蕴含的天下为公、民为邦本、为政以德、革故鼎新、任人唯贤、天人合一、自强不息、厚德载物、讲信修睦、亲仁善邻等，是中国人民在长期生产生活中积累的宇宙观、天下观、社会观、道德观的重要体现，同科学社会主义价值观主张具有高度契合性。我们必须坚定历史自信、文化自信，坚持古为今用、推陈出新，把马克思主义思想精髓同中华优秀传统文化精华贯通起来、同人民群众日用而不觉的共同价值观念融通起来，不断赋予科学理论鲜明的中国特色，不断夯实马克思主义中国化时代化的历史基础和群众基础，让马克思主义在中国牢牢扎根。”

在我理解，“天下为公、民为邦本、为政以德、革故鼎新、任人唯贤、天人合一、自强不息、厚德载物、讲信修睦、亲仁善邻”这十个方面，就是中华文明的重要的精神标识和文化精髓。对于广大文艺工作者来讲，能否把“马克思主义思想精髓”和这“十个方面”贯通起来，和社会主义核心价值观融通起来，和当地文化特色结合起来，创作出“更多增强人民精神力量的优秀作品”，将是对我们是否具有“文化自信自强”和“历史主动精神”的考验。

说起宁夏回族自治区的发展史，石嘴山市是一个绕不过去的重要话题。作为国家“一五”时期布局的全国十大煤炭工业基地之一，石嘴山市独特的地理区位特点，也孕育了丰富的多元文化。城市文学、工矿文艺也由此衍生。曾经，宁夏以北的百里矿区，富集着《煤炭文学》《石炭井矿工报》《石嘴山矿报》《石嘴山日报》等一批面向全国公开发行的报刊。一批批作家诗人从这里走向全国文坛。由自治区党委宣传部、自治区文联设立的重点文化工程，以培育宁夏小说家为重任的“金骆驼丛书”，先后编辑出版的四辑丛书中，石嘴山地区就有齐宝库的《大山作证》、王景彦的《高高的月亮树》和焦艳华的《紊乱》名列其中，足见这一地区工矿文学底蕴之深厚。这一时期，余小元的中篇小说《商鼎》，金瑞直的短篇小说《冒顶》等，马中骥、白闻钟的诗歌，郑正、郑猛的长篇纪实文学《中国西部最后一个匪王——郭拴子覆灭记》、马丽华的长篇纪实文学《阴山下乌不浪口》、胡德林的长篇小说《金羊毛》，以及残疾作家刘岳华的事迹，都引起宁夏乃至全国文艺界的一次次震撼。

这一时期，工作、生活在工矿一线的张玉秋、娄天木、张记、赵金勇、李万成、陈勇、岳亚东等本土作家，也写出了许多反映火热生活的脍炙人口的作品，丰富了石嘴山城市文学、工矿文艺内涵。

进入新时代，工矿城市转型为山水园林新型工业城市，以“西部煤都”著称的石嘴山走向生态之城的涅槃之路。高扬“城市文学高地，工矿文艺富矿”，是历史赋予新一代作家、艺术家的神圣使命。立足城市禀赋、把握时代脉搏，书写无愧于新时代的文学华章，广大文艺工作者厉兵秣马、再上征程。这一时期，涌现出薛青峰、马钰、邱新荣、张廷珍、王跃英、吴全礼、杨军民、常越、岳昌鸿、王淑萍、李晓园、陈斌、张月平、赵玉林、杜学华、潘春生、徐忠杰、白远志、宋希元等一大批活跃在国内文坛的作家。他们的作品发表在《人民日报》《小说选刊》《诗刊》《朔方》《星星》《散文》《黄河文学》《六盘山》《作家报》《散文诗》《绿风》等全国有广泛影响的报刊，这一时期公开出版的《积案迷踪》（吴全礼著）、《狗叫了一夜》（杨军民著）等长、中篇小说集，以及《贺兰山之恋》（王跃英著）、《桃花一笑》（岳昌鸿著）、《飘香的梦影》（梦南飞著）、《时光之上》（陈斌著）等一批散文诗集，成为宁夏文学艺术界一个比较突出的现象。

《石嘴山市城市文学丛书》，一定意义上，它正好体现了这种“文化自信自强”和“历史主动精神”。其特色鲜明的“山水文化”“移民文化”“工业文化”要素，大大提高了“石嘴山文学”在全国文学版图中的辨识度，这是一件可喜可贺的文学盛事，为此，写下以上文字，以示祝愿。

是为序。

中国作家协会全委会委员、宁夏文联主席（兼）、宁夏作家协会主席　郭文斌

目录

移小杏树

万吉晨

万吉晨（1945—），河南漯河人，中教高级教师。宁夏作家协会会员，中国散文诗学会会员，宁夏诗词学会会员。曾发表过100多万文字，其中独创小说集一部，与他人合著多部。其诗词、散文等散见于国内各报刊。

春雨淅淅沥沥，又均又匀，仿佛怕下大打掉了花蕾、折断了嫩枝。从我家杏树上流下来的水线，都带着杏花的芳香。我多么想叫雨快点停住呀！我想出去，怕奶奶不让，她那威严的腔调很吓人，我就悄悄蹑步往外走，去移我的小杏树。

外边的景真诱人，那带着水珠的花枝，仿佛是我的小伙伴，正盼望着我，正呼喊着我。我刚要出院，家里的老寒羊冲我咩咩直叫。我忽然来了兴致：对，省得自己出门孤单，把“战马”带上。

走出村，我觉得野外的花蕾比在家闻着更清香，也更爽神。我像出笼的小鸟，跳个不停，叫个不停。我几乎是用武打的步子走出来的。老寒羊——我的战马，它也跑得格外快，那花香直呛它的鼻子。它好像在说：“今天咋有这么好闻的味道呀，小主人，快点走吧。”

杨柳的枝条，分外的柔软，它们在微风中轻轻地摇曳，一束一束，飘飘洒洒，犹如大姐姐们那刚刚洗过，披散在肩头的长发。柳丝上的水珠儿，渐渐地都滚落到地上，有的无声地融入土里，有的得到小草的欢心，把它顶在草尖上，个个都像玻璃球，晶莹透亮，映出小草的绿意。

平时，我爱和小伙伴们玩“打弹子”，仿佛草地上的“玻璃球”一样。我恨不得一下子把这些“玻璃球”都收到口袋里。自己留点,送小伙伴点,那才带劲呢！于是,我趔住了老寒羊,小心翼翼地俯下身子,用手指往草上去摘。可是,这些“玻璃球”比真的娇贵多了，一触到我的手指，便碎了。啊！小草太宠它了。好不容易摘到一颗，不，是“玻璃球”自己滚到我手心儿里的。我高兴得要命，一个劲盯住它，好像从这个小水珠中能看到我向往的世界。

这时，老寒羊也没闲着，它一发现鲜嫩的草，就什么也不顾了，得意地咩咩叫着，连那可爱的“玻璃球”和野花都一块吞下肚里，一点也不知道珍惜。

东杏园与村子一沟之隔，还没有到杏园，早已香气扑鼻。进入园中，我几乎不知道东南西北了。嗬！花连花，枝连枝，树连树，把天都遮得严严实实的，变成了“杏花天”。蜜蜂在雨后又渐渐地多起来，听到一种像老太太纺棉花似的嗡嗡声。相比纺棉花的声音要迷人，有趣。我真想变成一只小蜜蜂，藏在花丛里，与它们一起嬉戏、采蜜、歌唱。地上有抓地龙草、芨芨草，每棵草的叶尖上，也都顶着颗“玻璃球”。绿茵茵的草地，像一幅巨大的地毯铺着。

我一边听着小蜜蜂歌唱起来，一边找我的小杏树。我在家的院子里已经栽下了九棵，再移栽些，便成了我的小小的园林。据说我家那几棵大杏树就是我爸爸当年移栽的小杏树长成的，我移栽的将来一定超过他。我找着找着，头脑里便出现了一种幻觉——我似乎看到了我移栽的小杏树长大了，赶上了我，超过了我。花开季节花儿开得满枝、满树、满院子。结果的日子，杏子密得聚成团。哎呀！真叫人担心，看，把树枝都压弯了。快点找一根棍子撑起来。那杏子呀，个个都圆鼓鼓的，里边一定储满了蜜一样的果汁。如果仔细一瞧，就会发现向阳的那一面，被太阳公公用彩笔涂上了红色，变成金黄的了，真馋人。要是咬一口，保准像蜜一样。在树叶稠密的地方，有几个杏子却很特别，它们羞羞答答的像怕见人的小姑娘，不过小姑娘的脸是红的，而它们，却是青的。吃一个青杏子该是什么味道呢？一咬，呀，直酸到牙缝里，舌头根里都流出了酸水。——哎，我笑起自己来，瞎想什么。但还是忍不住咽了口口水，又找起了小杏树。

突然，我的心嗵嗵地跳起来，呀！在一片抓地龙草丛里发现一株有一寸多高，紫红色的茎，两三片嫩叶的幼苗，茎的顶端也是紫红色的，一个尖尖的小芽，还未来得及伸展——小杏树，小杏树！我几乎是惊叫。连正吃草的老寒羊也吃惊地看着我。我小心翼翼地把小杏树四周的土扒开，用手慢慢往下挖。当我看到埋在土里的部分——那白胖的根和那粉红色的杏核叶瓣时，我的手发抖了。不巧，手一抖，把杏核的硬壳碰掉了，真叫人心痛。

“包上点老娘土，叫你快快长大！”我像对小孩说话一样对小杏树说。

不大工夫，我就挖出了六棵。我似乎有一种野心，要多挖些，哪怕院子里栽不下，先培育成一批健壮的树苗，再移栽到我们学校的少年林里去。

太阳出来了，天地一派亮丽……

（选自《散文》1983 年第 5 期）

牛儿不在河滩吃草（外一篇）

马忠华

马忠华（1974—），回族，宁夏平罗人，中国少数民族作家学会会员、宁夏作家协会会员，鲁迅文学院第12期全国少数民族文学创作培训班学员。作品散见于《散文选刊》《朔方》《回族文学》《草地》《参花》等刊物，另有多篇作品获奖。

一如黄土高原上的所有老农，父亲喜欢养一些家畜。父亲养家畜最多的时候，曾经养了四十几只羊、八头牛、两个骡子。在这些家畜中，父亲最钟爱的，还是那一头头黄牛。农闲时，父亲总要拿着他在大集体赶马车用的那条长鞭子，跟在牛屁股后面，开始他至今仍然津津乐道的放牛生活。

小时候，家门前的黄河滩，每年一到夏秋两季，上游的青铜峡水库常常要往上提闸门，于是，老家所处的银北平原的黄河边一片汪洋。等到河水落下去，黄河滩上便一片郁郁葱葱，各种草儿交织在一起，就像一块毛茸茸的绿色大毡子铺满了黄河滩。河水退下去时留下的一汪汪水涡、一条条小水沟，像镜子镶嵌在河滩上，像彩带缠绕于草丛中，水汽与草色交融，河滩上面便弥漫着一层轻轻的烟雾，真有点李白笔下“平林漠漠烟如织”的意味。这时候，白的羊、黄的牛、红的骡马，或三三两两，或一群群地点缀在黄河滩上，远远望去，就像五彩缤纷的蝴蝶翩翩飞舞于碧草丛中。而父亲，就是那放飞满天蝴蝶的仙翁。父亲甩着鞭子把牛赶到水草丰茂的地方，然后和村里的几个放牛放羊的老爷爷斜斜地躺在草丛中的路边，拉着那古老而又永远都新鲜的农家话题，给那生机勃勃的黄河滩增添了一缕诗意。

那时，每天黄昏，我总要到河滩上帮父亲把牛赶回来。因为牛多，父亲一个人赶不好，就有那贼头贼脑的牛趁父亲不注意，窜到路边的田里偷吃庄稼。我拿一条木棍走在牛群前面，父亲甩着长鞭走在牛屁股后面。我一回头，发现斜阳把父亲和牛的身影拉得长长的，一直拉向黄河滩深处。这一拉，就是几十年，从此父亲再也没有离开过黄河滩，而牛的身影，也永远定格在了他的心中。

父亲养的这八头牛，都是由一头老母牛所生，一个个膘肥体壮，生龙活虎，路边的乡亲们总是非常地羡慕。这使父亲十分自豪。

再后来，我上学了，父亲农田里的活也更忙了，再也没有时间去黄河滩上放

牛了。他把牛卖掉了几头，只留下一头母牛、两头公牛，圈在圈里，田里的活干完后，便拿着镰刀，去给牛割草。看着他如此辛苦，我们实在不忍心，劝他把牛卖掉别养了，但父亲不听，说到关键时候用得着。我们生气了，赌气地说："有什么用？就这几头干牛！"父亲不说话，默默地拿着镰刀走出去……

我上大学了，当录取通知书拿回来后，奶奶便和父亲商量我的学费："咋办呢？卖粮食吧，粮价太低了。"父亲胸有成竹地说："不愁，有办法。"报到前两天，父亲去一位做生意的亲戚家里，借了三千五百块钱。开学后一个多月，那位亲戚资金周转不开，前来向父亲要钱。这时，粮价仍然比较低，而牛价看好。于是，父亲把家里最壮的那头小公牛顶给了他，那位亲戚又多给了父亲五十元。不久，母牛生了一头小牛。

第二年，大妹考上了银川电力学校，学费比我的高出许多。父亲取出信用社所有的存款，还差一千元。这一千，他是向表哥借的。后来，和前一次相同，父亲把剩下的那头小公牛顶给了表哥。几个月后，又一头小牛出生。这使父亲喜上加喜。

我和妹妹结婚的时候，在家里待客。按村里的习惯，举办筵席所用的肉菜，要么宰自家的牛，要么买牛再宰，要么直接到肉店去打肉。父亲未加思考，便决定宰自家的那两头小牛。按他自己的话说，自家的牛肉香，实惠，更适合招待尊贵的客人。

如今，每当回想起父亲养牛的经历，我不由得对父亲充满了敬佩之情。父亲是一个朴实的农民，他不做生意，却有着生意人的头脑。他以一个中国老农民的朴实观念，精心经营着一个家，养活着一家老小六口人。这样的朴实观念，使得他在供养三个子女读书的道路上，不但没有遭受过一般农村父母所经历的那种为子女学费发愁，东奔西走求爷爷告奶奶的尴尬、痛苦和无奈，而且，也使得他不至于贱价卖粮。这保证了父亲在以后的日子里，有自己的一点储蓄，不像有些农村家长那样，在供养子女读书上学、成家立业之后，要完全靠子女每月给钱过活（当然，我们肯定少不了经常给他个二三百或给他买菜，可父亲总说他不缺这几个钱，让我们自己用）。更让我感动的是，我后来在县城买房，父亲又补贴了我一笔。

后来，父亲已经把牛卖光好几年了。在我们的坚持下，父亲再也没有买牛。但是，每当他和乡亲们谈论起牛以及牛的生意时，仍然是那样的趣味盎然，神采奕奕，好像大家谈论的就是他自己的牛。有一次，我和他开玩笑："爹，不然我出钱买一头小公牛送给你，你来喂养，怎样？"父亲却说："不了，养不动了。而且，也不想让你们为我操心。"虽然这样说，但他脸上却掠过一丝向往之情。我心里一痛。

这就是父亲，一个连手机都不会用的中国农民，却能够一眼看出哪一头牛会长膘，哪一头牛体内有牛黄，哪一头牛怀了多长时间的牛崽。他的足迹没有走出黄河滩一步，但是，他的阅历和胸怀却随着黄河水流淌，淘尽了多少天下兴亡事。

不知怎的，写完了这篇文章，心中莫名地伤感不已。2017 年的炎炎暑假里，古尔邦节即将来临，我再一次回到寂静无人的老家，站在横贯黄河滩的滨河大道上，满眼的稻浪悠悠里，清风传来那首哀婉久绝的旋律：牛儿还在山坡吃草，放牛的孩子却不知道哪儿去了……独立黄河滩的大地中央，几欲泪眼婆娑，昔日放牛的孩子回来了，可是，牛儿却已不在河滩上吃草，那位养牛一生牵牛一生爱牛一生的慈祥老人，我的老父亲，又在何方？

（选自《朔方》2018 年第 10 期）

蒲苇之乡

这是一座很小很小的村庄，整个村庄最多时候才三十几个人，而如今常住人口仅仅十一个。

这是一座偏远得有点原始古朴的小村庄，远离人烟聚集的其他大村落。这儿被家乡的父老乡亲戏称为“小台湾”，因为每当下雨，尤其是稻田灌水后，那条连接外面的唯一一条土路，就被泡在水中，几乎连人都过不去。

然而，这里却是一个美丽的村庄。想当年，马鸿逵一眼就看上了这里，因此把这里作为马家军的军马场，专门用来牧养军马。因此，新中国成立后这片土地就被称为“马场村”，成为全乡乃至全县都赫赫有名的粮食基地。

这里，就是我的老家——通伏乡马场村小农场。

小村受天地造化的恩宠，西边有巍巍贺兰山作天然屏障，挡住了浩瀚沙漠与奇冷寒流的东侵，东边有滔滔黄河水悠悠流过，河对面，那长长的毛乌素沙地又为小村远远地飘起了一道淡黄色的、几乎透明的披风。在这青山长河之间，在小村庄的周围，便一马平川地形成了名声响彻中国的塞上江南宁夏平原。一条弧形的天然湖，是黄河改道东去留下的古河道，从西南方的贺兰县通义乡境内发源而来，从小村面前绕过去，向东北方向逶迤而去，最后注入了黄河。这条狭长的小湖不安静地长满了各种各样的水草，把个湖面遮盖得严严实实，外人到此，竟然会看不出这是一条湖呢。

湖中的水草，尤以芦苇、芦草和蒲草最多，这些野生的草，曾经给家乡人带来了多少收获的喜悦。每当秋末冬初，蒲草和芦苇枯萎后，父老乡亲便带着镰刀去割蒲草，除了自家用的一部分外，其余的都远销到平罗县内外，被人们编制成了蒲草帘子，盖在温棚上面，暖暖和和地保护着千亩万亩的蔬菜温棚，为生活在大西北的人们在寒冬腊月能吃上新鲜的蔬菜而贡献着无可替代的力量。

最热闹的是砍芦苇。冬天，那高大纤细的芦苇，亭亭玉立地用那乳白色的茎干，竖起了一团团毛茸茸的芦穗，宛如神话传说中那些老寿星的花白胡子密密麻麻地在空中迎风飘扬，又似一片淡黄色的烟雾在弥漫，弥漫出了两千年前那首让人牵肠挂肚的诗句——“蒹葭苍苍，白露为霜”，弥漫成了一道以芦苇为歌咏对象的蔚为大观的中国古诗词的文化长河。苇多而密，便形成了密不透风的芦苇林，我们放羊的小伙伴稍不留心，羊儿钻进芦苇林里，一时还真的难以找到呢。待到湖里面的冰冻结实了，乡亲们便赶着驴马车来到冰面上，然后从芦苇丛林的边沿开始，把方口锨的锨头平放在冰面上，用力地向芦苇林中铲过去，只听一阵阵“咔嚓——咔嚓——”的响声，此起彼伏，交汇成一曲美妙的音乐。锨头过处，芦苇纷纷倒下，在冰面上铺开。然后，后边就有人把这些砍倒的芦苇抱成捆，用草绳捆起来，放到驴马车上拉回去。把苇穗砍去，编成苇帘子，是用来盖房子搭屋顶的绝好材料——在那个物质条件比较落后的年代，就是这些芦苇，给了父老乡亲多少温暖的家呀。也有的人家不盖房子，就把芦苇卖出去，成为造纸和人造丝、人造棉等的优质原料。

大概是芦苇林里面的温度比外面高的原因吧，苇林中的冰面比较薄，铲芦苇的人一不小心，一脚踩破冰面，半个身子就掉进水中，冻得牙齿咯吱咯吱地打颤。如果踩破了先前别人铲过的冰面，那可就不得了了，坚硬而锐利的芦苇茬从腿肚上划过去，立刻鲜血直流，而匕首一样的芦苇茬若刺进肉中，这个人就得赶快上医院。因此，铲芦苇的工作，一般由经验丰富的人来操作，其他人只是抱、捆、拉，还要穿上厚厚的棉裤，以防掉进冰层里被芦苇茬子刺伤。

记忆中的故乡，煤炭奇缺，然而，无论是寒风刺骨还是飞雪飘舞，家乡的人们从未在冬天的夜晚挨过冻。因为那取之不尽的芦苇和蒲草，用来烧炕，烟少火苗壮，所产生的热力是那样地硬，一直到第二天太阳升起很高，炕头上还是热乎乎的。春天，这些黑色的芦苇灰和蒲草灰，又成了上等的农家肥。

春天，冰面刚刚融化，草儿也露出了又尖又细的嫩芽，我站在老家屋角向后看去，呀，那湖面上啥时候出现了一派令人心醉的绿，油油的绿呀，映衬出了一片蓝盈盈的天空和绿悠悠的水，仿佛一大团一大团纯绿纯绿的云，从天上飘落下来，温柔地偎依在小村的旁边。我揉眼细看，才发现那是正在吐青的芦苇。从干枯的芦苇茬的茎节旁边，钻出了无数根嫩绿的新茎，苇叶子还没有展开，紧紧地包裹在苇秆上，这使得新的苇秆像一根根锋利的绿色标枪指向蓝天。不久，苇叶展开，苇秆往上长了一大截，于是湖面上就是一大片一大片身穿绿衣的少女方队。我们几个小伙伴，扯下一小捆芦苇叶子来喂家里的牛马羊，惹得这些畜生兴奋得一个劲地叫唤。

又过了不久，蒲草也从水底下抽出了细长细长的、薄薄的绿色带子一样的长叶子，无数根细长的绿带子在湖面上形成了一道道天然的水晶帘，在风中飘摇。就是这个绿色天然草帘，在远古的传说中，成为女娲与伏羲结合生子时的遮羞布。就这样，蒲草夹杂着芦苇、芦草以及其他各种水草，铺天盖地地长满了整个湖面，引来了难以计数的各种水鸟在湖中安家落户，一曲和谐的鸟的伴奏，鸣唱着大西北黄土地上这块难得的鸟的天堂。小时候的我，站在老家门前，张望那一湖的绿，倾听此起彼伏的鸟的歌唱，不禁悠然心醉，我多么想，自己也能变成一只水鸟，穿越那密密麻麻的水草，轻翅一扇，飞到那蓝晶晶的天空下，依偎在白悠悠的云彩身边，让自己的身影钩织出一幅“海鸥飞处彩云归”的美丽画卷。而我，跑到湖边，踮着脚尖从水面上抽出一根芦苇的草芯，做成咪咪子，吹奏出一声声细嫩悠长、略带颤抖的笛音来，与远远近近鸟的歌声遥相呼应，感觉我就是一只真正快乐的小鸟了。看那亭亭玉立的芦苇，晃动着细长的腰身在为我伴舞，细细长长绿得油腻腻的叶子，不正是它们手中挥舞的绿色纱巾吗？而蒲草呢，扭动着纤细的水蛇腰，在扭秧歌。是的，在大自然中，恐怕没有哪一种植物的身材比它好了。

夏收季节到了，父老乡亲拿着镰刀，进入齐腰深的水中，刮下一捆捆蒲草，把它们晾晒在湖坡上，等到晒干了，搓拧成草绳，然后把这些草绳在水中浸泡一下，捆麦子、胡麻、玉米等，那种韧劲，一直到第二年都不会断折。

就在这时候，从蒲草茎秆中间，钻出一根根长长的、绿绿的秆芯，秆芯的上面，顶起一个个绿色的蒲草棒，蒲草棒上面，是一层嫩黄嫩黄的蒲黄，孩子们就拿上蛇皮袋，捋下这些蒲黄，经过药贩子之手，卖到制药厂，成为珍贵的药材。据说三黄片的主要成分，就是这些产生于我的家乡的蒲黄。前几年，有一个年轻的母亲，领着儿子去捋蒲黄，没想到母子两人都被水中的杂草给缠住了双脚，最后都丧生在湖中。家乡的蒲苇湖啊，在向乡亲们无私奉献一切的同时，你怎么能忍心夺去他们宝贵的生命?

今年国庆节，正是收割水稻的农忙时刻，我回到阔别已久的老家去帮助收稻子。放眼望去，门前那条湖面上，水草已经呈现出半枯半黄的状态，但是芦苇仍然显露着旺盛的生机。浓浓密密的苇丛上方，白色的苇絮毛茸茸的，弥漫在被收割机喷吐出来的稻草灰里，凄离迷蒙，怪不得古诗说“蒹葭苍苍”呢。

我在收割过的稻田中走过去，走到湖边，看到蒲草叶子上半部分已经金黄得近乎透明，下半部却仍然带着一丝绿意，如一根根细长的玉带和金带。蒲草棒已经接近干枯，就像一只只小小的褐色的橄榄球，被翡翠绿的秆芯举在半空中。芦苇呢，仍然不忘显摆它们那水草之王的高挑身材，把一团团淡黄色的芦苇穗子高高地飘扬在所有水草的上方，如神话传说中南极仙翁那冉冉飘摆的花胡子。金黄色的蒲草叶子呈细长的三角形，好像千万只蜻蜓叮在那儿扇动着淡黄色的翅膀。

我折下一根蒲草秆芯，沉甸甸的，坚实而匀称，毛茸茸的蒲草棒在秆芯上面轻轻晃动，我感觉自己拿的是一把锤子。摆一摆，蒲草棒上那细碎的蒲草絮就漫天飞舞，像一阵阵的轻烟，随风飘到远方，去传宗接代安家落户。如果不小心，让这些蒲絮粘贴在你的身上，那你就别想轻易把它们弄下来。就是这笔直、坚实、匀称的蒲草秆芯，小时候，奶奶常常让我们折下来晒干，编织成草盘子，当锅盖用，也可以用来盖水缸，而把这种草盘子放在蒸锅里蒸馒头，蒸出来的馒头就有一种淡淡的水草香味。那毛茸茸的蒲草棒呢，奶奶让我们捋下来填枕头，枕头软绵绵的，枕着睡一晚，那种舒服劲儿，是其他的枕头絮绝对比不上的。

目光掠过湖面，我看到远处的滨河大道边的林带，在淡淡的斜阳下，朦朦胧胧，正是“平林漠漠烟如织”。

在湖中间是家乡人铺垫的土路，我走过这条土路，向滨河大道走去。看到湖边的稻田里，一片狼藉，刚刚发过的黄河大水，把这些稻子淹得东倒西歪，干枯干枯的。

宽阔的景观河，已经被蒲草和芦草密密麻麻地遮盖起来，只露出河中间的一线水色。河水清澈澄明地倒映着各种水草的倩影，和水中那一团亮白刺眼的太阳。我丢下一块土坷垃，太阳的倒影裂碎开来，变成一条条喷射的铁水。

我走过景观河，脚下是一条伸向黄河滩深处的土路，雪白的盐碱铺满了土路，就像一条白色的玉带穿梭在万顷金黄的稻海中。路旁的水沟里，河水已经退去，凄惨地堆满了一滩滩的死鱼。芦草和蒲草混合着其他野草，顺着水沟一直伸向远方，远远看去，就像是茂密的护堤林。苦苦菜几乎全部枯黄了，但是光秃秃的菜秆上仍然顶着一些金黄的小花，在高远空旷的黄河滩上，就像几颗孤零零的星星。小花中间，夹杂着雪白滚圆的几个絮球，像一个个蚕茧，又像是一只只白蝴蝶在苦苦菜枝头秋意闹。折下来一根菜茎，摇一摇，轻轻的飞絮就在空中飘舞起来，如“柳絮因风起”，一直飘到远方去传播新的生命。

极目远眺，一棵孤树把黄河滩衬托得更加辽阔空远。稻海深处，父老乡亲种植水稻所搭建的那几间临时休息的土房子，被粉刷成了白色，如远古的荒堡。我的身影，被即将落下的太阳拉得长长的，直把我拉成了一个长袖飘飘的飞天，“荒凉的古堡中，谁在反弹着琵琶，只等我来去匆匆，今生的相会”，让我的心儿，悠然陶醉，与那灵秀的棵棵小草相会，与那明媚的湾湾秋水相依，相依相会在这远古的黄河滩上。

太阳贴近贺兰山沿，我该回去了。经过滨河大道，水中的落日已经变得金黄柔和，水面更加呈现出只有大西北的秋天才独有的那种亮白，鱼儿跳起，在一片金光中扩展开圈圈涟漪。蓝天白云，在景观河里倒映出一片“天光云影共徘徊”的诗意。

炊烟混合着稻草灰，还有清幽的稻香弥漫开来，树影婆娑，我的老家便如一座缥缥缈缈的海上仙岛。

（选自《回族文学》2014 年第 6 期）

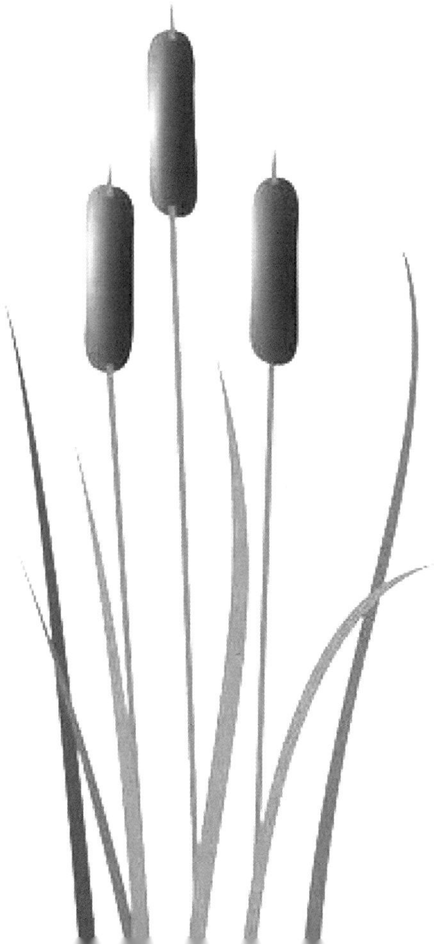

十八年的风卷云舒

马月风

马月风（1970—），女，回族，宁夏平罗人，鲁迅文学院第12期少数民族文学创作培训班学员。

轻摸着心形的界面，小小的界面上并不光滑平坦，有着大小不一的凹点。这些凹点见证了十八年来的辛苦操劳，也见证了十八年来婚姻的历程，界面的不光滑丝毫不影响金子的光泽。

世间的万事万物，一切因缘而定，选择与你牵手，成就十八年夫妻的情缘，这就是缘分。没有太多的花前月下，没有太多的卿卿我我，有的只是平淡朴实的日子，有的只是相互的牵念和体谅。

今天仿佛有太多的话要向你倾诉，有太多的事情让我难以忘却，好像心有灵犀一般，短信来了，打开一看，一句“老婆，我爱你”，让我禁不住泪眼蒙眬。今天会有多少对夫妻为他们十八年的婚姻庆祝，还会有多少对夫妻为十八年婚姻黯然神伤。而我们的十七年婚姻纪念日以你在上班，我心疼日后连班的你会吃不消为由，取消了庆祝，同样的情景再一次呈现。十八年结婚纪念日，竟然是我当班，理由同样的充足，只是机缘巧合得令人哑然失笑。

写过几篇关于你和婚姻的心情文字，其实每个人一路走来的婚姻历程都不平坦。因为我们是人，不是神，生活中总是有诸多繁杂的事情，就是这些繁杂事会引发轩然大波。虽然我们没有经过大风大浪的洗礼，但是小波小澜我们还是经历过，宽容、理解、沟通每每是我们解决问题的良药，但是最重要的“只因这份爱”是我们撑船掌舵的最大法宝，遇事多思考对方的优点，遇事多站在对方的角度上去看问题，多体谅对方的心情感受，虽然我们也行走在凹点不一的路上，但是我们十指紧紧相连，我们的身心紧靠一处，我们会平稳度过每一天的。

谁不向往物质生活的丰盈,我们也不能脱俗。也许是穷人孩子早当家的缘故，也许是父辈吃苦耐劳的优秀品格影响了我们，我们一直以来也为自己的小光阴奔波。我们争吵过，最初时也打过架，但是这些都因为我们共同的目标和目的迎刃而解。我对婚姻的粗解就是“无法改变就得适应，否则谁的婚姻也不会长久”。在这一方面，我明显不如你做的好，面对喜欢专权、专政的我，你容忍放弃了很

多，男子汉自尊自大的架势，在女权当政的家里不复存在。面对喜欢事事亲力亲为的我，你的眼里多的是心疼和爱怜，其实你有很多自己的想法和看法，但是为了不伤喜欢操劳的我，你把金点子埋在了心里，一任我的霸道一泻千里……

今天有好多的话要向你倾诉，也许是人到中年的缘故，我发现自己越来越多愁善感了，没有十年前勇往直前的精神气，闲暇之余多的是思索反省这四十年的生命历程。什么是幸福指数？应该怎样活，才能达到自己最心仪的生活目标？宁夏有句俗语说“疼下不疼上”，这句话的意思就是指，每个人都对自己养的人在意、用心，而对养自己的人却疏忽了很多。人到中年后再回过头来看待这些事情，我们真的很有愧，面对辛苦操劳一辈子尚健在人世的父辈们，我们如果再不行动，就会悔恨终生。现在略感安慰的是在我们结婚十八周年纪念日的前一天，你的父母搬进了新房，老人们最简单的愿望也实现了，最美好的心愿是看到我们的婚姻和睦，孙子健康成长，这一点我们还在继续努力。

10 月是收获的季节，我们的果实也上高中了，成绩虽然不是特别的优秀，但是不言放弃的他始终在为自己的目标而努力。低调的他，没有为自己十七岁的生日举行任何庆祝。他说他长大了，有自己的庆祝方式，我知道他肯定写了自己的心情日志，悄悄记录了自己的心语心愿。收拾他的书桌时看见他初二时写过的一篇作文《感受幸福》，内容所讲的就是感受父母对他的爱，我们对他点滴的付出，他都铭记在心。结尾他自豪地说：“我特别高兴自己生长在一个温馨的家庭里，我的爸爸妈妈很爱我，我也爱他们，感谢他们。我会珍惜父母给我的幸福，并且永远记住幸福，等我长大了，我一定要好好孝顺父母，不会让他们失望。”喜欢简单朴实的我，看完眼睛湿润了，无论做事还是说话上面，都率先垂范的我们已经收获了很多，儿子真挚、感恩的品格是我们最初所期望和希望的。一个人活在世上，要是被愤世嫉俗的性格所包围，是很可怕的事情，最完美的生活和人生是不复存在的。但是一个活在世上的人，一定要有爱心和一颗感恩的心，这样我们才会有心底无私天地宽的胸襟，我们才能乐观开心地度过我们生命中的每一天。

今天是我们结婚十八周年纪念日，过了今天我们的婚姻就步入第十九个年头。我们要做的事情还很多，养儿也得济，养女也得济，虽然我们姊妹轮流照顾母亲，但是母亲那句“你爹不在，我就像浮萍一样没有根”。每想起这句话我都心痛不已，无论是儿还是女，那份责任和义务都是一样的。很感谢你的支持，下个月我就要给妈妈装修房子了，速度快的话，我会在爹过世两周年年头的那天，让母亲在属于她的新房里悼念自己最亲的人。

今天真的有很多话要对你说，岁月不饶人，我的鬓边添了细碎的白发。就是这些催人老的细碎白发，也被你抽空用心一一揪去，你说在你的眼里，我永远都是十八年前的我。有你这份爱，我活得很滋润，虽然有时奔波辛苦，但是我无心理压力和负担，因为始终有坚实的靠山，始终有温暖的臂弯让我依靠，让我感受那份温暖，丝丝入心。

今天真的有很多话要对你说，我们相扶相携的路还长，我们的责任和义务还没有完全尽到。我们只有脚踏实地地做好每一件事，才能享受属于我们的幸福生活。今天真的有很多话要对你说，千言万语汇成一句“只因这份爱”，我祈祷并希望我们能相依相偎地走下去，源于这份爱，那条温馨的道路上始终有我们留下的足印……

（选自散文集《绘影写光》，团结出版社，2011 年）

父亲的王泉沟

马丽红

马丽红（1971—），女，回族，笔名鸽子，宁夏平罗人，中国少数民族作家学会会员、宁夏作家协会会员，石嘴山市作家协会理事，大武口区作家协会理事，鲁迅文学院第12期少数民族文学创作培训班学员，宁夏文联第10期研修班学员。短篇小说、散文及诗歌等发表于区内外各报刊等。

王泉沟这个名字，在我儿时的记忆里，就从父亲的一次次娓娓道来中让我熟知了，那是谁的青春在用热忱书写，那是谁的岁月在用烈火燃烧！

近两年，每当去看望父母，看到父亲渐渐白了的头发，忽然感觉鼻子很酸。父亲的青春早在不知多少年前就已经走过了，但让父亲最为怀念的，是他在王泉沟“大炼钢铁”的那一段时光。每当讲起来，他就会心潮澎湃、欢欣鼓舞，脸上洋溢着青春的光彩。听着父亲的讲解和歌声，那段时光里的那些少年们，在多年后的此时此刻，竟如电影一般侵入了我的脑海，挥之不去。我忍不住拿起了手中的笔，去书写父亲的王泉沟。

那是1958年8月，党中央号召全民“大炼钢铁”。这是一项轰轰烈烈的大任务，接到命令后，所有公社和大队立即组织青壮年等劳动力强的人上山开采矿石炼铁炼钢。那天下午，命令下来了，正在生产队干活的大伯父和父亲，接到通知后立刻收了工就出发，爷爷奶奶已经给他们备好了简单的行囊，两人各自背起一个水壶和一条旧被子，就出发了。因为走得仓促，奶奶来不及为两人一人做一双鞋子，就将唯一一双已经做好的新鞋交给了弟兄两个，两人你推我让，谁都舍不得穿它，索性光着脚就出发了。

大伯父和父亲以及乡亲们都来到了石嘴山，一位连长和一位指导员像验兵一样认真仔细地在挑人。父亲因为身形干练、目光敏锐、神情笃定而被连长一眼看中，成为了去往王泉沟采矿厂的带队人。被挑上的一千余人有大有小，年龄大的有四五十岁的，年龄小的甚至还有不满十四周岁的，他们没有一个人怯苦惜力，没有一个人害怕前方的路途是否好走，都是一脸的雄赳赳气昂昂，争着抢着往前冲。一千余名工人，被一分为二，去往王泉沟的一支队伍，被编为一铁厂，父亲就在其中；去往大南沟的一支队伍，被编为二铁厂，大伯父被分在这个队伍里，兄弟二人就此告别，随队进山。这支青壮年队伍，浩浩荡荡就往山里进发了。

一路上，文艺宣传队的姑娘们给大家教歌唱，他们矫健的步伐、洪亮的歌声、饱满的热情，响彻大山内外，原本空旷的原野上，山鸡和野兔们闻声也都蹦蹦跳跳地追随而来，去往王泉沟的路上，一片欢腾。羊肠小路蜿蜒伸向远方，夏末秋初的天空高洁舒爽，人们像是要赴一场盛宴般兴奋喜悦，前方崭新的一切令每颗心暗自神往。直到现在，每当我要求父亲为我们一展歌喉时，他依然会用那嘹亮激昂的情怀来唱响每一句歌词，仿佛他的青春已完全融进了歌里：

毛主席的战士最听党的话
哪里需要哪里去
哪里艰苦哪安家
祖国要我守边疆呀
扛起枪杆我就走
打起背包就出发

嗨，打起背包就出发

来到山里，这些年轻人一刻都不曾停歇，就开始自己动手造厨房、造厕所、造住房，他们抡开镐头、扬起锄头、挥动铁锹等工具，就地取材，将从山上采下来的大大小小的石块，肩扛的，手抱的，小胶车推的，无所不尽其能，全都运到平整的地方待用。

他们用锹锄镐筢等一切可用的工具，先从地面往地下纵深挖出半人深的土坑，再从地面往上用新采来的那些石块垒起四面墙，留好门窗，在顶上搭上树干，铺上厚厚的麦草，最后再压上石块固定好，房子就算是建成了。那些房子因为半截深嵌入地里，更显稳实牢固，又因为借鉴了窑洞的造法，故被称为地窑子。有的地窑子很小，小到仅容得下两个人居住。有一回，咱们队上吴学山的老婆带着女儿来探亲，一家人被安排在一个小地窑子里住宿，结果炕小得只能睡得下两口子，女儿都挤不进去，孩子到了新环境，兴奋地到处跑着玩，早已经睡意全无了。

而有的地窑子则是超级大，大到能住得下全连八十多号人。

那个最大的地窑子，进门后横贯左右是一条长长的通道，通道两边分别用石块垒起半米高的墙，从石墙往窑的前墙和后墙都铺上半米高的麦草，铺盖往麦草上一放就睡下了，面对面的两个长通铺上各睡四十余人，一个过道两边，头对头全是人，一间大地窑子竟然容纳了这么多人。

父亲他们每天都是天不亮就开工，天黑透了才收工，每到晚间收了工，大家使劲地搓洗手和脸，那些夹裹着汗水、石沫子和铁锈红颜色的灰尘，生硬地嵌入了工人们的衣裤纤维里、头发缝隙里、手和脸的皱褶里，洗都洗不掉。他们不敢随意上街，不知道的人看到他们铁锈红的手脸和衣服，都会惊叫着跑走，或远远就躲开，生怕会传给他们似的。

吃饭是一件令所有人都开心的事，在又累又饿的时候，哪怕仅仅是馒头、素烩菜和白开水，他们都吃得极其香甜，就地一蹲，话都顾不上说一句，一口气就能吃掉三四个馒头，尤其那些十五六岁、十七八岁的小伙子，正是长身体的时候，吃饭不知道撑，不论什么饭食，吃一肚子就浑身是劲，干活从不会喊累，一个个正当虎虎生威的大好年华。

吃饱了饭，八十多人在一个地窑子里休息，自然是别有一番滋味：说话声、呼噜声、放屁声，声声在耳；馊汗味、脚气味、臭屁味，味味烧心；更甚的是野外的群居生活使得人人身上都生满了虱子，每晚脱下衣裤在灯下抓虱子掐虱子，但却总是抓不完，身上痒得很。可是累啊，人人都倒头就呼呼大睡了，一切不适都在酣酣的睡梦中被悄悄地消解了。

说起王泉沟这个地方，那真是一块风水宝地。父亲说，矿上请了专家测量过，不单单每一块石头里都富含钢铁，还有着从贺兰山上渗流而下的七十二个宝贝泉

眼，清冽甘甜的泉水常年汩汩往外冒着，每眼泉都哺育着一方人。那宝泉里的水，取走一车，泉水是那么深，取走两车三车，水还是那么深，不取，水也不会满溢横流。正是因为这泉水是如此的神奇灵异，始终都是那么不盈不亏的一洼，大家更加认定它就是传说中的神泉。

来王泉沟的都是石嘴山人，分属于一铁厂和二铁厂，一铁厂负责从王泉沟揭开山皮开采矿石，运往二铁厂。二铁厂建了炼铁炉，最初是漏斗式大底炉，后陆续改进为土方炉、土高炉、洋高炉。土方炉要用风箱不停地扇风温度才能上得去，公社就组织了青年突击队，挑选出年轻力壮的姑娘或少妇，专门拉风箱，宝丰公社选送的人也不少，其中就有我大妈马金花，邻居李凤英，街对面的姚桂香、苏学英等人。当年，她们都和我的父亲一样，是正值十七八岁的热血青年，在那样火红的青春年代，她们的干劲一点都不逊色于男人。女人们拉风箱吹火，男人们挖矿石炼铁，王泉沟里的矿石，谁都知道，那是经专家测量过的含铁富矿，大家都相信，只要始终拥有坚定的信念和激越的干劲，石嘴山铁厂就一定能为国家炼出最好的钢铁。

随着轰隆隆的巨响一天天不停地传来，大山终于被揭开了。当工人们将巨大的山石破开，那些饱含着所有人希望的矿石露出了头，展现在人们眼前，人们瞬间忘记了所有的辛苦劳累，眼中噙满了胜利的泪水欢呼雀跃起来！

父亲说，歌声和泪水都是他们的故事，那一刻，就想敞开胸怀扯开嗓子大声地唱出来：

贺兰山上奔忙着建设的人群
生产的红旗像不断的白云
揭开了层层的岩石
露出了乌金

牧人变成了钢铁工人

啊，快乐的牧人

啊，边疆的牧人

比先进，比干劲

飞速的建设者

像撒缰的骏马在草原上飞奔

王泉沟的工人们起初被分为三个队：采矿队、装车队、运输队。每个队都有几百号队员。他们分工明确、各司其职，既是相互竞争比进度、比干劲、比效率的强劲对手，又是在一条流水线上相互协作的默契队友，是同一个伟大的目标将他们紧紧维系在了一起，他们都是最勇猛的干将。

采矿队的队员们将矿石从山上一块一块采出来后，由运输队的队员们再将它们一块一块装上小胶车，推到山边，装进背篓里人工背下山去。山下的大卡车就等在那里，将大家背下去的矿石再装上车，拉到铁厂的炉上去炼。所以运输队的任务就极为繁重辛苦，推车小组小胶车的轮子不时地被石头硌破，车厢随时被石头击穿，维修人员都在不停地忙碌着。背背篓的小组，人人后背都磨破了皮，结的干痂一层没好又磨破一层，衣服常常被粘在血肉上无法脱下来，溃烂和炎症不分白天黑夜缠着他们。久而久之，他们的整个背部就是大片大片的硬疙瘩，不只是皮肉，还连着筋骨，每时每刻都在钻心地疼，睡觉只能趴着，可是工人们仍旧紧紧地咬着牙在坚持赶进度，谁都不想做拉全队后腿的那一个。

看到大家这么艰苦地搬运，很多人都累得吐血，其中就有父亲的表弟牛洪义，他小父亲两岁，当时只有十五岁，累得几次吐血，让下去休息都不肯休，弓着腰背起背篓继续往山下运石头。还有人脱水昏迷甚至倒地不起。但当他们苏醒了，没有一个人愿意掉队或停滞不前，他们又顶上去了。

即便如此，进度还是跟不上，任务放在那里，那可是立下了军令状的，炼不出钢铁谁都回不了家。几个带工的领导异常着急，就开始琢磨解决问题的办法。

父亲因为1957年在测量队工作过，见过测量队里用缆车吊材料的场景，就提议建造滑车。连长和指导员听了父亲的建议后觉得可行，就立刻组织人员试造第一个滑车。

他们将五根钢丝拧成一条长长的钢丝绳，比小指都粗，长度一直从山顶到山脚，装上滑轮，吊上背篓，两头挂两个重器。滑车很快造好了，便马上开始试运行，结果一举成功。造成了新式器械，人人都兴奋极了，心里的劲头更足了。滑车的成功使用，大大提高了运石效率，更重要的是节省了工人的劳动力和不必要的牺牲。连长更是激动不已，重重地拍着父亲的肩膀说：你的名字起得好呀，马进成，你来了事情就成了。

会议决定，当即任命父亲为滑车队的工长，滑车队就是继采矿队、装车队、运输队之后，王泉沟铁厂成立的最新最牛的一支队伍，滑车队救下了一批人，那些累到吐血，累成重病的队友们，本来有可能撑不下去了，就要被下到后方。当几人被调到滑车队后，他们得到了难得的休养生息的机会，身体和精神很快便恢复起来，再次全力投入到了更加紧张忙碌的工作中去。

既然这么成功，一道滑车是远远不够的，陆续地，第二道、第三道、第四道、第五道滑车都紧跟着造好并投入了使用。五道滑车由父亲统一调配，他视滑车为生命，视那些和他同甘共苦的弟兄们为生命。经父亲推荐，五道滑车的组长分别被任命为：一号牛洪义，二号李金山，三号周华强，四号杨连民，五号杨生华。每道滑车分给七人，山上装矿石派五人，山下卸矿石派两人，分工明确，谁的环节上都不许掉链子。

安全当然是头等大事。

石头重，滑车的钢丝绳损耗很大，厂里又组织了专管维修的小组，牛光龙专门接钢丝，王成专门修小胶车。接钢丝是个铁匠活，五根钢丝拧成的绳比小拇指都粗，断裂的地方，生拧是接不上的，必须放在炉里烧红，两头拧在一起，冷却后就接好了。而小胶车主要就是补车胎、修车厢，车胎容易被石块硌破，随时破随时补，不得耽误；车厢常常被石头砸穿，必须时时加固。检修人员的责任是相当大的，如果在出问题之前没有及时处理好的话，后果往往不堪设想。

有一次，一号滑车的钢丝绳突然断裂，滑车笼子和石头从半山腰上一股脑就飞了下来，下面的人根本就来不及躲开，年仅十五岁的何登福一条腿当场被大石块砸断，血流如注，惨叫不停。父亲立即命令几个人火速将他送往石嘴山矿务局医院治疗，那里都是军医，医疗条件很好。因为一号滑车和二号滑车间距不够大，一号滑车的事故也波及了二号滑车的人，几个人都受了不同程度的伤，但轻伤的队员都不肯下去休息，坚持接着干，人们心里始终憋着一股狠劲，只要没倒下去，就继续上。父亲说到这里的时候，眼睛潮湿，声音哽咽，他低下头，用大手挡住了我的视线。

还有一次是二号滑车出了事。那天风很大，砂沫子和粉尘染黄了半边天，滑车笼子在钢丝绳上大幅摆动，无法控制，一块石头就从笼子里飞奔了出来，组长李金山嘴里正喊着“大家小心”，话音未落，自己的头就被那块西瓜大的矿石砸中了，立马不省人事，头盖骨当即塌下去鸡蛋大一个坑，血染红了整个衣服，在医院里抢救了一周多，死神随时都候着要带走他，连医生都说：就看他的命大不大了。大家都认为不行了，工友们围在他的病床四周哭成一团。

但后来，奇迹出现了，那天中午，他忽然醒来，还一下子就坐了起来，守护的人都不知道是该哭还是该笑了。李金山的命是保住了，但那片头盖骨却永远塌陷着，仿佛在告知人们他们那段不寻常的铁血经历。

奔忙在王泉沟的人们，不分冬夏辛勤地工作着。

夏天的时候，野外作业的人是极其受罪的。王泉沟的植被并不茂密，烈日时时都当空照着，无遮无拦，山石被炙烤得都能烙饼子了，队员们的手上虽说都戴着手套，却还是会被石头燎伤，一个个火泡如蚕豆般大，影响干活，只好用针挑破，挤掉血水按平，套上手套又接着忙去了。

冬天到来了，清晨的西北风如刀子般划过每个人的脸颊，脸上的皮肤就皴裂了，手上脚上全是冻疮和血口子，疼得脸都没法洗，只能沾湿了毛巾擦擦。那些工具上都是厚厚的冰霜，手伸上去就会被粘在上面，石头更是冰冷锋利，稍不留心，手脚胳膊腿就会被划伤，带着伤干活无疑会更加受罪。山里的寒气格外重，大家只有拼命地干活，身上才能暖和些。晚上，石头垒的房子到处都在漏风，大地窑子里三个大煤炉子都不能将室温提高，人们钻在被窝里，手脚仍是冰冷的。

一年的奋战在忙碌中匆匆过去了，这些年轻人又长大了一岁，他们都更为成熟更趋稳健。工作在他们的内心，始终占第一位。在王泉沟的父亲，和在大南沟的大伯父，自去年一别，各自坚守在自己的岗位上，以厂为家，他们牺牲了所有与家人相聚的温馨时光，即便相距不是很远，二人却一直没机会见面。不仅仅是他俩，每一个来到矿山采矿炼铁的工人，不管曾经是农民还是牧民，能够为新中国的建设去流汗流血甚至牺牲生命，对每个人和每个家庭来讲，那都是泣血的骄傲与自豪，是任谁都永不言弃的向往和追求！

我的父亲，因为突出的表现、十足的干劲和雷厉风行的工作作风，深得组织的信赖和器重，经过严密的考察和一次次面对困难时的考验，组织上终于批准了他的入党申请，决定吸收他为中国共产党党员。那一天，父亲是多么的激动，内心的波澜此起彼伏，他紧紧地握着自己的入党介绍人马登智的手，说不出一句话来。和他同时入党的还有一位同乡，名叫张发强，工作很出色，当时也已经是工长了，他们一起在党旗前宣誓，为了祖国的建设，愿意奉献自己的毕生精力和满腔热血！那一年，1959 年，我心怀家国的父亲才刚刚十八岁。他们当中，哪一个不是流血流汗不流泪的热血男儿呢！他们的意志和精神，如坚实的脊梁般铮铮挺立，谁能不肃然起敬?

王泉沟、大南沟铁厂大战了四年多，不知是设备原因、技术原因还是别的什么原因，终究还是没能产出合格的成品铁，1963 年，接到了撤厂通知，一时间人心纷乱，不知所向。

一千多名工人只有三分之一会被留下来等待分流，其余三分之二都要离开。他们来这里是形势的需要，现在离开也是形势的需要。工人们都已经适应了这样轰轰烈烈的工作方式和粗犷豪迈的野外环境，加上四年多的兄弟情谊，没有人舍得离开，最后上面决定：党员带头离开，成了家的也要离开，只有工伤过的，得了职业病的，没有成家又特别能干的才能留下来，继续享受工人待遇。

心里纵有万般不舍，但在大局面前，和父亲一起入党的工长张发强，没有丝毫迟疑，第一个带头离开了。他是党员，他很年轻，干劲依然很足，去哪儿都成，他这样想！其他党员也是，都把享受国家待遇的机会留给了更需要留下的人们。

而我的父亲以及周华强、杨连民、牛洪义、何生礼、李金山等一众小将，因为年龄小、没成家又特别能干，被厂里点名留下来，分配到了石嘴山炼铁厂，继续他们尚未完成的任务。

自此，王泉沟的一点一滴，那些猎猎燃烧过的青春岁月，永远铭刻在了父亲的心上，那里有他少年时以满腔的热忱为国奋战的无限荣光！

（选自《贺兰山》2019 年第 1 期）

蹄印如花（外一篇）

王淑萍

王淑萍（1971—），女，回族，宁夏平罗人，宁夏作家协会会员。作品发表于《散文选刊》《小品文选刊》《朔方》《青海湖》等刊物。单篇散文荣获第30届“东丽杯”孙犁散文东丽文学奖及第五届《朔方》文学奖。著有散文集《遇见自己》《流年里的余温》。

一

我写下蹄印如花，突然觉得自己好虚伪。那些散落在村里村外、院里院外的各种各样的蹄印，和那个偏僻的村庄一样，曾经无数次让我产生逃离的冲动。

我曾经极不情愿地放了一下午的马，那本是三哥的活计。那天，三哥吃坏了肚子，我临时上阵，接过父亲递过来的缰绳，牵马而行。马的蹄印叠在我的脚印上，像琉球马兜铃的花筒。我走，马走。我停，马停。我不认为那是马的乖巧，反而觉得马是在戏弄我。马被拴在沟边吃草，马蹄陷进泥里，留下深深的蹄印。蚊子在马身上肆意叮咬，马不停地甩动着鬃毛。蚊子也在我的胳膊上留下一个又一个红肿的包，被我挠得渗出了血。蚂蚁在草丛里穿行，拖一粒重重的草籽，一阵风吹来却不翼而飞，打乱了所有的计划。

我孤独而茫然。我不知道明天会是怎样的天气，不知道那座破旧的院落将来会有怎样的改变，不知道自己的未来会是怎样，是否也和村里的姑娘一样，从这个村嫁到另一个村，踩着牛羊的蹄印，从春走到冬。

草丛中，马的蹄印里积了一汪水。我看见了自己孤独的影子，而马的眼神清澈如水。

因为年少，我不会挥镰割麦，不会淌水撒肥。大人们忙不过来的时候，就把家里的一群羊交给我。在四面庄稼地环绕的草滩里放羊，是对羊的考验，也是对羊把式的考验。相对于碱蒿、芦草，小麦、玉米对羊的诱惑力更大。往往刚把觊觎东边小麦的羊赶回羊群，另几只羊又奔向西边的玉米地，羊走，我追，汗流浃背。田野之上，我的脚印叠在羊的蹄印上，像开满大地的荆花。多年后，我听到“野果香，山花俏，狗儿跳，羊儿跑，举起鞭儿轻轻摇，小曲满山飘”这样轻快明丽的歌词，竟然觉得有点难过。

父亲套牛的时候不说话，只和牛对视一眼。牛尾巴一甩一甩，扫扫身上的蚊蝇，耳朵扑扇一下，仿佛在听风。父亲把缰绳拴好，套上犁铧，父亲的脚印与牛的蹄印不断重合，仿若一片盛开的荷包牡丹。父亲的汗滴落在泥土里，牛的汗滴在阳光下盈动。牛与父亲一步一步，在生命的旷野里来回奔走。脚下，土地传来花开的声音。一个季节的丰盈，由此展开。

多年后，当我和儿子走在乡村小路上，教他如何辨别牛马羊的蹄印时，他看我的眼神像看外星人。他说，妈，没想到你对牲畜的蹄印还挺有研究。我笑了，城里的孩子，永远无法想象乡村人的脚印，如何重重叠叠在牛马羊的蹄印之上。

二

回村的小路蜿蜒曲折，离家越近，蹄印越多。我每次看见那些凌乱的蹄印，就像是看见了奔跑着扑过来的侄女侄儿，顿时心生无限怜爱。这是盖在村庄大地上的印章，是涂在村庄大地上的花，为晨曦揭开面纱，为晚霞合拢裙裾，为少年生动成一生忘不了的记忆。

永丰村，离山远，离河远，离城市更远。这里的人与植物、动物，共同承受着寂寞的重量，却又是一个完整的世界。多年以来，这里始终保留着乡村的生活状态，住平房大院，养鸡鸭牛羊，以一种宁静安然的姿态，与村外的纷繁对立抗衡。

当打踪这个词没来由地从头脑里蹦出来的时候，就想起了久远的一件事。

一个秋日的上午，村里三三两两的人聚在一起，都在说一件事：穆萨家的八只羊丢了。

那天的风刮得很大。穆萨的爹晨起出门，习惯性地先去羊圈，发现羊圈门开着，八只羊都不见了。穆萨的妈知道了，抹着眼泪，腿软得站不起来："一家人的日子就指望着这八只羊呢，羊丢了，叫人咋活？"穆萨的爹不声不响，低着头出门，在圈棚里转一圈，走出院门，顺着羊的蹄印边走边看。一块土坷垃上有新鲜的羊粪，草滩的芦草上挂着几缕羊毛，沟坡上有细碎的羊蹄印……看着，穆萨的爹甚至能想象出这一群羊迎风夜跑的样子。他停下，四下打量一番，折返回来，对穆萨的妈说羊是自己冲开圈门跑了，向县城的方向走了，不碍事，没走多远，能找回来。

我不懂穆萨爹的自信，丢了的羊怎么还能找回来。问哥说羊要是被别人赶回去怎么办？哥说不是自家的羊，谁会往回赶？

穆萨一家顺着羊蹄印，一路走一路问。终于在第二天的中午，在离县城不远的一处草滩上，发现了八只夜奔的羊。

一天一夜，一场说走就走的旅行。八只羊一路穿村过渠，吃草撒欢，毫发无伤，悠然自得，像是走在自己的村自己的家。这应该是乡村固有的包容、良善才能给予的安然与踏实。

三

牛马羊的蹄印如花，开在永丰村的圈棚、院落和田野里，开在村里人的眸子里。有牲口的地方才叫农村，就像有庄稼的地方才叫田地一样，那是一个村庄的魂。

一头毛驴的头上别着大红的花，被主人牵过来牵过去陪着游客拍照、溜达，它绕着半圆的圈一遍遍走，地上重复着它月牙般饱满的蹄印；水潭里悠然自得的鸭子被我贸然闯入惊得“嘎嘎”乱叫，远处锄地的农人抬起头，目光锐利地盯着我；马是动物界的谦谦君子，无论快跑还是慢走，都带着骨子里的优雅，嘚嘚的马蹄像是敲击着键盘，在地上留下一串串U形的蹄印；牛的眼睛湿漉漉的，藏着终生都无法遮掩的忧伤。两头公牛角撞击在一起，发出金属的声响，心形的牛蹄印杂乱地交错，浑厚而深刻，大地上留下一枚枚霸气的印章；母牛站在不远处，羞涩地看着这场因它而起的角斗，哞的一声，像是在为胜利者助威呐喊……我周身变得柔软多情，像紧贴着乡村的脉搏，微弱而持久——在平罗之南的千里之外，我窥探到了曾经属于永丰村的秘密。

蹄印如花，想起这样的比喻，惊喜莫名。

这是别人的乡村，而我却一点都不觉得陌生。

四

我站在村口，看法图麦的父亲赶三只羊过来。羊儿一边慢悠悠地走路，一边用充满研究的目光打量着我。它们几乎长得一模一样，通体绵密的卷毛，尾尖上翻，鼻梁隆起，应该是来自同一个基因。正是傍晚时分，唯一的村庄道路上，羊的蹄印在大地上涂鸦，如一朵朵盛开的荆花。这花是有气息的。有原野上青草的馨气，有羊身上的土腥气，有庄稼的清香气。

可是，当我伸手想要抓住什么时，心中却被一种落寞瞬间溢满——因为少了村庄的烟火气。

零星的几家灯火，弱弱的几缕炊烟。马的身影已经多年不见；牛咀嚼着人工饲料，躲在牛棚里很少走动，它们恐怕已经忘了自己蹄印的模样。偶尔有几只羊从野外归来，如花的蹄印也因稀疏而显得单薄无力。

世世代代和庄稼人相依为命的牛羊马，和村庄一起落寞了下去。当我想起那些印在大地上的荆花，琉球马兜铃以及荷包牡丹，而返回村庄寻觅时，它们的蹄印再也不会与我的脚印叠加。曾经如花的蹄印，那些牛羊马盖在村庄大地上的印章，如今只变成了心中的一种念想。侄儿侄女都已长大成人，落户城里，村庄的小路上，不再有蹒跚的步履奔向我，惊喜地喊一声姑姑……大把大把的光阴被落在了身后。

自古印章都是光阴的信物，有信誓不渝的力量。动物们将蹄印盖在村庄的大地上。治印者会离开这个世界，印章也会散落大地，但那些没说完的话，没讲完的故事，终会在物是人非的时空变迁中，成为对乡村、乡情、乡思最好的回应。

（选自《朔方》2020 年第 8 期）

春天里的事春天里说

一

春天里，我也曾是个有田的人。听爹说，我们家每人都有一亩六分田。小时候，我常向爹妈要属于我的那一亩六分田，我说，我要用它来种花。爹妈听了，笑着说傻丫头。后来大哥娶回了大嫂，二哥娶回了二嫂，我考上了学。爹带着我到派出所迁了户口，回来时经过家里的一块麦田，爹指着那块田开玩笑说，这就是你的那一亩六分田，从今天起，你和爹不在一个户头上了，以后再不能问爹要田了。从此，家里有田，我没田。

在外的这些年，时不时地，就会被突如其来的狂风暴雨、大雪霜冻扰乱了心，我惦着家里的庄稼，也念着家里的亲人，我带着家乡土地滋养过的质朴与纯真离开，一路打拼，心中掘下了深泉，也蓄满了清水。

二

春天里，一场雨过后，家里的土房子裂了缝。土房子是爷爷奶奶在世时盖下的，又矮又黑不说，还漏雨。最愁雨天，面缸上放个碗，炕头上放个盆，屋当中放个铁皮桶，滴滴嗒嗒，雨水打在上面，听得人心烦。房泥上了一遍又一遍，但时不时地，一家人还是会被半夜里落在头上脸上的雨滴惊醒。

几年前爹妈就说要翻盖房子，年年说年年不见动工。爹就知道挖坷垃，每年麦收后都在淌过水的麦茬高田里，套着毛驴拉着碌碡来来回回压田里的土，压实了，就叫上大哥二哥，一人扛着一把板锹到田里，吭哧吭哧，一脚板锹踩下去提上来，再一脚板锹踩下去提上来，板锹被泥土洗得锃亮，一块一块的坷垃，豆腐块似的，一样宽，一样长，像一成不变的日子，毫无新意地在田里立上十天半个月，风干后拉回来码在屋后的麦场上，码成一道道并排的墙。少年的我时常会爬到坷垃墙上，看着远处的贺兰山，想着年年漏雨的屋，心里难过得要命。

那时候，一年总有那么一两次，爹会坐着汽车去三盛公，回来时有时坐着手扶车，有时坐着拖拉机，车上有时拉几根檩条，有时拉几根椽子，卸下来堆在东墙根，上面遮一块塑料布再压上几块砖，成年累月地放着。好几次我从东墙根过，都差点被伸出的椽头绊倒，恨得我狠狠地踹了它几脚。

坷垃墙东一处西一处，越堆越多，塑料布已渐渐遮不住越来越多的檩条和椽子。爹从信用社贷了款，给哥买了四轮车，哥起早摸黑一边搞副业，一边抽空到王泉沟里捡石头，捡一车拉回一车，不捡石头的时候就拉砂子，慢慢地，房后的砂子石头就垒起了堆。

村里的女人们，今天你提着铁锅、铝壶，明天她拎着瓷碗、铜汤瓶，赶趟儿似的到我家房后，用湿抹布沾了砂子，擦了锅沿擦壶盖，陈年的污垢随砂而落，被烟火熏得面目全非的锅碗壶盆，露出了原本的模样，像抹了雪花膏的女人的脸，泛着光亮，也泛着喜色。

又一年春天，地还没化冻，一根小桶粗几米长的大梁被哥和另外几个人从四轮车上抬了下来，也放到了东墙根。爹笑得合不拢嘴，进屋对妈说，是松木梁。妈也笑了，说松木的好。我不明白松木有什么好，就像不明白爹为啥要年年挖坷垃，岁岁拉椽子一样。

没人和我商量，新房子就在那个春天动了工。左邻右舍都来帮忙，男人们和泥砌墙，女人们搭灶做饭，拉来的石头砂子下了地基，挖好的坷垃垒成了墙，买来的大梁、檩条、椽子一根不剩搭到了屋顶上……我好像突然间开了窍，一个人在曾经堆坷垃的地方蹲了好久，看一群蚂蚁来来回回地忙碌，我用树枝将一只蚂蚁从蚁群里分了出来，它逃得义无反顾。

房子盖了起来，四面是坷垃垒成的墙，但四个角的墙垛却用了红砖。哥说，这叫砖包城。想想从此后我就住进了一座城，心里的快乐就多了十分。盖房子的细节现在想来已很模糊，但却清晰地记得盖房期间有一天吃了清炖羊肉，哥说，上梁吃羊，村里有这样的讲究。

三

春天里，一条消息被麻雀带着，传遍了四乡八邻，说是阿丹带着索菲跑了。阿丹家和索菲家，一个在村东头，一个在村西头。阿丹家弟兄多，光阴薄，但阿丹勤快老实，还会做木活。索菲喜欢阿丹，想和阿丹在一起，可家里死活不同意。开春麦子刚播进地，就有人来给索菲说媒，对方是河东一家养羊大户，光阴比阿丹家强多了。索菲爹几乎没加考虑，就答应了这门亲事，还收下了聘礼，定下了道喜的日子。要不是春融翻浆汽车进不了村，索菲早就被嫁到河东了。

眼看地就要化冻了，索菲心里着了急，让阿丹赶快上门提亲。阿丹家请了我爹当媒人，去索菲家说媒。爹去了，茶喝了，但事没说成。阿丹自己又提着茶糖点心上门，去几次被撵出来几次，有一次，还被索菲她爹扔过来的鞋子砸中了后脑勺。月亮最圆的那天，阿丹带着索菲跑了，去了哪里，谁也不知道。天一下子被戳了个大窟窿，索菲的妈房梁上挂了根绳子要上吊，被邻居看见救了下来。老两口哭得凄怆，女儿跟人跑了，以后他们咋抬头见人？麻雀叽叽喳喳，从村东头飞到村西头，吵得人心烦。本家爷爷来了，娘家兄弟来了，宽心的话说了一箩筐，老两口还是哭天抹泪咋都觉得没脸见人。麻雀飞得快，转眼就从这个村飞到了那个村。省报的记者不知从哪里得到了消息，找到了阿丹和索菲，给他们拍了照，阿丹扛着锹，索菲拿着铲，并肩站在田埂上，很是般配。照片旁边还配了文，大意是一对农村青年勇敢追求恋爱自由。

爹以媒人的身份再次出面，带着阿丹父子去索菲家提亲，这回茶也喝了，结婚的日子也订了。婚后，阿丹小两口提着糖茶到我家来答谢媒人，吃着索菲给的水果糖，我第一次对自由恋爱有了美好的向往。

四

春天里，尔萨的爹去赶集卖羊羔，那天市场行情好，羊羔卖了个好价钱。他爹买了盐打了醋，又给他妈扯了件做单衣的布料，天快热了，尔萨妈还穿着好多年前的旧棉袄。回家的路上，一辆卡车转弯有些急，车厢里装的轮胎甩了出来，正好砸在尔萨爹身上，他爹当场去世。噩耗传来，有人说找几个闲人住到司机家闹，砸死人得赔钱，也有人说，赔钱是小事，得一命抵一命。众人你一句我一句，卡车司机捂着脸蹲在尔萨家大屋地上，一声不吭。那时的人和车都没有保险，出了事全靠自己兜底，乡村人来钱的路少，种田的跑车的，日子都不好过。最后，尔萨妈红肿着眼睛开了口："遇事不由人，造着他爹就这么个归回。司机师傅养活着一大家子人呢，让他回吧。"有人说尔萨妈傻，有人说尔萨妈善，傻也好，善也罢，这事就这么过去了。

后来的日子里，村里人发现，每到农忙，尔萨家地里都会有几个陌生人在帮忙，还发现，每到冬天，就会有卡车开到尔萨家门口，卸下煤后就开走，这样的情景，一直持续到前几年尔萨一家搬进了城。

春天发生的事似乎都带着耳朵，轻轻一唤，就来了，来了，就住在心里了。

五

春天里，老家的房子被挖掘机推倒了，推之前，村干部给哥打了电话，说是根据农村人居环境整治的要求，老家房子已属于危房，必须得拆除。哥搬到县城做生意好多年了，前些年村里实行土地流转，哥又把田流转了出去，每年收着固定的流转费，比以前自己种田强多了。

那天，乡里村里的干部来了好几个，雇了铲车和挖机，当年一家人苦巴苦攒了好几年力气盖好的房子，不到半小时就被铲车推倒了。哥站在废墟上拍了小视频给我，视频里，一辆黄色的铲车开到老房子前，感觉铲头还没触到山墙，房子就像是醉汉一般，摇摇晃晃地就倒下了，柳木的檩条、椽子，松木的大梁以及土坷垃、红砖头、碎玻璃堆了一地。

哥找人清理了现场，准备在原宅基地上重新盖房。几个电话打出去，就定下了砂石灰浆、钢筋水泥、门窗涂料和开工日期，包工的师傅说，你啥都不用管，半个月后准时来验工。哥说，上梁的时候通知我一声，上梁吃羊，村里有这样的讲究。

（选自《青海湖》2022 年第 3 期）

伫立在风中的白杨

王定武

王定武（1970—），甘肃靖远人，宁夏作家协会会员、石嘴山市作家协会理事。2015 年被自治区授予“书香之家”牌匾。2017 年开始文学创作，散文、诗歌、小说散见于多种纸媒报刊。

说起我的母校甘肃靖远矿务局红会二矿小学，记得最早还有初中部，那时四哥在初中上学，我和三姐在上小学。

甘肃靖远矿务先后两次投产，中间下马停产了。整个矿务局由红会五个矿、王家山矿、大水头矿等矿组成。红会矿区位于西格拉滩腹地。西格拉滩是片荒滩，刮起风来，风吹石头跑。红会二矿南接共和乡（打拉池）。这里在 1935 年发生过打拉池战役。工农红军与国民党军队在此激战过。也是红军几大主力会师的地方，由此得名红会。后来又建了个飞机场，航天英雄杨利伟曾在此服役。这些红色记忆也让我引以为豪。

说是初中部，也就初一初二初三分别只有一个班。每班二十来人。按照现在来说是小班了。后来因为初中部人数少，并入靖远矿务局第二中学校内，校址在红会一矿主街。

二矿小学位于整个矿的东南角，地势较低，与矿上唯一的副食商店为邻。整个学校是个四合院的平房建筑。校门两侧是笔直的白杨树，一阵风吹过，就听到哗哗响，像哨兵一样守卫着母校。

进了学校，左手边第一间是校长室，拐角处的大间房子是教师办公室。办公室两侧有教师单身宿舍。宿舍门口始终摆一个烧煤铁炉子和一个绿色煤油炉。每个住单身宿舍的老师吃住都在宿舍里。二十平方米放着两张木制的单人床，两个床床头靠墙位置放一张课桌，桌上有书籍和台灯。有时去宿舍找老师，推开门，扑面而来的是雪花膏和厨房固有的混合味，一想到这，我鼻子酸酸的。其余的大间平房是我们的教室。

我上学时，教师主要是上海知青和部分师范毕业的老师。记得有一个上海籍，确切说是江苏苏州籍的殷浩校长，宽厚的脸庞，白净净的，一米七的大个子，怎么看也不像南方人。江浙一带的口音重，但说起话来一快有一点口吃。他家女儿与我同班，他女儿叫殷卓丽，我印象深。数学老师卢守岭是地地道道的上海人，喜欢穿笔挺的深蓝色中山装，毕业于上海一所中专，一米八的高个儿，较瘦但精干，喜欢穿蓝色四个兜的中山装，说话时干脆利索，喜欢挥舞手臂。

这样强大的师资力量，使母校在教学上很有特色。他们启发我们看《少年科学》等书籍，进行科学启蒙式探索，制作手工的简易舰船。我和发小一起做了弹力皮筋小船等，有时还向同学炫耀自己的成果。

记得有一次殷浩老师上课时曾经说过："煤矿的大量开采，地下采空了，容易引起地震。"当初我们小，半信半疑的。这在当时是一种前卫的理论，不过仍然有一定道理。

上小学二年级时，有一个叫刘亚明的上海籍女老师是我的班主任。总喜欢穿浅绿色巴拿马料带小翻领的西装，一双温暖和善的大眼睛，乌黑的剪发头。那时我年纪小，贪玩，不爱学习。有一次，中午吃过饭，与几个同学去掏鸟窝，忘了下午要上课，于是索性不去学校了。后来刘老师找到我家，告诉了父母我旷课的事。父亲举起鸡毛掸子，追着我满院子跑。还是刘老师果断拦住了父亲，要不是她，那天我会很惨的。从那以后，自己老老实实地上学，学习也刻苦了。渐渐喜欢上她的课，后来喜欢上读书，爱上了文学。后来，我成为了一名作家，默默地在文学的道路上耕耘。至今想想，还要感谢那位留着短发，圆脸盘，大眼睛，喜欢穿浅绿色巴拿马料的小翻领西装，永远年轻可敬的老师。

卢守岭老师数学讲得好，歌也唱得很棒。记得他给我们班上音乐课。他拉着手风琴，有节奏地摇摆着身体，动情唱着："月亮在白莲花般的云朵里穿行，晚风吹来一阵阵快乐的歌声，我们坐在高高的谷堆旁边，听妈妈讲那过去的事情……"这时，我看到他眼睛已经满含泪水，几度哽咽了。我猜他一定在想念上海的母亲，上海的家人，上海的亲朋好友，远在千里之外的与大海毗邻的故乡了。今天想起来倍加感动。我多希望他能在方便的时候来红会二矿小学，再为我们全班同学弹奏那支《听妈妈讲那过去的事情》啊。

我们在 1982 年 6 月底从二矿小学毕业。每个同学都各自找到自己的目标。

后来，这些苏沪籍的老师都陆续返城了。这些老师把无悔的青春播洒在红色土地上，我们会永远记住他们的，他们也一定不会忘记我们的学校和懵懵懂懂的孩子。

那些知青老师像那些伫立在风中的白杨，坚韧刚强，昂扬向上！这一切记忆都在浓烈的风中，其实并未走远！

（选自《宁夏日报》2019 年 5 月）

平罗诗话

王　鹏

王鹏（1971—），宁夏平罗人，平罗县电视台高级记者。2014 年由宁夏人民出版社出版《在路上》，作品散见于《宁夏日报》等报刊。

“我来幸遇升平乐，倚马寻诗遍朔方。”

塞上多诗作，尤以平罗甚之。

在唐朝的天空下，在宋朝的长河里，在西夏、明清的瓦砾、飞檐下，塞上古城平罗至今还遗留着诗的遗韵。无处不在的清音雅韵就这么飞翔着、流淌着、徘徊着，穿越时空。

在西部亮丽的云天下，我们似乎又见到了那个让诗人痴迷、让歌者癫狂的塞上。

长渠流润

依河而生的平罗离不开水，水是启动平罗心脏的血液，是维系平罗的灵魂。清平罗知县徐保字在《由灵沙村至庙台堡》一诗中写道：

兹乡频苦旱，极目断炊烟。

核户多逃数，开荒半讼田。

河声千丈落，树色一溪连。

更指前村路，灵旗古庙偏。

由于干旱缺水，村民逃亡，灵沙、庙台一带是多么的荒凉。尽管有黄河穿境而过，但“旧有河形梗不流，决入旁支谁复理”。河之滨的平罗在修河兴渠之前饱受河患之苦。

“一加导引泄百川，因河为渠实蜿蜒”，“自是旱潦无忧业，但见歌声溢两城”。

一部平罗的开发史就是兴水修河史，引黄灌溉史。在有史记载的年月里，诗人的诗作离不开水，一些应和之作也多以水为题。诗人牟允斌在《昌润渠工竣恭纪》一诗中这样写道：

幅员式麻雄朔方，大半膏壤赖水浆。

孰则宜固孰则创，先后布置胥相当。

兹当夏五渠六羊，告厥成功波汤汤。

蓄泄有方制度藏，绵豆百里归河黄。

待到百余条东西支渠建成，排灌体系完善后，“边氓欢呼皆欲狂”，“野有露积家仓箱”。“沟渠淤塞，思何以疏浚”，历代的官吏们也多以修渠为乐事，并以碑记之。《唐徕渠碑》《惠农渠碑》《昌润渠碑》等都有以碑记的形式记录当时修渠的盛况。通智、费楷、吴敦僖等诗人也不惜笔墨以诗作应和。其中诗人法海诗句“长堤一带柳毵毵，永字题桥闸有三。若说良田更无限，风光谁亚小江南？”更是此类诗中的佳作，至今仍然广泛流传。

青山沃田、果香鱼肥的塞上江南景色是诗人们笔下的宠儿。程光辅的“熏风解愠营南亩，润雨如酥借北条”，费楷诗中的“町畦绣错烟云润，原野膏深草木肥”，清代侍郎通智的“川辉原润千村聚，野绿禾青一望同”，凝练简洁、清明流畅的笔调，从细微处入手，刻画出塞上迷人的风采。“泽流原野天边润”“野来膏泽圣朝多”，滔滔东去的黄河是“润”之源头，让诗人们难以释怀。

归舟喧渡急，移棹荡波纹。

两岸山光合，中流树色分。

沙明争映日，浪涌欲吞云。

何处渔歌发，惊飞鹭一群。

“渔舟归”“移棹急”“沙明争日”“浪涌吞云”“渔歌对答”“鸟鹭惊飞”，好一幅“塞上渔归图”！

如诗如画的平罗，在诗人的眼中是那样的清新怡人，那份独特的迷人风韵又何曾只是在诗中？

边墙翰墨

“塞上征战疾，大漠军旅苦。”沿着历史的长河走来，残砖断瓦倾诉着当年被武力埋葬的悲哀。战争给贺兰山烙下了太深的印记。从南向北，贺兰山的每一道山梁上都耸立着当年战争的遗迹。历经千百年的风雨涤荡，边塞诗人的诗作却依然清晰地印记在贺兰山的峰峦上、沟坎里，融入平罗绚丽多彩的文化长河中。

贺兰山一带战事频繁，但也正是因为战争，匈奴、鲜卑、柔然、突厥、党项、蒙古等古代少数民族与中原汉族政权相互碰撞、交融，铸就了贺兰山深厚的人文精神。

贺兰山是天然屏障，是当年战争的前沿。晚唐诗人顾非熊在《出塞即事》中明确写道：“贺兰山便是戎疆，此去萧关路几荒。”

为了确保战争胜利，贺兰山成了兵家必争之地。

冬十二月胡马来，白草飒飒黄云开。

沿边十城九城闭，贺兰之山安在哉？

明代诗人李梦阳在《胡马来》一诗中对朝廷、边疆松弛状况的忧虑，用“贺兰之山安在哉”表达出来。站在历史另一头的晚唐诗人卢汝弼和明朝首辅张居正则不约而同地说出了“一时齐保贺兰山”和“万卒雕戈拥贺兰”的诗句。贺兰山在战争中举足轻重的地位可见一斑。

山川设险何年废？文武提兵今日来。

收拾边疆归一统，惭无韩范济时才。

面对连年战争，明代宁夏巡抚杨守礼盼望着“山川设险”废，“边疆成一统”的那一天。的确，战争是残酷的。“朔风吹雪透刀瘢，饮马长城窟更寒”“貂披寒色和衣冷，剑佩胡霜隔匣寒”“贺兰山下古冢稠，高下有如浮水沤”。有杀戮、有流血、有毁灭、有悲伤。战争的阴影笼罩着贺兰山。走石的风来了，流浪的沙来了，却无人来弹奏流泪的胡笳。

马蹄声声，鼙鼓阵阵。烽火连天的战争过后，诗人笔下的贺兰山却是另一番景象。宁夏总兵萧如熏在万历二十四年（1596 年）平定了哱拜、刘东旸的叛乱之后，诗兴大发，在《秋征》一诗中这样写道：

新秋呈霁色，塞草正丰茸。

杞树珊瑚果，兰山翡翠峰。

诗人笔下的贺兰山恰如一幅浓淡相宜的秋景图。顺治年间的进士宋琬在《送傅介候督饷宁夏》一诗中这样吟诵贺兰山：

贺兰西望郁嵯峨，使者乘春揽辔过。

边城杨柳楼中笛，羌女葡萄塞下歌。

虽然这只是诗人送友人的想象之作，但地处戎疆的贺兰山的确被深居宫廷的宋琬描绘得十分诱人。

有位并不出名的诗人润光在他的《游贺兰山》中写道：“一路草香都是药，千林老树尽生苔。浮云似水流将去，怪石如人立起来。”虽然诗意有些直白，但诗中草香如药、老树沧桑、流云似水、怪石人立的景象，却描绘得有声有色。

斗转星移，沧海桑田。贺兰山就像一个睿智的老人，以智者的思维面对苍凉。千年感受孤独的世界，千年站成自赏的风景，千百年来就这样向人们讲述着、描绘着……

用诗去触摸贺兰山轻匀的脉搏，我们读出了他的博大和宽容。

鸾鸣凤舞

贺兰山下占地数十里的西夏离宫至今还炫耀着当年的辉煌。“赫连故垒游麋鹿，元昊遗宫长薜萝。”夕阳西下，长眠的元昊看到这长满薜萝的遗宫该是怎样的一种心情？“戈甲气销山色在，绮罗人去辇痕留。”岂止是“绮罗人去”，在历史的风雨中辇痕也早已无迹。千古兴亡事，悠悠。

平罗多战事，古城堡遗址也多。诗人蒋延禄在《马营远树》中写道：

深林掩映北山崖，一面河流一面沙。

绝好荆关图卷在，绿云天外白云家。

而诗人王以晋的诗则写得更沉郁：

难辨唐家与宋家，旧时壁垒委黄沙。

不知多少英雄血，散向长林化晚霞。

诗中的“马营”，《平罗纪略》中有详细的记载，“哨马营的北坡，树木葱郁”。只可惜如今那里的树木可数，已没了当年的意韵。

与“马营远树”齐名的人文景观还有“官桥烟柳”“佛寺香泉”“杰阁层阴”“边墙晚照”“虎洞归云”“磴口春帆”“贺兰夏雪”等，并称为“平罗古八景”。“桥上轩楹带画栏，林阴迷离嫩于烟”“爽气西腾佛座前，慈云宝月近诸天”。诗人笔下的八景是何等的绚丽多姿。

午夏翻旌盖，阅关到水西。

沙城连塞草，龙刹映晴霓。

亘地层峦障，参天乔木齐。

从来形胜具，胡马望中迷。

举人出身的巡抚罗凤翱在巡边时，面对山景，遥望远处的拜寺口双塔，可谓感慨万千；萧如熏登上南门楼后“对雪岚光近，瞻云树影连”，又是何等的逍遥自在；对酒当歌的岳咨则只看到了“云连远塞迷荒径，日暮边城暗戍楼”。

“千古寻遗变，蒿莱夕照般。”诗人笔下构织的景象早已消失在文明的碎片里，悠远的回音在空旷的山谷中荡起，飘散在泛黄的记忆里。“红叶不知邀客醉，黄花唯解伴人愁”，淡淡哀愁拨动了历史的心弦。平罗在诗意的宁静与悠远中涅槃。

春山秋本

烟雨迷蒙的田园，鲜明隽永的田园，扑朔迷离的田园，魅力迷人的田园。塞上平罗的田园总是让诗人牵挂。

饭煮青精颜固好，杯传蓝尾习同能。

锦销文杏枝头雨，雪卷梨花树底风。

明代进士朱孟德津津乐道的无非是寒食节的吃食罢了，而清代刘芳猷的诗写道：

塞北江南名旧得，嘉鱼早稻利同登。

偶见儿女弓刀戏，不觉临风百感增。

诗中记的也是儿女情长之事。但无论是《寒食遣兴》还是《朔方》都有着浓郁的乡村气息，诗画意境浑然天成。乾隆时曾参与编修《宁夏府志》的王永祐在《山屏晚翠》中这样描写贺兰山：

远树连村速晚翠，片云孤鸟荡山光。

于喁樵唱归沙径，柏叶松花一市香。

诗人眼中的贺兰山景色宜人。然而，贺兰山一年四季的风景中最吸引人的还是山中雪景。

白帝威生万壑间，炎天不改暮冬颜。

翻疑五月江城笛，吹散梅花落满山。

徐保字在任期间好采风俗，诗作颇丰。沿河闻“平沙千顷阔，野水一渠宽”，通润桥头“水田飞白鸟，野庙矗青杨”，这样的诗句在徐保字的诗作里常能见到，在这位父母官眼中，平罗的一草一木都富有诗意。于是乎，他便时常有“萧然尘外意，一曲在沧浪”的感慨。长于诗文的岳仲仙在登上文昌阁后“乘兴归来情不尽，一鞍斜趁夕阳红”；蒋延禄“挥鞭小住斜阳里”也只是为了“贪看边山红叶多”；那个一筹莫展的武解元岳咨在登上贺兰山后凭风远眺，为贺兰秋景所动，写出了“酒泛黄英吞海岳，诗成白雪富波澜”的诗句，得意而忘形之态溢于言表。

一曲河如带，晴光淡连天。

长虹占霁色，晓日散轻烟。

古塞风云净，春山草树鲜。

郊原浮润气，极望更苍然。

川流不息的黄河安详地从平罗流过。激情在岁月中绽放，生命的从容和淡泊便在绽放中谱写出来。也许，下一个晨曦或者暮落，我们的目光将再次因你而燃。

平罗，墨香飘溢的地方；平罗，一部由诗写就的历史。

（选自《在路上》，宁夏人民出版社，2014 年）

望一眼石炭井

王永航

王永航（1987—），河南太康人，国家能源集团宁夏煤业公司梅花井煤矿职工，爱好文学。

歌曲《起风了》中有这样一段歌词：这一路上走走停停 / 顺着少年漂流的痕迹 / 迈出车站的前一刻 / 竟有些犹豫 / 不禁笑这近乡情怯 / 仍无可避免 / 而长野的天 / 依旧那么暖 / 风吹起了从前 / 从前初识这世间……

是啊，离开贺兰山石炭井已经十五六年了，从追着梦想迈出那一步开始，石炭井这个词就深深扎根进了心里。

依然记得校园里那座白净的雕像和充满神秘感的气象站，矿山救护队的大门威严耸立，电影院还有好多没有看完的电影，洗澡堂的大池子冒着热气腾腾的蒸汽，还有石头下面用来换零花钱的蝎子，躲在草丛里的呱呱鸡，好像对石炭井总有说不完、写不尽的纠结和缠绵。

石炭井不过是一个弹丸之地。上世纪六十年代，从天南海北支援三线的前辈们，风餐露宿，靠一股执着劲将一车车乌金送到了国家需要的地方；七十年代，许多支援者将家安在了矿区，我的父亲便是其中之一；八十年代，我们这代人呱呱坠地，有的成了煤二代，有的进了煤矿，我和大哥接下了父亲的“接力棒”，从石炭井转战宁东大地，一干，便是十几年。

时间把情怀冲刷得越来越清醒，每个石炭井人都会想到，某一天这座因煤而生的矿区将“沉睡”，但他们不愿，也不敢去想，生怕想多了，一切会成为现实。

岁月轻描淡写地送我们跨过了千禧年，石炭井的辉煌也悄然从塔尖跌落，摔得最疼的是这些有血有肉有感情的矿工，哭得最凶的也是这些在石炭井挖了一辈子煤的人。也许是从三矿闭坑那天开始，也许是父亲转战红梁井下那年开始，石炭井的夹克衫不再光鲜亮丽，太阳每天懒洋洋地晒着这里，家属们向往楼房里的生活，却舍不得这片生活了一辈子的黄土地。

岁月碾压过的痕迹，让石炭井想要自觉地从人们心里走出去，它似乎不想听到矿工们不舍的呼唤，也不愿见到那一双双真挚的眼睛……在贺兰山腹地，像石炭井的地方还有许多，每个地方都有一段念不完、读不尽的往昔。

望一眼石炭井，这里没有杭州西湖的美景，一个小小的八号泉是记忆里最甘冽的泉水。沿着光秃秃的贺兰山爬上一圈，颇有“恰同学少年”“指点江山”的豪气。三矿的庙山像心头的“五岳之首”，每一次攀爬都得咬紧了牙关。

望一眼石炭井，这里没有十里桃花盛开的美景，沙枣树和榆树缠绵在马路两侧，牵牛花迎着太阳咧嘴笑，地雷花的花蕊尝起来有丝丝香甜。挺立的烟囱像保卫家家户户灶台的勇士，院子里的小黄狗眯眼享受着静谧的闲适。

望一眼石炭井，这里没有长城的迤逦，曾经热闹的凉亭静默在那里。那些还冒着炊烟的房子，是一份不舍，是对石炭井的情深意切……

去年夏天，我又回到了石炭井，在她的怀抱里既陌生又熟悉，残垣断壁的家找不到了踪迹，一眼望去，全是平整过的土地。我们的石炭井啊，就这样走出了矿工的心，那座凉亭，那棵老树，那个曾经播放着歌曲的大广播，都不见了踪影。

（选自《中国能源报》2020 年 4 月）

老家的人与“两路”精神

王惠凤

王惠凤（1967—），笔名阿德，女，回族，宁夏平罗人。宁夏作家协会会员、石嘴山市作家协会理事。鲁迅文学院少数民族文学创作培训班（2013）学员。作品散见于《朔方》等文学刊物。出版随笔散文集《渗渗泉的故事》等。

“好兄弟，你走得太早了！我本想着到拉萨亲自给你戴上大红花，可这一天你也没有等到，这地方就叫韩滩吧。”这是1953年，咱宁夏小韩等驼工们给驻守西藏三万断粮部队驼运送粮筑路积劳成疾牺牲于拉萨不远处的桃儿九山下的荒滩，慕生忠将军和几百名筑路工人为回民小韩举行葬礼时说的话。

当车子急驰在四千多公里的川藏、青藏公路上，我知道“两路”边伫立过三千多名像小韩这样的英烈。

如果你还在，我就跟你跳一段锅庄《洗衣歌》吧！或者来一曲《我们美丽的家乡日喀则》也行。因为你强健有力的脚步从我宁夏老家不停歇地修行而来；我也从老桥头沿途走来。既然我们都从格尔木将军楼开始丈量着入藏之路，那就让我们入乡随俗跳一段锅庄吧。虽然我们在老家一直嘶吼的是没有伴奏的干花儿。

这一次，为了看河套平原的绿，我穿越“两路”回到了老家黄渠桥镇。春苗像茵绿的地毯铺满了官四渠村庄的四周，一直绿到天边……

妈总是把她认为最重要的事情像上一道最好的菜一样先端到桌面上来。

今天，妈端到桌面上的话题是：只要谁为国家做事了，共产党啥时候都记在心上！

妈正激动地说着，我却吃惊地看着妈。因为妈是一个没有多少文化的农民。我感受爹妈爱国爱党最强烈的豪言壮语是：咱老农民种着国家的田，共产党说交多少公粮、杂税，咱就如数地、早早地完成任务！他们拿出进藏筑路军民在人类的生命禁区青藏高原上修筑墨脱公路的不妥协精神，丰收了种，亏欠了种。一辈子种田不容易，五十年修筑墨脱公路也不容易。

今天，妈像是得到了无比的关怀，从而郑重地、一字一句地说："只要你为国家做过了事，共产党啥时候都记着你的好！"我一边喝着老家的八宝茶，一边细细品尝着妈的话。

妈说："前几天，家住大武口的五爷突然打来电话说，当年，宁夏解放了，西藏也和平解放，为了建设新西藏，宁夏支援队用骆驼往西藏送粮，其中还有你爷爷。现在共产党正在寻找那一队驼铃人。你五爷是带队的队长。"

五爷在西藏居住过我知道。我怎么从来没有听爹还有三叔四婶说起过这些事呢？我只记得在我很小的时候，爷爷就病着，经常咳嗽，有时咳嗽得非常厉害。爷爷去世的那天，天空中飘着细细的雪花，像是送葬的礼花，地上也白白的一层。

妈说："你五爷王玉魁是队长，有五十多号队员。他们从黄渠桥出发，长长的骆驼队从贺兰山西边的沙漠一直往西藏走去。快到拉萨了，你爷爷高原反应特别厉害，头疼、恶心、抽搐、呼吸困难、全身浮肿。队员们一看有生命危险，就想办法急救，骑骆驼到格尔木坐汽车到西宁坐火车到兰州坐飞机到宁夏……

我突然觉得我那病恹恹的爷爷的形象变得高大了起来！

他们年轻的时候竟有过这么一段辉煌而又难忘的历史：为稳定西南边疆大局送过粮，为宁夏支援西藏修路争过光。并且我为我爷爷王胜魁一个普普通通的送粮农民得到过共产党像赐赠小韩驼工韩滩那样无微不至的关怀而深感骄傲。

爷爷，我为您自豪！

在您为国家为党做着一件很小却又是惊天动地的大事的时候，得到过党像母亲一样的关怀，我想爷爷活着的时候，对共产党肯定是心存感激的。

可是为什么这一段历史很少有人讲起？难道他因为黄豆面没有送到目的地而中途病倒了，却又得到了党员们无微不至的关怀而难以启齿、炫耀？所以爷爷做过的这件事情就一直三缄其口？似乎谁也不知道他们年轻时为驻守边疆的解放军送过粮，为国泰民安出过力！

爷爷去世已经三十四年了，爷爷做过的这件事情也跨过了半个世纪……

半个多世纪过去了……

我们都忘记了过去……

可是共产党却没有忘记为锦绣河山添砖加瓦的创造者。他们始终牢记使命和责任，追寻着历史的轨迹，寻找到了当年为建设西藏，宁夏派遣西藏送粮的那一队驼运人。

妈絮叨着老家过去的事情……

我的眼前浮现出画面：军民们从黄渠桥街上李口袋那里买来的白色的、黑色的长条形毛口袋里满装着黄豆面和小麦面粉。一峰驮四袋。七峰一链。驼头上戴着大红花。驼腰上挎着军用水鳖子，伸长的驼脖子上碎铃铛碰撞出悦耳的声音。三百多头骆驼排着长长的队伍，从我的家乡黄渠桥头穿街而过，沿着悠长的包兰公路走了。其中两名解放军，七名汉族壮劳力，其余是一律的长袍、坎肩……

为了促进内地与西南边疆经济文化发展，为了汉藏各民族同胞共同发展，一九五三年春夏，黄渠桥街上出现了一道亮丽的风景！

五月八日这天清早，在黄渠桥头两岸，我的爷爷们就开始为远征而行动。几百头骆驼几百幅驼鞍，两千多袋粮食，他们丁零当啷捆绑了大半天。

太阳高升了起来，他们出发了！

亲人们送熟鸡蛋送自家做的鞋送干粮送围脖，目送着远去的背影，流出了祝福平安的泪……

浩浩荡荡的驼队上了包兰路，极其壮观的一幕。周围的村民，耕者忘其犁，行者忘其路。路两旁的群众静静观望着前不见首后不见尾的送粮驼队渐渐走远……

这是宁夏人民给西藏人民送去的温暖，送去的关怀！这是我爷爷他们要把宁夏人民的问候带到边疆去！

高矮胖瘦的四五岁俊美的骆驼，是在精挑细选的过程中把两三岁青嫩的驼羔留在家里；还嫌七八岁的驼娃青春起来会叛逆。虽然他们知道骆驼能活到三四十岁，驮运时间很长。可是在走西藏的路上，他们还是从内蒙古阿拉善左旗、陕西定边千挑万选了标准一致的俊美骆驼。他们深知此次之行，路途遥远，山路崎岖，想想都知难而上的天路，可是爷爷们还是勇往直前，走了！你从他们精心挑选的俊驼们就知道他们是有备而去的……

到了银川，汇集成更大的驼队，有贺兰、吴忠、金积的；再往银南走，又汇集了同心、中卫、海原、固原的驼工；到了甘肃民勤，又汇集了临河、五原等一队队的骆驼。两万五千平方公里的大河套平原上三千多峰给驻藏三万断粮部队驼运送粮的队伍就这样气势浩荡地把宁夏人民的问候带到边疆……

在甘肃、在青海、在新疆、在西藏，吴忠人、同心人、黄渠桥人，都成了我老家的人。

陕甘宁青新蒙等两万八千只骆驼的送粮大军就这样都在援藏路上奔忙着。可见走世界屋脊之路牵动了中国驼峰之魂……

一千四百年前，唐朝文成公主从长安婚嫁松赞干布，据说历时两年半才走到拉萨；这条难以抵达彼岸的地方，乾隆年间清军为了平息吐蕃叛乱从北京走了一年零三个月；新中国刚成立，慕生忠军部运输队也在入藏无路可走的沼泽荒漠低谷断崖雪峰的寒风中摸索着走了一年零三个月才抵达拉萨。

太艰难的进藏之路，因为新中国成立之时一百二十万平方公里的青藏高原上没有一条公路。

一九五一年，西北军政委员会副主席习仲勋指示由西宁入藏并绘制了蓝图。

一九五二年，毛主席提出运粮在前，修路在后跟；一面进军，一面修路；粮食运完之日即公路修成之时。

一九五三年，西北运输队任启明同志赶着两辆木轮大车由西宁向西藏黑河探路，艰辛跋涉七十天胜利抵达；为了更加谨慎起见，王延杰同志赶着胶轮大车从香日德向那曲探路。

方向已明确，路线亦清晰；驻藏三万军队急需的粮食，三千名驼工二万八千只骆驼背驮着一百万斤面粉进藏、送粮、修路！我爷爷王胜魁和我五爷爷王玉魁就是其中的两员。

为了稳固边疆，发展西藏，宁夏先后有四批驼队进藏。黄渠桥头驼铃声声啊！

妈还在絮叨着：一九五八年宝丰的马文德、刘占山、刘占国和王卫田、王卫军兄弟都去西藏给部队送粮、修路。一九五三年春天，你爷爷和你五爷爷，他们是第一批走进西藏的人！

春天送走的人，秋天就回来了！

你爷爷的命比骆驼都大！他活着回来了！你五爷他在西藏修路二十七年之后才回到宁夏石嘴山市。

你五爷说：进军西藏，没有党和人民高瞻远瞩的谋略和宏观规划，几十年来藏区也不会稳步发展。

险象环生使许多骆驼十天半月没吃没喝，只能舔地上的冻土，撕吃腹部的皮毛，还要驮着一百五十斤重的粮食又大喘着粗气，风雪夜又卧在人和帐篷都能被风卷走的极度旷野里。许多骆驼就这样瘦成骨架永远倒下！许多骆驼都是在高寒缺氧、冰雪覆盖的昆仑山唐古拉山上走着走着就口吐白沫倒下了！骆驼，沙漠之舟，是用天堂的光而造，在这高寒之地也不适合生存呀！新疆的驼工们把粮食送到香日德，牦牛又驮运着粮食继续前行入藏。

曾经，一望无际的格尔木荒原出现了一片大红柳地挡住了他们的去路，他们一连砍了半个月才开辟出了继续前行的道路。那片沼泽地，三十多名驼工深陷泥潭已丧生，吸取经验教训是睡躺着身子滚过了沼泽而继续前行。望柳庄插柳成荫让大家看见柳树就看见希望；雁石坪，因一名筑路工过度想家就以他家乡的地名而命名；开心岭就是我们翻越了八十一个重重困难之后的胜利高地……

五爷他们为建设西藏真受过苦了！妈继续说着。

那年，五爷小儿子结婚，我们都去大武口出礼。你五爷指着相框上一张张照片给老家的亲人们讲述着：我十八岁受命进军西藏，完成祖国大陆统一的历史使命。民国马步芳从西宁把公路修到了格尔木，我们就从格尔木接着修路，修青藏公路。那里高寒缺氧，物资贫乏，当时除了萝卜和土豆，其他蔬菜一律没有。在那种极端条件下，我们回族人只能抓活鱼吃，极其艰苦的岁月，我们一面进军，一面修路。青藏高原连科学都论证着不适合生命生存的地方，平均每前进一公里就有十二只骆驼可能就倒下去了。它们救济了我们。两万八千只骆驼回家时只剩下两千只了。军民无论职务高低人人干活，修天涯桥，后来改名为昆仑桥，慕生忠将军身先士卒推开工程师邓郁清自己先试水；修到沱沱河时，我们跳下去形成人墙；这枚青藏筑路纪念章就是一九五四年交通部赠赐我们的。毛主席说青藏公路是密切了西藏地方和祖国内地的联系，巩固了西南边疆，加强了汉藏各民族的团结，对于西藏和全国经济和文化发展都具有重大作用。

老家人都说：一方有难，八方支援，你们送粮人为咱宁夏支援西藏建设争光了；你们为回族、汉族、藏族各民族团结融合流过汗！

你五爷他还拿出一枚铜制圆形蓝天白云红林金黄路带的纪念章说：这枚修建中尼公路纪念章是一九五五年中国和尼泊尔建交授予的。一九六一年两国商议修建九百多公里的中尼公路，从拉萨一直修到尼泊尔的首都加德满都。我们修拉萨到尼泊尔的公路有八百多公里。纪念章上刻写的友谊桥就是一九六四年他们在日喀则樟木口岸中尼界河上修造的。

你五爷说这些的时候特别自豪。

老家人都说：王玉魁你辛苦了！你们为中尼友好往来铺过路基！

你五爷还把他的衣领翻开，让我们看他的右肩膀上一个很深很深的枪伤印，说：“这是一九五九年我参加中印边境自卫反击战中弹留下的伤，当时伤势特别严重，医疗条件极其落后，没有上药就取出子弹留下的疤痕。因为病重，医生都把我放弃在野外了，想象不出我是怎么活过来的……

“你为捍卫祖国领土完整流过血，你是我们学习的战斗英雄啊！”老家人都夸赞着他。

你五爷爷他继续说：“我进军西藏居住的地方没有固定过。我们从格尔木出发，我先是住在海拔最高的安多，后来到了日喀则、拉孜县、墨脱县，最后我到了拉萨市。我们修路的口号是：一不怕苦！二不怕死！顽强拼搏！甘当路石！军民一家！民族团结！我们十一万解放军和各族人民在生命禁区的高原上修建川藏公路和青藏公路的艰辛程度，不亚于红军第二次长征之路。这是一条国防战略之路。牺牲了三千多人，有解放军、有当地藏民、有各族人民，平均每修一公里路就牺牲一名英烈……”

妈含着眼泪继续说，你五爷说：“一九七四年冬天，我们三千多工人在被称为‘高原上隐秘的莲花’墨脱县第一次修通了墨脱公路。可是墨脱地区由于地势落差大，又处于断裂地带，墨脱公路经常遭到洪水、地震、塌方、泥石流等地质灾害的破坏。它的南面与印度为界。随着祖国科技综合实力强大，经过一代代筑路工人不懈的努力，修筑了将近五十年的墨脱公路才全面开通……”

妈讲述着老家的事，我联想到前段时间川藏、青藏公路通车六十周年大庆，学校组织我们学习习近平总书记弘扬“二次长征·‘两路’精神”：军民一家，全国各民族人民要像石榴籽一样拥抱在一起，我们要走各民族共同富裕之路。今天我才知道，“两路”精神里竟然还有我老家最至亲的两位爷爷在最好的年华奉献的青春！他们只留青史不留青名！

妈说：后来，你五爷留在拉萨的汽车三队，西藏自治区人民政府还给你五奶奶和叔叔们安排了工作。一九八〇年他们一家人才从西藏回来，落户宁夏石嘴山市大武口区。

妈越说越激动：他们都是国家的有功之臣！共和国的旗帜上还有他们血染的风采！你们也要为国家做大贡献！我们也是国家的好农民！现在咱农民的日子也越来越好过了。种田什么费都不交，种田国家还给补钱呢。种田几乎都用机器。看病有农村医保，养老金年年涨。我们都靠着共产党一代又一代的领导人带领着咱安宁地生活着，幸福地生活着……

妈竖起了大拇指，说：共产党好啊！看把咱中国治理得安宁！团结！富足！我说妈你是电视新闻看多了吧，从世界风云的轰轰乱乱中对比出了还是咱中国好啊！妈笑了！甜蜜蜜地笑了！

妈又悠悠地说着：吃水不忘挖井人！你爷爷要是还活着该多荣耀啊！五六十年都过去了，共产党还在寻找着像他们一样为国家流过汗水的人们……

妈就是田边上的一朵花，耕种一生的老农民，在水水浆浆的田间地头一路走来。今天能说出共产党的好，说出中国的美丽，那分量该多重啊！好像当年拉骆驼进西藏的人不是我爷爷和我五爷爷，而是妈她自己；当年得到过共产党无微不至关怀的人不是我爷爷他们，而是妈她自己。

我从妈那激昂的语调判断，六十多岁的老妈也有想为党和国家干出一番惊天动地的大事的决心，从而将名字也载入史册，留在后人的心目中。

妈又沏上滚烫的热茶。八宝茶浓酽的味道涌上心头。热气腾腾的茶香味儿顺着明净的窗户飘进阳光里……

我慢慢地走出老家的大院，站在官四渠拜上，看见大河套平原上复活着的每一棵青苗都绿茵茵地生长着。一望无际的绿一直连到西藏，绿到天边……

当车子在四千多公里蜿蜒崎岖的川藏、青藏公路上来回往返，我突然觉得“两路”平坦而又亲切，就因为我的先辈们曾经在冰天雪地无路可走的荒原给驻边部队驼运送粮，其艰辛难以想象；就因为我五爷他们二十七年如一日风餐卧雪在断崖暗冰还有五百七十公里永久冻土的青藏高原地带铸造着国防之路，填补着青藏高原没有公路的空白；就因为党像母亲一样为许多进藏驼工赐赠韩滩一样的恩情而感动。

当我站在拉萨市川藏、青藏公路纪念碑前，看它愈发的熠熠生辉，我对先辈们和“两路”精神的认识也在不断加深：十一万各族军民在人类的生命禁区世界屋脊上用铁锹、钢钎和镐头修筑康庄大道，工程难度异常艰巨，堪称二次长征之路，这也是中国人民为世界人民又一次创造福祉的奇迹之路！创造彪炳史册的伟业之路！

如果你还在，我喜欢握你的手，是因为你紧握铁锹锻造国魂之路的双手老茧最厚；不管是在茶卡盐湖畔，还是在羊八井地热温泉旁；我踏歌在这绵白悠长的山水相连的公路上，穿越昆仑山青鸟侍奉西王母的宫殿，看可可西里的精灵健步如飞。

唐古拉山口的风啊，你再细弱些，好让我放慢脚步走在共和国在这世界屋脊上铸造的第一条公路，深情地为路边平均每一公里都伫立的像小韩这样的英雄献一束哈达一杯红山茶！

看这四千多公里翻山越岭的川藏、青藏公路上钢铁密林般驻守的三千多英烈，

每一双手我都想紧紧握住！送上热茶暖透你们的身子骨！

因为这康庄大道上的无数鲜花和无尽的美景都浸润着你们的汗水、血水和通天大道的智慧！

引路人！边防战士！驼铃人！筑路人！回族！汉族！藏族！维吾尔族！东乡族！保安族！

中华各族儿女的每一颗心，每一双手都像石榴籽紧紧地团结在一起，修铸着泱泱大国这通向世界峰顶的天路，创造着任何国家和个人都无法修行的大思想境界的端庄之路。

站在雪域高原，凝望着珠穆朗玛的素洁与高雅，就让我们都变成高原上隐秘的莲花吧，哪怕再暗造一个通宇大道，相信有“两路”精神指引着方向和十四亿中国人民团结的石榴籽精神，世界会以“中国长征·‘两路’精神”为楷模，和平共进创造出一个洞开天宇的新世界。

就像中国各族人民团结一心修筑的青藏公路、川藏公路和墨脱公路，顺着党指引的方向，一代又一代，从不妥协、从不气馁，披荆斩棘，历经千辛万苦，甚至从头再越，直到峰顶紧握创造之初圣洁的大手！

（选自《朔方》2013年增刊）

一册“线装书”

王登明

王登明（1964—），宁夏惠农人，现在惠农区红果子镇综合文化站工作。系石嘴山市作协理事、惠农区作协副主席，有小说和散文散见于《短篇小说》《朔方》《黄河文学》《华兴日报》《石嘴山日报》等报刊，数篇作品入选《石嘴山诗文》《回望峥嵘岁月》《党徽闪耀石嘴子》等书。

活了半辈子人，喜欢了半辈子书，这就跟嗜烟者抽了一辈子烟，戒都戒不掉一样，大大地成瘾了。

《幽梦影》一书有言：“花不可以无蝶，山不可以无泉，石不可以无苔，水不可以无藻，乔木不可以无藤萝，人不可以无癖。”癖者，爱好也。人之爱好，各有不同。有人爱耍赌，有人爱唱歌，有人爱逛街，有人爱闲聊。爱好无所谓对错，爱好没必要分高下。而在于度，在于当事者的心情，在于利己不损他人，在于与社会无害而有益为之最好。

我的一位朋友，此君平生无其他嗜好，最喜杯中之物，酒场上他很少吃菜喝水，酒风纯正，输多少喝多少，从不赖酒。此乃真正的饮酒者。偶尔喝大了，也没有那些酒疯子酒傻子常见的种种令人不快的言行。

前两年，我租房住的时候，隔壁邻居是一位五十多岁的妇人，每每黄昏时分或者天刚麻麻亮的时候，她就唱起歌来。从民歌到流行歌曲，由慢歌到快曲，唱完一曲又一曲。她会唱的歌很多，且唱得感情投入，有声有色。作为票友一个，应该承认她唱得还真不错。即便她唱得好，可我还是阻止过她。

那是一个冬日，慵懒的太阳耐不住天寒地冻，早早将夜幕闭合。我躺在床上已经看了好一阵子书，当倦意袭来，正准备入睡，倏忽一阵歌声婉婉转转地传来，我倾听了一会儿，觉得她的歌喉不错，同时我也盼着她能就此打住，谁知这位大姐越唱越来劲、越唱越忘我。我遏止不住自己用拳头敲了敲墙，她立马噤声。自此，我给她起名“歌唱家”。此语绝无讽刺意味，如果不信，把她拉到舞台上唱上一曲，肯定会博得观众的热烈掌声。

第二天依旧如此。还好，她唱了一会儿便打住了。

是啊，一个人真正的嗜好像空气一样，无处不在。亦如夏日落雨冬天飘雪那般，是无法阻止的。而我的爱好，便是书了。

2011 年的夏天，我因公到石嘴山，办完事之后，暗暗告诫自己，今天不能买书。我克制自己不再买书是有原因的，今年在书店买的不算，光网购就花去四百多元，所以不能放任自流，自己要管住自己。可临近书店，情不自禁地又钻进去了。进去后，逐书架仔细浏览了一遍，眼前倏地一亮，我发现了一册“线装书”。

其实，真正的线装书咱根本没见过。这册“线装书”运用了现代工艺手法和装帧技术，在普通的装订基础上，打三孔穿线复又装订，中间有一颗白色的金属铆钉，格外惹眼。从书的品相上来看，整体效果古朴典雅，别具一格。仅观赏把玩，已经令人爱不释手了。

这部《幽梦影》属古典文学，由于它的仿真线装风格，让其充分体现出轻松阅古典、娱乐读珍品的意趣。中国古典文学珍品很多，譬如，这部《幽梦影》就是其中之一，确实值得一读。它属于语录体式，言简意赅，韵味绵长。这里不妨摘录几则，供读者诸君略作品尝。

待人处事：“律己亦带秋气，处事亦带春气。”是说人活在世上，约束规范自己要像秋天一样严肃，修炼德行使自己达到很高的水平。春天春机盎然、温馨一片，像春天般为人处世，对待朋友忠厚赤诚，充满温情暖意也是一种恭谦礼让的美好品德。以季节喻言行，自然规律于人的品行和谐。

关于书籍的藏、读、用方面，曰："藏书不难，能看为难；看书不难，能读为难；读书不难，能用为难；能用不难，能记为难。"我的乖乖，多么透彻古朴，又多么简单的几句话就点到了我们现代人特别是爱书藏书之人的死穴上。

"'情'之一字，所以维持世界；'才'之一字，所以粉饰乾坤。"情生万物。因为情，才有了夫妇、朋友、父子、兄弟；因为情，便有了爱国心，民族心，团结心。若无情，世界将冷漠，将暗淡，将灭亡。因为有才，可以使世界多姿多彩，不断创造新事物。

《幽梦影》全书内容丰富，所涉读书、交友、观赏、行游、山水、字画等等，应有尽有。虽寥寥数语，却字字珠玑，见微知著，见识高远。用与时俱进的现代眼光来看，书中某些观点显得苍白、落伍、偏执或狭隘，应当批评。另外，此书还有一大看点：每则原文的后面都附有现代评点，评点精到，读之，视野开阔，心旷神怡。好比夏日里吃着西瓜吹凉风，那个清爽劲，沁透了身心的舒服。

《幽梦影》，它不是幽幽一梦，更不是影子一样的虚无缥缈，它是理性与睿智的融合，它是哲理和意趣的共融共存，它优美的语言里囊括着世事，它简约的词句中佻达着人情。寓意深远，启人心智，予人教诲。

《幽梦影》，一册"线装书"，令人品读不已。

（选自《黄河文学》2014 年第 12 期）

从前的时光（外一篇）

王雁林

王雁林（1973—），本名王彦林，回族，宁夏平罗人，作品散见于《朔方》《宁夏日报》《人民军队》等报刊。宁夏作家协会会员，石嘴山市作家协会理事，鲁迅文学院第20期少数民族文学创作培训班学员。

失眠的时候，想东想西，想起了木心先生的《从前慢》：

“记得早先少年时／大家诚诚恳恳／说一句 是一句／清早上火车站／长街黑无行人／卖豆浆的小店冒着热气／从前的日色变得慢／车，马，邮件都慢／一生只够爱一个人／从前的锁也好看／钥匙精美有样子／你锁了 人家就懂了”

那时候在城里没有家，住单身宿舍。宿舍是铁道旁边的一处小屋，小屋分成两半，前半是我的工作场所，后半是宿舍。每天早晚有蒸汽机火车头从小屋旁的大门进来，哐当哐当，喷着白色的蒸汽，放下几节车厢的钢材、机械，再拖走几节车厢的煤炭、水泥。

每天对单签字，核实货物，检查轨道，活儿不累，有大把的时间闲着。闲下来的时间用来看书、写字，除此之外，可以感受寂寞，滋生无聊。那时候，城市扩张的速度比较缓慢，这里距市区很远，比较空寂。

透过小屋的西窗，远处有山，茫茫戈壁毫无遮挡。山脚下，百余年古刹尽收眼底。路途遥远，未曾听见钟声萦绕，但知那里有僧人。有时候也看见一个僧人从远处走来，离我越来越近，直到映入我的眼帘，身着灰色布衣，肩挎黄色布袋，脚步轻盈。有一次，僧人多走了几步，特意临近小屋的窗户，朝着屋里张望，我们彼此相视一笑，然后，他就转身走了。

我们没有说话，我认为，有时候不搭话也是一种尊重。

铁道沿着戈壁的边缘向北延伸，我知道它最终将在一个叫火车站的地方与其他线路交会，融入其中，然后过桥梁，穿隧道，一直延伸到遥远的地方，途经一个个陌生的地方，那些地方令人向往。那些地方有繁华的大街，有宽阔的大海，更有影视剧中的爱情故事。黑色的车厢上常有用白色粉笔写上去的文字，是浪漫的爱情诗句，抑或是一句率真的表白，在流动的车厢上留下了一行行爱情誓言。

盛夏的时候，昼长夜短，有充足的时间供我寂寞和无聊。我常会一个人走进戈壁。这里有干涸的泄洪沟壑，有酸枣刺，也有风滚草。它们稀疏地分布着，簇簇丛生，绿色点点，让这一望无际的戈壁有了些微的生机。戈壁深处，空寂无人。我一向怯于语言表达，在这里肆意高歌，放声呼喊，也不必担心被谁听见；我可以对着石头讲话，或者朗诵一首诗歌。头顶上，苍鹰在碧空盘旋，大地上，黑蚁在奔波忙碌。飞速奔跑着的小蜥蜴，在我脚边忽然停顿，抬起头歪着脑袋怔怔地看看我。

万物有灵，万物都知道表达自己。

一个人的炉灶，很有耐心地照着书本学做饭菜，用大量的时间，来满足自己的味蕾。将早餐吃成午饭，将午饭吃成夜宵，时光就这般一分一秒地溜走了。

那片戈壁，现在已改造为森林公园，树木葳蕤，绿草丰茂。铁路还在，小屋尚存，它们被掩映在一片小区的建筑中。

那时，每个周末都迫不及待地想回家。

周六早起，匆匆赶车，到家的时候也已下午。

从市区到县城的班车，大都陈旧，都是暴脾气，启动的时候发出一声怒吼，行驶起来叮里咣啷。司机的脾气很好，对顾客春天般的温暖，座位不满不走，等待是一场跺脚的梦。车开得很慢，一客一停，有时会很拥挤，车体连接牢固，倒也不必担心被挤出车外双脚重新落到马路上。车上常有神偷出没，有一次衣兜里几十块零几毛全部落入神偷的两指之间，无知无觉。

再从县城到乡里，车不多，稍有耽搁就赶不上，下一班间隔两三个小时。表弟的车也跑这个线路，有时赶上了，和他聊聊天，就有种已经回到家的感觉。

终于回到家里，眼见父亲在院子里忙碌，想过去搭把手，便被父亲拒绝了，父亲的话不多，只是慈爱地看我一眼，说一句“进屋去吧”，就继续忙了。大爱无言。

母亲见我回来，总是一种惊喜的样子，其实，她顶多也就一两周未见我而已。

母亲在灶台边一边忙碌，一边和我说话。

渐渐地，夕阳西下，夜幕四合，天色终于彻底黑了下来。站在家的院子里，抬头数星星，看月亮，宛若回到了童年时光。

在父母身边，我们永远是孩子，只有回到父母身边，才能找到家的感觉。父母的句句唠叨和嘱咐，当时并未有多在意，待我在现实里感受到磕绊，经历了挫折的多年以后，才感悟出这些朴实的话语，每一句都是富含着很实用的生活哲理。

家在村庄里，草木有本心。倦鸟归巢时，日落炊烟起。

曾经的时光，就这样在岁月的长河中，不知不觉地，悄悄溜走了。

举头望云林

那年三月，看到街上的征兵宣传标语，我忽然萌生了一个想法：当兵去。我的理想算不上多么崇高伟大，虽然我懂得保家卫国的道理，但更多的愿望是非常朴素的，就是想通过当兵期待能解决个人的就业问题。

那是上个世纪八十年代末，政府按规定落实相关政策，父亲的问题得到了平反，我家户口农转非不久。那时我正值青春年少，还不懂世事多变的道理，以为自己书没念成，眼前就业无望，以后可能种地也将无望，对未来的生活出路一片茫然。

那天，忙完手里的活，我瞒着母亲，直奔乡政府大院。那里正在征兵，部队来的征兵干部看了我写的字，又问了一些情况之后，满意地点了点头。就这样，我自作主张地报了名。

晚上，回到家里，我忐忑地将这件事情告诉了父亲。父亲想了想说：“当兵是公民的一项义务，我不能阻拦你。”

我把这件事情告诉母亲的时候，母亲的表情有些迟疑。

母亲说：“你真的想去当兵？”

我说：“真的。”

母亲说：“为什么？”

我说：“听说当兵回来的人找工作会容易一些。”

母亲犹豫了很久，慢慢地说：“这倒也是个办法。”

母亲又问：“什么时候体检？”

我说下周就去。

母亲的眼泪一下就流了下来，她哭了。

我也很难过，我知道母亲舍不得我离开，从小到大，我还从未出过远门，离开过母亲。

过了一会儿母亲擦干眼泪，说：“你长大了，有自己的主意，我也不能反对，想去了就去吧。”

我知道，母亲担心的是我到部队后的吃饭问题，我们回族在饮食习俗上有所不同。我安慰母亲说，来征兵的部队干部正好也是回族，他说部队上很尊重少数民族的饮食习俗，可以不必担心。

大哥也是当过兵的人。我也依稀记得，大哥离开家乡当兵的那些年，让母亲非常地惦念，那几年每当想起远方军营里的大哥，她都会由不住热泪满面。

临近体检的那几天，我格外勤快，总想多干些营生，但母亲不断提醒我不要干重活，下周要体检，可得注意别弄伤了身体。

入伍离家的那一天，母亲没有去送我。当我穿着绿军装，戴着大红花，在送兵的锣鼓声中踏上客车的时候，我看到人群中，有很多和母亲年纪相仿的人。恍惚间，我也看见了我的母亲，她站在人群中，惦着一双小脚，抹着泪，依依不舍地在向我道别……

唐代诗人孟郊的那首《游子吟》写得最为贴切：

慈母手中线，游子身上衣。

临行密密缝，意恐迟迟归。

谁言寸草心，报得三春晖。

也许，每个人的一生中，注定要走的路，终究是要走上一程的，在我所经历的浮世过往中，有所得也有所失，有欣慰也有怅然。一些事情已经深深地铭刻在我的心里，那其中有着母亲为我点亮的心灯，随着我的年龄一天天增长，它就愈加的明亮，当我在现实生活中感到忧郁和彷徨的时候，它会指引着我，走向光明。

写出这篇文字的时候，我的泪水潸然而下。

（选自《贺兰》2022 年第 2 期）

石嘴山情书

刘新芳

刘新芳（1962—），笔名山泉，宁夏隆德人，宁夏作家协会会员、宁夏楹联学会理事、宁夏诗词学会会员。现供职于国家税务总局石嘴山市税务局。

我是石嘴山。

今晨，我沐浴着旖旎春光，迎着熙熙春风，吮吸着大地的温暖和芬芳，拨开时光的迷雾，穿越历史的时空，以贺兰月为邮戳，以古老的西夏大地为宣纸，以贺兰山的雄伟为巨笔，以黄河的浩荡为浓墨，写下党项族不朽的精神海拔，写下贺兰山岩画千年的图腾，写下游牧民族波澜壮阔的史诗，写下明长城蜿蜒千里的气势，写下昭君和番远嫁、泪滴成泉的落雁之美，写下“大漠孤烟直，长河落日圆”的永恒画卷，写下“塞上煤城”——石嘴山爱的召唤，向无数爱我的人们，向整个世界发出爱的首日封。

我是石嘴山。

如果你来，你会爱上我。

爱上风，风中有秦帝国大将蒙恬浑怀筑障固边关，30 万铁蹄北击匈奴，饮马黄河边的嘶鸣；风中有岳飞“驾长车，踏破贺兰山缺”的威武雄壮；风中有宋辽金夏古国的鼓角争鸣、杀声震天；风中有丝绸古道上驼峰迤逦西行、驼铃声声。风中有拓荒者自强不息、改天换地的磅礴气势；风中有创业者“冲天豪气，发展业绩论英雄。心底无私，天地之间任驰骋”的满腔热血；风中有新时代石嘴山人建设创新型山水园林工业城市的阵阵号角！

爱上水，悠悠黄河奔流到此，在这里拐了个弯，如母亲乳汁哺育了80万石嘴山儿女。泛舟沙湖，沙水相融，湖苇相映，鸟飞鱼跃，让你感受江南水乡与大漠风光为一体的神奇魅力。绿水绕城，湖映蓝天，沙鸥翔集，碧波荡漾，徜徉在星海湖畔，让你感叹塞上湖泊水乡的美丽画卷。

爱上火，火中有贺兰山古战场的金戈铁马，刀光剑影；火中有西夏国的耀眼辉煌，百年风骚；火中有卫青、霍去病剑指朔方，匈奴溃逃；火中有60年来五湖四海的建设者燃烧的激情、洒下的汗水、创造的奇迹、留下的神话！

我是石嘴山。

如果你来，你会爱上我。

我是一座塞上煤城。我因煤而兴，被世人誉为“塞上煤城”、西北重工基地。我是宁夏工业发展的起点，宁夏工业的摇篮，摇出了宁夏工业的童年。那令人炫目的第一吨煤、第一度电、第一炉钢均来自于我，在不同历史时期我都创造了辉煌业绩，我的心充满着无尽的英雄情结。贺兰山深处的峥嵘岁月，生机勃勃的煤矿、工厂，已定格成永恒的记忆。

我是一座通衢之城。我地处全国“三纵两横”通道交汇处，是宁夏的北大门，在祖国版图中处于几何中心区域，包兰铁路和京藏高速、109国道、110国道等交通大动脉穿境而过，是呼包银榆经济区和宁夏沿黄经济区的重要节点城市、宁东—鄂尔多斯—榆林能源“金三角”的重要组成部分。惠农陆路口岸已成为联系京津冀、通达世界的重要国际物流通道，实现了从西北封闭城市到内陆开放城市的历史转变。

我是一座转型之城。历史的车轮进入新时代，我紧跟时代步伐，卧薪尝胆奋起，生态优先，转型发展，加快推动产业民生生态“三大转型”，全面实施创新驱动、脱贫富民、生态立市“三大战略”，坚决打好防范化解重大风险、精准脱贫、污染防治“三大攻坚战”。我坐拥煤炭黑，拥抱生态绿，共圆中国梦，向着山水园林、安详幸福之城奔去。我凤凰涅槃，华丽转身，已跻身全国富民进步地区前 30 名、中国特色魅力城市 200 强、西部最具竞争力城市前 8 强，我被列入全国中小城市综合改革试点城市、国家智慧城市、国家第二批循环经济示范城市，荣获国家“城乡统筹和谐发展奖”。

我是一座生态之城。我着力做好造林绿化、水系优化、城市美化“三篇文章”，数载耕耘，不允尘飞，任凭芳涌，一幅蓝天碧水净土新画卷徐徐展开。我牢记“绿

水青山就是金山银山”理念，倾心植绿，呵护城市“绿肺”；绿色发展，打造生态家园。我持续推进大气污染防治，让蓝天常在，空气常新，市民畅享“绿色福利”。四时花开各异，举目满眼葱郁；城在湖中繁花拥，半城山水半城湖；人在景中城在园，青山绿水共蓝天。奇石山上，石全石美，人文荟萃；森林公园，绿荫万顷，鸟语花香；星海湖水，波光粼粼，鱼跃鸥鸣……我是首批中国文化旅游示范基地、国家生态文明先行示范区，荣获全国生态建设突出贡献奖，我已先后持有国家森林城市、国家园林城市、国家双拥模范城市、国家卫生城市的名片。

我是一座文明之城。我举全市之力开展全民“创城”，统筹推进“六城”联创，向全国文明城市的目标冲刺！六年砥砺奋进，六年久久为功，六年一点一滴，凝聚文明力量，铸就城市之魂。我以精神灯塔引领文明建设先行，以文化为媒提升城市发展软实力；我全力打造“山水园林·尚工逸城”城市品牌，居生态城，创文明市，添精气神。文明生态，可圈可点；幸福煤城，宜业宜居。人文毓秀，

都夸家园美；生态芬芳，共醉水云中。创建文明，绿红争入镜；筑梦小康，山水共飞歌。润物无声化有形，历尽艰辛成此景。2017 年底，我终于获得最具含金量的第五届“全国文明城市”的殊荣。

我是石嘴山。

如果你来，你会爱上我。

这是一片神奇天成的土地。西枕贺兰山，东饮黄河水。贺兰山如父兮，黄河如母。贺兰骏马地下生，呵护绿洲献深情！阻断寒流东进，保护山下生灵；倒泻银河事有无，掀天浊浪只须臾。黄河之水天上来，奔流到此久徘徊。分出细流润田野，婉转九曲留关爱！石嘴山前波浪翻，黄河远上白云间。自古垂青宁夏川，回汉儿女记心间。我既有塞外边陲的雄浑壮丽，又有南国水乡的灵秀旖旎。不到贺兰山阙，焉能读懂鬼斧神工，天地造化？不到黄河金岸，焉知天地有情，天下黄河富宁夏。

这是一片富饶美丽的土地。引黄灌溉引繁荣，造福世代多少情；贺兰山下果园成，塞北江南旧有名。阡陌良田如画，江南秀色临风；乐山乐水乐业，宜业宜居宜游。红果历经千年，贺干饮誉全球，太西乌金成河，两岸鱼肥稻香；钢化飞舞长空，钽铌世界争光，优势产业集群，新型产业发展。我有十位“佳丽”，那就是“石嘴山十景”，一个比一个“颜值”高。她们分别是沙湖苇洲、星海明月、武当梵音、玉皇高阁、中华奇石山、归德神沟、罗家园子、田州塔影、黄河红柳、“五七”干校，每一位“佳丽”的名字都与她的自然景观、文化内涵和人文精神相对应。欢迎你来石嘴山，一睹她的风采和芳容！

这是一片热情开放的土地。我大力弘扬“五湖四海，自强不息”精神，我敞开胸怀，海纳百川，融入“一带一路”，迎接四面八方来客；我包容诚信，筑巢引凤，打造服务平台，创造优越投资环境；我放胆开放，工业强市，科技创新驱动，推进产业升级。我转型发展走新路，全面振兴创新业，建设开放富裕和谐美丽“四个石嘴山”。我不忘初心、牢记使命，振奋精神、兴市富民，实干担当迈向新征程；我撸起袖子加油干，走转型发展、高质量发展之路，推动“两个转变”，同步建成全面小康社会，为“建设美丽新宁夏，共圆伟大中国梦”做出新的更大贡献。

我是石嘴山。

如果你来，你会爱上我。

爱上这片土地的人杰地灵，爱上这片山川的出类拔萃，爱上大漠风光的独特魅力，爱上神秘古老的西风夏韵，爱上积淀千年的多元文化，爱上塞上江南的秀美神奇，爱上塞北煤城的山水园林，爱上石嘴山人的热情好客。

我是石嘴山。

如果你来，你会爱上我。

来吧朋友！来吧世界！爱在石嘴山，爱上石嘴山。

（选自《塞上散文诗》2018 年第 4 期）

沙湖且留下（外一篇）

刘学军

刘学军（1969—），宁夏石嘴山人，宁夏作家协会会员。自1990年开始文学创作，先后在《朔方》《石嘴山日报》等报刊发表作品，散文《走读银川》被收入《中国当代微型文学作品选》。

一

多年前，和朋友一起坐火车去南方。同车人听到我们从宁夏来，就向我们打听沙湖的情况。那时，沙湖作为一个旅游景点早已声名远扬。作为一名土生土长的当地人，当听到一个外地人问起沙湖，油然升起一种莫名的感慨和骄傲。

习惯上，我们说起旅游景点，自然而然地会想起美丽的西子湖、辽阔的大草原、浩瀚的大海。而位于西北的宁夏很多旅游景点在三十多年的开发中逐步为世人所关注。所以，沙湖虽然为国家5A级景区，国家王牌景点之一，但在很多人的认知中，还是那么神秘。“沙漠中为什么还有湖水？是绿洲吗？”“北方为什么会有湖泊？”“沙湖到底是怎样的一种存在？”的确，有水的地方很多，但湖光山色中没有沙的粗犷，有沙的地方也很多，但瀚海起伏中缺少水的灵性，这两者的缺憾在沙湖珠联璧合，这样的一种和谐共生神奇的画面，没有来过的人只能在多少神往中穷其想象了。

也许，在这样的一种想象中，北方少不了“北风卷地百草折，胡天八月即飞雪”的冷酷，少不了“大漠穷秋塞草腓，孤城落日斗兵稀”的凄凉，少不了“黄河远上白云间，一片孤城万仞山”的空旷，少不了“葡萄美酒夜光杯，欲饮琵琶马上催”的悲壮，是羌笛悠悠的离乡愁绪，是鸿雁南归的声声鸣叫。总之，作为塞外，这里的荒凉，这里的空旷，有时让人心生孤寂，有时却让人心驰神往。

于是，我调动对沙湖的所有印象，给他们讲述着关于沙湖、关于贺兰山、关于黄河、关于石嘴山、关于宁夏的诸多景观以及那些美丽的传说。我想此刻，在他们的眼里，我就是那拉着骆驼走过沙漠唱着《赶牲灵》的小伙，就是那使至塞上咏叹大漠孤烟长河落日的王维，就是那驾长车，踏破贺兰山缺的岳武穆，就是出征噶尔丹的康熙大帝，就是杀破匈奴的蒙恬大将军，就是湖光山色中那展翅翱翔的一队队鸿雁。

二

在这个芦花飘飞的深秋季节，驻足沙湖门口，阳光毫无遮拦地将这份深秋的荣耀倾洒在每个人的身上和写满幸福的脸上，倾洒在满湖的碧波和每一朵浪花上，倾洒在满眼的沙海和每一颗沙粒中，倾洒在大片的芦苇和每一片叶子上，倾洒在每一只鸟儿和它们的羽毛上，倾洒在每一片花海和一簇簇不知名的花朵上。

昨夜的一场狂风暴雨，未能撼动沙湖那巨大的钢筋骨架结构的大门，像一只展翅飞翔的天鹅，义无反顾地飞向浩瀚的湖水沙洲，引领着我们向着湖水的更深更幽处慢溯，向着沙山的最高处更远处攀爬；又像一张翻云覆雨的手，将世外的美景统统揽在这里作为永恒的收藏。

“碧波轻扬千里浪，远山遥映万点帆。”这是一首描写沙湖的诗句中的一联。自沙湖出现以来，描摹沙湖的文字数不胜数。杭州的西溪古镇风景优美，宋高宗当年南渡时路过西溪，一时被这里的美景所吸引，于是口吟“西溪且留下”。高宗今仍在，如果看见了今天的沙湖，是否也会被这里的美景倾倒。沙湖一直偏于西北，悄然美丽，悄然绽放。“虽无弱水三千里，不是仙人不到来。”那烟波浩渺的湖水，金黄如画的沙漠，婀娜多姿的芦苇，成千上万的候鸟，还有远山、沙洲、渔船、游鱼，满眼的美景，已无法用语言来形容，最好的表达便是急不可耐地按动相机快门，将自己与这些美景悉数收纳于光与影的世界；用一首首深情款款的诗歌朗诵，把对沙湖的情感倾吐在每一句诗行里；用一曲曲美妙的和声，在低吟浅唱里与天籁共鸣。一切的一切只为了不辜负这如诗如梦的良辰美景，不辜负这满湖的碧波，不辜负那沙水始终不渝的相依相偎，不辜负那些在天空中自由飞翔的小鸟。

三

春光不可负，秋色亦然。而在沙湖，四季皆不可空负了情感，因为沙湖的四季都是美的。它美得质朴纯粹，有西北特有的粗犷；它美得沉静内敛，如江南的处子；它美得婀娜多姿，脱去了尘世喧嚣的羁绊。

当春间二三月，轻风微微地吹拂，如毛的细雨由天上洒落，千条万条的芦苇，最先感知春风的到来，齐舒了它们黄绿的眼。那些迁徙南方的野鸬鹚、黑鹳等候鸟无声地掠过天空，独特的基因密码使得它们无论千里万里，都能够循着沙湖的气息奔聚而来，在这里生儿育女，尽享天伦。炎热的夏天，沙漠、苇叶、湖水和各色竞相绽放的花儿绘制成一幅大写意，在浩渺如烟的湖面铺陈为无与伦比的画面。而秋天亦会在一个多雾的黎明悄然而至，它踮起脚尖掠过树顶，染红了几片叶子，染黄了几缕芦苇，吹皱了一池清水。层层叠叠的颜色，吸引了大群大群的鱼虾浮上水面，吸引了大拨大拨的候鸟不忍离去，吸引了浓霜，吸引了重露，吸引了姹紫嫣红、赤橙黄绿，呈现出一个雍容华贵的季节。爱这个季节，你可以对着大片的莲叶，吟诵“采莲南塘秋，莲花过人头。低头弄莲子，莲子清如水”这样的诗句，更可以在枯萎的荷叶边，怀想林黛玉最为喜欢的“留得残荷听雨声”的意境。冬天的沙湖，繁花落尽，而在一个雪落的日子，看那些玉色蝴蝶，如痴如醉在风中轻盈起舞，似飘如飞，如梦似幻。当一切回顾宁静，一切回归初始，在冬的日子里再次回味“蒹葭苍苍，白露为霜”的情景之时，命定的机缘已经悄悄地做着准备，孕育着来年更为灿烂的绽放。而沙湖的阳光依旧清纯、亘古的宁静中依旧荡漾着诗的情意……

四

穿过一丛丛芦苇，度过一湾湾水域，一座座沙山由远及近展现在眼前，早已经有人急不可耐地跃船上岸，急速奔走在沙山脚下。一夜北风吹，沙山平滑，缎子一样的细沙，在阳光的照耀下闪着银色的光芒，沙湖的雾气融进沙山反射的阳光里，显得迷离、朦胧，让人忍不住用手去触摸，掬一捧在手中，感受那一份细腻，那一份光滑，那一份质朴，那一份纯净。这时，走进我心里的，是被水浸润的沙漠，是被沙淘洗的湖水，粗犷中内含温柔，冷硬中不乏温暖，沙海与湖水美丽的邂逅，成了四季都会遇见的风景，成了一片最接近心灵的地方。

站在沙丘顶峰极目瞭望，十月的阳光下，苍茫的贺兰山仿佛近在眼前，白皑皑的积雪清晰地勾勒出它的轮廓。此时，你好像就是天地中的王，是主宰这个世界的统帅，是杀伐决断的君主，一眼望穿千年。在这儿，你号令汉家男儿御马奔驰，勇武果敢的霍去病踏破关山，历史的长空定格了血性男儿的不屈和刚烈；在这儿，雄赳赳的大唐子弟跨骑的战马昂首长嘶，势不可挡的气势铸就了大唐辉煌盛世的荣耀；在这儿，明朝将士萧如薰坚守孤城抗击叛贼，杀敌的弯刀映射出阵阵寒凉……

这一方沙，这一泓水，天蓝水碧，用不离不弃的坚守，写下一段段悲情的、豪壮的、令人回味的故事，在漫长的岁月之河中静静流淌，静静流淌……

五

山在水的眼睛里，水在山的怀抱中。山水之间的苇草丛中，有一个小小的岛屿，名为鸟岛。

在沙湖，做一只鸟儿很幸福。沙湖宜人的自然条件，让各种鸟类作为最佳栖息地的选择，就连对气候条件最为挑剔的鸟儿也将这里作为繁衍生息的栖居地。茂密的芦苇丛是它们天然的栖息地，丰富的浮游生物和各种鱼类为它们提供了丰富的食物，爱鸟护鸟的人们为他们提供了天然的乐园。乍暖还寒的时节，还有不少的鸟儿从水面上掠过。一对黑天鹅在水中游弋，时而分开觅食，时而喁喁细语，似有诉不尽的甜蜜，似有吐不尽的衷肠；一只只鸿雁在水边栖息，让我们近距离欣赏它们的身姿；远处的芦苇丛里，上百只鸬鹚静静在水中定格成一幅画面。船在沙湖带着风驶过，湖水划开的波纹，如一簇簇洁净的微笑，纤尘不染。那一只只正在凫水的小鸟悠然地坐在碧波上——很是自在，很是惬意。

鸟儿，就生活在这一片祥和中，它们在山光水色中自由地飞翔着，鸣叫着，每一种叫声，都清脆婉转，都珠圆玉润，带着沙湖特有的水汽，透射出季节的光泽温润，营造出遗世独立的孤傲，让风清云白，让光阴如诗。

此时，我仿佛看到电影《大话西游》里紫霞仙子撑着小船穿梭于此。周星驰把一段爱恨纠葛的起始点放在了沙湖，至尊宝和紫霞仙子苦海挣扎的旷世绝恋从此定格。至尊宝和紫霞不知在何处，而他们在世间演绎的宿命，却让我们在岁月老去的过程中不断回味。此时，那一段爱恨情仇的缘分已经远去，那首“苦海翻起爱恨，在世间难逃避命运，相亲竟不可接近，或我应该相信是缘分”已经化为取经路上一声无奈的叹息。至于塞外飞雪、战马嘶鸣、玉门送别、胡笳声声，都已化为唐诗中的吟唱、宋词里的幽怨以及后人不断的寻觅，寻觅……

六

湖水幽深。一望无际的水面，不见惊涛骇浪。

船行水上，缓缓地，稳稳地，没有一丝一毫的急躁，可以从容地将大片的风景拥入怀中。那在水中央站立的，是一丛丛、一簇簇的芦苇，像西北汉子一般有着高高大大身姿，那站立的姿态，不失翩翩君子的谦逊，也不乏铮铮武夫的阳刚。他们把根系扎在湖水深处，饱经风霜，栉风沐雨，生生世世守护着这片土地。而与这些男人般的芦苇守护这片土地的还有万千农垦的开发者、建设者、继承者们。

如果将沙湖形容为一幅秀美画卷的话，那么军垦战士铸剑为犁，屯垦戍边，在贺兰山下西大滩开发的历史则是它厚重的底色。

早在1952年，站在北京二月的清寒中，毛泽东面向千里之外的大西北，眼光投向他从未涉足的黄河之滨，签下了一张“批准中国人民解放军西北军独立第一师转为中国人民解放军农业建设第一师（以下简称“农建一师”）”的命令。在这张命令中，毛泽东号召全体脱下戎装的将士，投身当地农业生产。于是，六十年前的历史上，我们看到一批脱下军装的特殊建设者来到西大滩，开始改造这一片茫茫的盐碱滩。

“戎装未脱闯天涯，何惧大漠与风沙。不知多少英雄血，散向长林化晚霞。”在六十多年的岁月里，开发西大滩的农垦人在这片土地上战天斗地。这一地区在历史上是蒿草丛生、野狼出没、荒无人烟的茫茫戈壁滩。清朝宣统年间的宁夏都统制曾想开垦这片土地，终未能实现；民国时期，宁夏省政府也想“开垦镇朔堡荒地五十万亩”，但最终也是纸上谈兵。而农建一师的到来，彻底改变了这里的模样，在这片“种植禁区”的荒滩上，种植成功了亘古荒原上的第一茬庄稼。20世纪60年代，以知识青年为主的“青垦人员”进发西大滩，开始了又一轮对西大滩的改造。一代代农垦人献了青春献终身，献了终身献子孙。当年的荒漠戈壁在涅槃中重生，逐渐形成了农林牧副渔多位一体的新型农场，让一个美丽的世外桃源——沙湖，逐渐揭开了面纱，惊艳于世人的眼中。

在农垦博物馆，面对着巨幅照片，当年开发西大滩的景象历历在目，广阔的沃野，机器轰鸣，劳动的号子，此起彼伏，火热的劳动场景，再现着那激情燃烧的岁月。几十年的开发，这块曾经抛洒英雄血壮士泪的土地，曾让铁血男儿立下功勋，曾让诗人写下壮美诗篇的地方，再一次浸透了五湖四海开发者的血与汗，书写了一部红色的传奇。

西大滩是养育一方土地的大粮仓，西大滩这三个字深深地印刻了几代人的生命印记，那不仅是一个历史名词，也是一种民族精神，是一段共和国的记忆，更是几代人的青春奉献。现在，沙湖以及西大滩旧址已经打造成爱国主义教育基地，让游人们了解沙湖及其深厚的军垦文化，领略独特的自然景观，追寻不朽的红色岁月，体味老一辈人的奉献故事，感悟生命的意义。

七

“郊原黄叶渚烟秋，日落苍茫碧水流。傍晚渔歌随处起，半湖枫冷月明舟”。沙湖，就是这样的一个地方，让我甘愿留下，留在这片时光里，留在这片永恒里，让一颗染满灰尘的心，化身为一汪清澈的湖水，一株青绿的苇草，一片洁白的羽毛，一颗剔透的沙子，一行平仄有韵的诗歌……

（选自《石嘴山日报》2019 年 12 月）

我的石嘴子

当大巴车经过夹道送别的人群，出门往南，缓慢加速，穿过熙熙攘攘的街市，把我们载向远方一个陌生地方的时候，我想起了那被唱得很俗也很煽情的歌曲——《其实不想走》。

其实我不想走。我不想离开这个城市。石嘴山是我的家，祖辈生活过的家。隔着车窗玻璃，看着那些打着欢送条幅的人，看着那些送别的家属，仿佛很近也很远。在此之前，我也站在同样的队伍里，送别了一批又一批奔赴他乡的人，我也曾拿着手机，在人群里捕捉着充满温馨和感伤的画面，包括送别的条幅，包括分别的握手，包括拉着行李箱走向大巴车。然后，放在朋友圈里，任由这种感伤的情绪继续发酵，我也曾看着走进车厢的面孔，眼里也有过潮湿的感觉。

今天，是我坐在车里面，隔着玻璃窗，望着车窗外送行人的家属依依不舍的寒暄，我听不清他们在说什么，但我知道他们在说什么，就像此时，我心里也在默默地向家人做着告别。我尽量把头别过去，不愿让自己心情显露出来。甚至，我只给妻子、好友打了一个电话，就好像是平常一次短暂的离别，叮咛他们千万不要来，就好像和以往一样，到贺兰山、罗家园子或者是黄河沿红柳河滩小转了一圈，在感觉累的时候或者天色向晚就会返回家；就像以往一样简单地去趟大武口、银川，早晨出门，晚上不管多晚，都会乘着大巴车穿过夜色，走向熟悉的家门；就像以往一样去远处出差，无论多远，都会在预约的时间穿山渡水回来，然后，安然地待在家里，与妻儿共守岁月静好。而现在，我只能这样，在一种忧伤和憧憬混杂的情绪中，让人群中那些惜别送别我，淹没我，让我安静、淡然地从这座繁华的城市离开。

无论怎样，在这个城市已经生活了四十多年，四十多年的印记，已经永久地铭刻在骨子里，渗入血液里，这城市的每一个角落，都将成为一个个无法淹没的回忆，假如时间会倒流，假如时间会停滞，我不知道那些尘封的记忆会不会如约而来。

记忆中有井巷的墨色烟尘，那里留下的是我初次参加工作的履痕。二十几岁的年华，为了理想和生活在井巷中奔走，和一帮年龄相差不多的工友们整日在井下面对着冰冷的机器和危险的环境劳作。我们曾经面对全国最大的采煤机，以初学者的热情如饥似渴地认识着那些设备密密麻麻的元器件和纵横交错的缆线；我们曾经在潮湿泥泞的巷道喊着号子推着二点五吨重的采煤液压支架部件和六七米长的铁轨；我们曾经一起褪下衣裤裸露年轻肌腱走进及腰深的水沟，就是为了用最快的速度把设备运送到目的地而不耽误出煤工期；我们曾经从被沉重的铁块砸伤后撕心裂肺的伙伴的哭喊中感悟到生命在最艰难环境下的脆弱和无奈；我们在一次次岗位调整中感受变革的“阵痛”，停产、下浮工资、破产、分流，每一次的变革都是一次人生的转折，每一次的“阵痛”又都是一次新希望的昭示……在这样的转折中，我身边的工友们有的离职去了远方，寻找新的希望，有的通过再度深造，换上了新的工作，开启一番别样的人生经历，而还有许多年纪大的同志，终于盼来了提前退休。你不知道，在煤矿工作的工人们，从年轻时起就在号称“四块石头夹一块肉”的井下干活，早一点退休，好好享受地面的阳光，在他们漫长职业生涯中是多么惬意的事情。

记忆中还有那些沟沟坎坎，那里有我和哥哥弟弟儿时随父亲在矿山周边放羊的情景。那时，采煤后的沉陷区环境还不是太糟糕，依然有“天苍苍，野茫茫，风水草低见牛羊”的样子。儿时的我不知道那些大坑原来藏着怎么样的秘密，他们的前世今生究竟如何，记事起出门不远在视野开阔的山梁上就能看见那高高的井架和井架前矗立着金字塔般的矸石山，矸石山上，一年四季有矿车夜以继日哐当哐当地将一车车矸石翻下来。我亲眼看过那一座小小的渣堆变得庞大，填满了周边的沟壑，周边的人们争先恐后不惧危险地在矸石山上捡煤；我亲眼见过那山上冒着浓重的烟雾，远远地就能嗅到刺鼻的气味；我亲眼见过那些“四桥”大载重车在山下像渺小的蚂蚁般用了几年的光景把黑乎乎的矸石山搬走，搬走的地方裸露出红色的痕迹，在大地上留下一片烧焦的红土和那些因为采煤沉陷的裂缝，变成大地母亲身上一块块丑陋的伤疤。而多年以后，通过采煤沉陷区治理措施，将大坑内居住的人们整体搬迁至新区，又动用大批园林工作者对七个大坑进行一次次大的外科手术，将这里铺上绿植，缝合着大地母亲悲怆的记忆。

那时，我每天和父亲赶着他的羊群在各沟各洼找寻好吃的野草。羊儿在沟壑中吃草，他拿出鱼线找一块平坦的地方，一边架上自制的转轮梳理那些细密的鱼线，一边远远瞭望着羊只。父亲边梳理他的鱼线，边时不时看着离群，或使唤我去赶回离群的羊只。我不知道高大魁梧的父亲怎会有这么细致的心思，记忆中，他除了放羊就是打鱼，回来后，就把渔网晒到屋檐下，或者在土炕上，坐在低矮的小板凳上织渔网或补渔网，而渔网所用的织针、锡蹶子都是自己手工做的。我看过父亲做这些事情的整个过程，他做事的仔细、认真也一点一点渗入我们做事的行为中。甚至，在漫长的岁月中，我们忘记了父亲教育我们时候的打骂，在今天想起来一切都是那么美好。有时，我们兄弟姊妹随着父母亲去放羊，在落日的余晖中慢慢回家，吃饱的羊儿不敢让他们走得太快，我们不紧不慢地在荒原上走，落日的余晖洒在我们身上，拉长我们的影子，那些影子攒在一起，是那么温馨和睦。父母边走边说话边回答着我们的提问，那些是什么草？那里是什么地方？父母亲总是会不厌其烦。就这样记忆的积累，在此后的许多时候，和父母在一起劳作的情景总会在梦中依稀呈现。

最放不下的应该是她们两个了，此后，不再有每日的早出晚归，更想念往日的左右陪伴。孩子已经不似小时候，会拉着你的衣袖，或者用哭泣表达她的不舍，她的沉默更使我心中难过，更有我的妻子，不善流露她的想法。这个城市，留存着我对一家人的记忆，从三人而居的土坯房到平整干净的楼房两居室，一家三口与母亲、哥嫂一院居住的情景记忆犹新。父亲建造的土坯房，房前的沙枣树、苹果树与一小块菜地，下班之后就是自己的世界，极其简单的生活却有着岁月静好。从孩子出生到搬进楼房，这个小院留存了我们太多的记忆，夏天，我也学着父亲的样子在田里种些蔬菜，为那些果树修剪一些多余的枝条；或者把偌大的院子重新规整，为母亲豢养的那些鸡鸭们做一个温暖的小巢；或者将母亲住的房屋打扫得清洁干净，让年老的母亲能有一个舒适的居所；或者在夏日的午后，沏上一壶茉莉花茶或者泡上一壶橘子粉，在整个一个午后，与友人就着西斜的阳光和渐渐褪去的暑气，一起谈论着班上的事情，上学的往事，煤矿外面的世界；或者，在夜班行将上班之前，在妻儿熟睡后，伴着冬日温暖的炉火在书卷的字里行间积累生活的希望，而当有一天，我将心中的温暖尽数赋予书中的字里行间，千里万里都不再是那么遥远。即使在以后漫长的分别，这些文字依然会化作温柔的往事从岁月的深处迤逦而来，在彼此的记取中一点一滴汇成记忆的河流，在生命的长河中任我随意捡拾属于自己的记忆。于是，每一次的回家，短暂的时光就成了最奢侈的拥有，甘愿用最零零落落的时间，逐渐凝练成长长久久的陪伴，用陪伴挽留一段时光，延长一种感受，弥补一些缺憾，加深一段感情。

而无论是对人还是对一座城市，也许都需要这样一种感情。多年以来，这座城市赋予了很多人新的人生。我常常一遍遍地翻阅着这座城市的历史，从书中或老人的讲述中认识了我的城市，知道这个城市的前世与今生来，这个曾因黄河边“有石突出如嘴”而得名，后来又“因煤而起，因煤而兴”的城市地处边陲，黄沙连片，环境恶劣，人迹罕至。20世纪20年代，因地处宁蒙交界，为水旱交通要道形成集镇，以水旱码头闻名于西北乃至欧洲，大量的羊毛制品及农产品由石嘴山码头沿黄河而下，转运天津，享誉世界。1956年，随着国家开发石嘴山的煤炭资源，来自五湖四海的建设者们涌入这个小城市，小城逐渐兴盛起来。

今天，这座城市成了我们的精神家园。当我和我的同事们跨越一百七十多公里的路程，行经九曲黄河的几座大桥，路上的景色从电影电视或画册中真切地来到眼前，我惊奇或者骄傲我们的黄河能够打造出这么美丽的景色，而这一切美好的景色却又丝毫无法冲淡接下来的愁绪与空茫。来到了新的矿井，正值严冬时节，抑或是时间正处在春节，在节日的氛围下，矿区周边的村庄时不时传来的鞭炮声让人在他乡里仍然感受到一种过年的气息，只是气氛有种落寞，让人不由得加倍思念家乡温暖的烟火。为此，每每回家，我都会骑着电动车，在阳光明媚的日子，悠然地在城市的街巷中转悠。与其说是在转，不如说是在拜访，现在，我可能是以一个游子的心情来抚摸这座城市，也许真正离开，我才能感受到这座城市的呼吸，才能够放下内心的浮躁，走进他的心里进行对话。我走在那条叫了六十多年“新街”崎岖不平的街道上——这条街道是矿区开发后形成的采煤边界，和居住区划分，曾经这条街有民房、学校、商店、庙宇，后来区政府也在这条街上设立办事处。如今“新街”已经不新，繁华早已不在。街边老房子随着沉陷区的治理已经逐步拆除，我多次在拆除的地方愣神，收购站、幼儿园、小诊所、平地而起的楼房，这里都曾留下我每个年龄段的足迹，我正在将他们装在记忆的口袋，唯恐落下了什么；我循着路径走到老房子，这里有对父母和兄弟姐妹在一起的记忆，如今已经绿树成林；我沿着黄河岸边看着那初具雏形的煤炭博物馆，以及博物馆周边用废铁组合的《太阳神》《黄河筏子客》《煤矿工人》等雕塑作品，用心咂摸着那些用设备废旧零部件拼接成的艺术品，抚摸着那些似乎还留着操作工人手温的零部件，感受着艺术家化腐朽为神奇的力量，感叹艺术家的巧夺天工；我站在“有石突出如嘴”的黄河古渡口，看着北去的黄河，遥想这里作为曾经集市的繁华，和那些行商坐贾或者船夫们一起感受着熙熙攘攘的市声；我走在石嘴子公园，在九曲回廊中欣赏移步换景的美丽图画。记忆载不动，太多的回忆，太多的美好，我只能轻轻地将他们安置在现在，更多的美好，让我满怀期待。

华灯初上，明天，我将于黎明之际再次作别这座城市，街边的商店传出赵雷的那句歌词“让我掉下眼泪的不止昨夜的酒，让我依依不舍的，不止你的温柔”唱出的仿佛都是我的心情。从煤炭路走向长长的东大街，昏黄的灯光投射在我的身上，如我一般寂寞的影子时前时后，似那走过的路，想过的事，仿佛越来越远越来越多难以抛开，所有的聚散分合无法抵抗时间的狂流，唯有在鳞次栉比的钢筋丛林中，那一方天地透出的暖暖灯光，才能够抚平我的这份寂寞。

那就是心的家园。

（选自《石嘴子》2018年第4期）

风自有归处

刘庆烨

刘庆烨（2000—），江苏徐州人，作品散见于《中国校园文学》《散文诗》《散文诗世界》《六盘山》等刊物。曾获2020年度宁夏大学生原创文学大赛一等奖，“2020·梦想与奋斗”宁夏大学生主题征文二等奖。

一

黑夜里的光亮是行路者的新乡。这话是我自银川回理工路上忽然想出来的，倒不是说一路皆黑色，而是那种暂无定所的飘离感，让人急需熟悉的事物来使自己安稳。毫无疑问，理工的斑斓光点是我这只舟即将停泊的岸。经风受雨的夜航船在大海颠簸，船上的人也疲惫不堪，他们身体承受出海的折磨，灵魂在飘零的广阔之水上，也如无根浮萍，空虚不自在。直至见到灯塔射出的星点光芒，才欢呼雀跃，凤凰涅槃。在我看来，人和植物还是有某种相似性，比如远游千里，仍觉得自己扎根在最初的小村小镇，城市街区。吃食，见景，虽经历大城市的冲击，但故土油腻乏味、千篇一律的米面零嘴，依旧会在某时某刻线一样扯回羁旅的风筝。

我记得公路夜行的时候，脑袋昏沉，身躯疲乏，尽管司机尽量把车开得稳，但仍觉得自己被莫名其妙的海水抛来抛去，左颠右簸，车窗外大抵有路灯的微弱光芒，风景簌簌闪向脑后，不知道什么时间才会停止。直至司机轻声说道：“快要到了。”整个人都被这句平淡的话惊动，心神震撼，像在原野奔跑，听到牛羊的叫声、望见营帐的火把。在学校里永远不会明白宿舍楼与体育馆的光斓有多可亲，在那个永恒无边的夜色里，我只觉得见到指引行船归航的灯塔了，岸就在不远处。人总是这样，对可以救赎灵魂的亲切事物视若无睹，甚至毫不介意它们消逝与解除，等到孤独寂寞，在冰冷狭窄的夜里舔舐内心伤痛的时刻，才猛然惊觉自己需要一段回忆，一条被子，一杯热水，一些幸福欢悦的时光。

我每次放假返回徐州，先是坐火车。火车这个庞然大物能一定程度消解漂泊感，如同建筑物，较为稳定。我们甚至可以和毫不相识的人聊天，谈谈天气与一切值得相互探讨的问题。人是群居动物，跻身同类的环境时，大多数情况下不会觉得自己单薄无依，虽然不喜欢赶路，但我也不得不否认这种引力不令人抗拒。从火车站到我出生的小村还有大约两小时的路程，这段路的前半部分，我在乡土乡音的熔炼下已经可以安宁下来，甚至近乡情更怯，试图用稍显陌生的家乡话与车上的乘客交流一二；后半部分则更像是一个回归自我的过程。尤其是见到熟悉的街道牌坊、河流农田，只觉得自己的双脚生出柔软细微的根须，与小麦玉米一样，扎进土地汲取那永生难忘的汁液了。

在山东地界时，家乡人已然多了起来，那粗犷土性的老家话不再千篇一律，反而格外动听起来。我发誓即便是身处景区密林，鸟儿们宛转悠扬的啼叫和鸣也不如这声音让我浑身颤抖、恍惚蹦跳、止不住地恸哭起来啊！或许宋之问的《渡汉江》并非一首乡愁诗，但“近乡情更怯，不敢问来人”却使得远乡游子的心灵为之共鸣，拍手称赞，泪流满面千年之久。

二

生命里有无数场风需要经受，这是自一落地就要懂得的事情。

石嘴山多风，即便是巍峨高耸的贺兰山也不能阻挡它们远来，我在诗中写过这风："石嘴山的风，如匹小兽，时而温顺，时而狂野"。大概狂野时多，温顺时少。风一刮并不飞沙走石，只是大，气势十足，强悍无比。宁夏理工被星海湖包围，人们对于风的感受不好为外人道，但仍可借湖之口讲解一二。一旦有风，星海湖就在风中翻卷，它的粼波跌宕，时而汇聚成大团的浪抛起，又在下一瞬砸落，碎成细小的浪花。刮风时，人难以前行，鸟雀也不得不暂避其势，树都朝一个方向倒伏，湖边的芦苇少女头发似的被"梳"到风离去的地方。这个过程高潮迭起，令人目不暇接。夜晚乌云被风吹散，露出婆娑的月光，月亮还未在湖面留下它窈窕的倩影，就被撕裂，成为一个个小月亮，它们一齐放光，于是湖水愈加亮，也愈加神秘不可捉摸。直到这场风吹透彻了，湖水才会慢慢平静，成为镜子，将宁夏理工、月夜、岸边城市的霓虹以及远山倒映出来，那景色极美，让无数学子沉醉。

星海湖也有平静的时候。我记得有一次从市区回学校路上，见到许多水鸟，岸边的芦苇也翠绿起来。春光渐欲迷人眼。那些鸟在凫水。几只野鸭在水面追逐，偶尔啄对方的翅膀毛发，把水面鼓弄起好看的波澜。其中有只公野鸭像是在求得"姑娘"的喜欢，它从很远的地方就开始低飞，把星海湖静谧的表面划出一道秀气的细线，紧接着它骤停到喜爱的"姑娘"身侧，展示它油亮的羽毛与矫健的翅膀，又用喙去为"姑娘"清理粘连的毛发。彼时无风，天光清亮，远山安静，苇叶轻摇。等到未来某天，就能从岸边草窠见到圆润的野鸭蛋，那意味着新的开始，也是星海湖孕育罗曼蒂克的结晶。

我不知石嘴山的风会停止在什么地方，但我知道每一阵风自有归处，就像每一只鸟自有歇脚的枝杈，每一滴雨自有融汇的湖海，每一块煤自有释能的炉膛，这都是命运起初注定的事情。莫言的短篇《大风》我读过多遍，最喜欢其中他对于风的描写，那风让我熟悉，亦使我明白再恐怖的野兽也终会偃旗息鼓，潜入山林。"刮过去的是大风。风过后，天地间静了一小会儿。夕阳不动声色地露出来，河里通红通红，像流动着冷冷的铁水。庄稼慢慢地直腰。"我见过这幅场景。风来的时候水缸粗的杨树被拦腰截断，石桥毁坏，仿佛世界末日；风走的时候，就如同莫言所描述的，只不过庄稼没有直腰，它们之中的一小部分永久倒下，其他则会在某些时候站起来，只不过背仍弓着。“爷爷像一尊青铜塑像一样保持着用力的姿势”，这是每一处村庄里的老人对自然的态度，那场野风永远有一截尾巴留在我们胸腔中，作为记忆告诫人类：没什么可怕的！

是啊，没什么可怕的。我们永远无法追上一场风，但不代表这风可以永久压垮我们的脊背，它走后，我们也会像庄稼慢慢直起腰来，继续茁壮成长。至于风的归处，又有什么值得探索的意义呢？我们铭记从野风刮过中学到的精神，靠它面对今后的困难挫折，这大概就是人在自然界当中的独特之处。石嘴山的风也是磨砺，使不屈的骨头更加挺拔，令鲁莽的石子更加倔强。就如宁夏理工的校训“如切如磋，如琢如磨”，其必然依靠一种坚守如一的精神，使任何会影响它攀登至高的风畏难退却，于是骨器锋锐，美玉无瑕。

三

五一去宁夏博物馆，走马观花，只记得一句话震撼我许久：“岁月失语，惟石能言。”博物馆其中一个展厅罗列着贺兰石，石上有古人留下的文字与壁画。尽管笔法朴拙，但那些简单的线条仍一刹那就把人拉进历史长河，随神秘符号探寻古老的真相。那些“尚未进化完全”的人生活也很丰富多彩，他们希冀牛羊健壮，他们也有喜怒哀乐，他们将对自然的敬畏转换为想象的神灵。神由人所创，这点从贺兰石壁画中可以看出：其一为当时人的自画像，其二为他们所绘太阳神，后者与前者的面部特征几乎相同，只不过多了一些代表太阳形象的细节。这说明他们根据自身创造出代表日月山川与各种超自然现象的神灵，并对其祈祷崇拜，这从本质上来讲还是对于自然与人的崇拜。文明从石头遗留的痕迹当中可窥一二，为我们的研究提供实物史料。

宁夏还有一处地质博物馆，里面展列的石头更古朴天成。说石头有些不严谨，其中一部分是自然形成的晶体或矿石，另外一部分是地壳运动、地质变化产生的具有奇特纹路的岩石、天外陨石以及埋藏在地下的生物化石等。这些“石头”很漂亮，有令人迷恋的光彩与花纹，使我不由自主想要看清它们的样貌，探索其后隐藏的故事。其中最为赞叹的是一个海洋古生物化石群落，借此能够想象出那一处地域当时的状况，想象水流如何湍急，水草在轻柔浮动，各种有趣的古生物或是独行，或是三五成群，觅食嬉戏，这大概是从事地质科研工作的美妙之处。感谢他们，让我们仅仅是在一个馆里就逛遍几十亿年的光阴。“石头”这本书很厚，时间的痕迹潜蕴其中。

石头是岁月的归处。

四

胡楼村后有桃林，仿若海洋。每当春天桃花盛开时，粉嫩蔓延天际，让人陶醉。花会衰落，桃成熟被人摘下，等到盛况过去，就只剩秃枝在寒风中摇曳。果农修剪桃枝，剪下的枝条被村人捡回，修理，捆扎，垛好，充当过冬的柴火。我记得父母修剪桃枝的身影，我父亲坐在板凳上，将一根根枝条从较粗壮的主枝上折下，捋顺，用布绳捆扎丢到脚边。他动作很快，极用力，浑身冒汗，晒干的枯枝像一尾尾鱼灵活地跃进布头编织成的网中，乖巧拥在一旁，等待炉膛里的炽热火焰把它们舔舐成灰烬，就又随烟囱飘飞向旷野，那时天地之间都是任它们遨游的海。日光明亮，父亲脱下袄放在柴垛，我抽出一截桃枝随手把这幕写到土地上：“他坐在凳子上削桃枝 / 修剪，捆好，垛在一起当柴火 / 太阳把他厚重的身影描边 / 雕刻在我的脸上 / 我看到他那双曾抱过我的大手 / 黝黑干裂，上面有许多纹路 / 像村后因缺水干涸而裂开的河道 / 我那个逐渐苍老的父亲 / 把自己的一生都活成了土地。”

有许多桃枝并未晒干，还很湿，母亲站在一旁用剪子来修枝节，我帮她把剪下的枝条拢到一起，用绳捆住。这些桃枝很难弄，母亲一个不注意被刺扎破了手，口子很深，我慌忙跑进屋里取创可贴，等出来时母亲已经用水把伤口冲洗干净，她止着血坐在堂屋门边，我问她要紧吗？母亲说“小伤”，贴上创可贴就又继续修剪桃枝去了。在这之后我每次看到桃树桃花，都会想起母亲流血的手，我觉得自已也是棵桃树，被她用尽心力修剪一生，期盼未来能开花结果。

剪下的桃枝在冬季用于烧火做饭。我盯着炉膛里燃烧的火，想起刘庄，事实上，在我写下它时，刘庄已经从世界消失了。取代它的是桃林，是芍药花。我不止一次写过关于刘庄的文字，它们暂时帮我留住关于这个苏北小村的记忆，很幸运的是我并未遗忘太多细节，只是每次经过横穿村庄的那条小河时，仍觉得曾见过的青灰色风箱在扇合响动，吹出猛烈的风，助使我体内的火燃得更旺，这是刘庄赐予的礼物，这团火使我永远暖和，不会被冰雪磨灭热情。它最终也成了刮过我生命的一场风，很不起眼，但却要比其他风都渺远，我整副皮囊与全身骨节都回响风声，这声音里筑着一个小村，等到多年后我像桃枝焚烧殆尽，此村即为灵魂归处。

（选自中国作家网，2021 年 6 月）

我的政协情结

刘 虎

刘虎（1963— ），宁夏平罗人。中华诗词学会理事，宁夏诗词学会理事，宁夏作家协会会员，石嘴山市诗词学会会长。在《求是》《中国政协》《人民政协报》《朔方》等报刊发表理论文章、诗词作品400余篇（首）。出版诗文专著《厚德集》。

不知不觉地已过了天命之年，到政协工作也6个年头了。回首35年来的工作经历，匆忙而又充实，也留下了许多值得回忆的东西。大学毕业时从教师生涯起步，历经20多年农业农村工作，其间可谓酸甜苦辣各有体味，虽付出了不少心血，但也收获诸多……最值得我书写的却是这5年来的政协生涯。其实早在20年前在乡镇工作时就与政协、政协委员结下了不解之缘：由于所在乡镇排灌不畅，严重影响了农业增产、农民增收，于是便通过政协调研以提案的方式，顺利解决了长期以来的“老大难”。此后一直与市县区政协和政协委员保持着良好交往，有许多难事也得益于“政协提案”这个平台。虽说政协工作压力小、平淡，但它却朴实无华，给人充实感、愉悦感。我深深知道这是退休前的最后一站，必须释放几十年来所学所能，始终如一，不忘入党誓言，牢记共产党员使命，勇于担当、积极履职，给自己的政协生涯画上一个圆满的句号，向组织交上一份满意的答卷。

圣人曰：“天行健，君子以自强不息。地势坤，君子以厚德载物。”这是中华文化传承所在，旨在教育人们正确处理人与自然、人与人之间的关系，也是每一位中华儿女不断追求的价值导向。作为一名市级政协常委和专门委员会负责人，必须坚持以习近平新时代中国特色社会主义思想作为行动指南，切实学习践行党的十八大以来的路线、方针、政策，不断增强政治意识、大局意识、核心意识、看齐意识，坚定共产主义理想信念不动摇，站稳中国特色社会主义发展立场，认真践行和落实各级组织决策部署。始终坚持在思想上同心同德，目标上同心同向，行动上同心同行，紧扣新时代主旋律，围绕全市“产业、民生、生态”三大转型，推动“两个”转变，建设“一翼四城”的总体布局，更加关注和参与到全市决胜全面小康社会和脱贫攻坚战、贺兰山生态环境整治和乡村振兴战略等系列重点工程建设之中，发挥政协常委的作用，为经济社会发展鼓与呼、务实建言、贡献智慧与力量。

古人云：“先天下之忧而忧，后天下之乐而乐”“苟利国家生死以，岂因祸福避趋之”“位卑未敢忘忧国”。这是中国文化人自古就有的抱负与品行。放在当下对共产党人的要求则是：不忘初心、牢记使命、立足岗位、勇于担当、积极奋发有为。5 年来文史工作，本人深深体会到：文史工作是政协全部工作中一项十分重要而又艰巨的任务，既要发挥文史工作“存史、资政、团结、育人”的功效，又要落实好委员的培训与学习，指导协调好文史系统委员、基层文史工作者的相关工作。认真倾听他们的要求、建议和意见，积极搭建履职平台，理顺关系，创新文史工作推进机制。打铁还需自身硬。第一，自身要努力学习，提升素质。不仅要向书本学、向同行学，更要向同事学、向基层干部群众学。习近平总书记多次强调：“好学才能上进”。勤调研、勤思考、勤动手、勤实践，苦练基本功，充实内涵，夯实基础，只有这样，才能大大提升理论功底和业务能力。第二，要注重问题导向，提升解决问题的能力。通过调研，深入企业、学校、社区、乡村之中，发现问题，提出解决问题的意见、建议，从而提升凝聚人心谋发展的能力；通过下基层、送政策、送温暖，提升服务大局、服务基层的能力；通过培训交流的方式到本地、外省文史委，学习借鉴兄弟文史工作的好做法、好经验，提升政协文史工作能力。第三，切实做好文史征编刊印工作。这5年来与文史委的同志们一道在市政协主席会议的领导下，借助市志办、档案局、工信局以及县区政协的大力支持，先后完成了《宁夏西部大开发（石嘴山卷）》《石嘴山回族的百年实录》《石嘴山市老工业企业历史回顾（一）》和《读书让生活更美好》《山水园林，尚工逸城》征文刊印工作。其间本人还撰写了40余篇理论文章和创作了200余首诗词。

全国政协原主席俞正声曾说过：“一届政协委员，一生政协情缘”。这充分讲出了政协委员的情怀和政协委员应具有的担当精神。做为专门委员会的负责人，具有“双岗双责”的使命，既有履行政协委员的职责，又要履行党员领导干部的职责。首先，作为一名党员领导干部，要带头学习习近平新时代中国特色社会主义思想和党的十九大精神，尤其要注重学习习近平总书记关于加强和改进人民政协工作的重要思想，从而不断提高自身的政治站位，坚持用习近平新时代中国特色社会主义思想武装自己、丰富自己，切实严格执行党的决定，遵守党的纪律，认真履行党员义务，努力完成组织交给的各项工作任务，处处、时时发挥共产党员的模范带头作用。其次，履行好政协委员的职责，参与到专题协商、视察活动和撰写提案、社情民意之中。

新时代、新征程、新使命。我将以百倍的信心、千倍的热情，鼓足干劲、勇担责任，在“为中国人民谋幸福，为中华民族谋复兴”的初心与使命中勇往直前，为全面建成小康社会和建设“四个石嘴山”再立新功，圆我政协情缘。

（选自《华兴时报》2020年11月）

白头吟

许乐江

许乐江（1942—），山东高唐人，宁夏作家协会会员，作品散见于《散文》《朔方》《共产党人》等报刊，散文作品入选《宁夏文学精品丛书·散文卷》，著有散文作品集《清风集》。

初冬的早晨，天还黑乎乎的，早起锻炼的人们便开始活动了。这时候，在煤城最宽阔的朝阳大街上，我总碰到一对老夫妻。因他们与众不同，所以给了我极深的印象。他们合骑一辆轮车，常见到老太太坐在轮车中，用脚蹬着，以助在后骑车的丈夫。老头自然在后扶把掌握方向并用脚踏车。他们共同行进在人生的旅途，路在向前延伸……明亮的路灯把他们的身影斜映在马路上，显得那么高大。

我常常跑着步和他们同行一段路，窃喜自己长期锻炼的功夫，尚能跟着车跑且从容和他们说话。一次，我诚心地说："您二老一年四季坚持活动，这毅力真不简单啊。"老者笑笑说："年龄老了，不活动不行啊。我今年 66 岁了，老伴 64 岁，腿和腰活动不便，骑车锻炼一下身体，呼吸新鲜空气，对身体挺好。每天我们骑车 20 里，这已经习惯了。"他显得愉快而自豪。通过交谈，我得知他是煤矿上一位退休的干部，是最早参加煤城建设的"大西北"人。老者很健谈，他还告诉我："老伴一辈子为一家操劳，是立了极大'妇功'的。我过去工作忙，没时间陪她，现

在好了，我们可以天天相伴。”说话间，老太太怀中发出了收音机的响声。他们告诉我说，可以边骑车边听中央广播电台的新闻节目。老人没有嗟叹“吾生之行休”，而且仍关心着国家大事，这也是在精神上永不衰老的秘密吧？

老夫妻相依为命，这便是精神上的慰藉。白头偕老，恰似一曲黄昏之歌。从他们那和蔼的目光和温和的话语中，我猜得出他们夫妻的一生，一定是和和美美的，一定不会为柴米油盐的琐事而吵嘴。他们一定是心底宁静，甘于淡泊。世上有多少人都在追求忠贞不渝的爱情，追求地久天长的真挚情感，可谁有他们体会得深刻？注释得了然？

轮车，成双的身影，真如和畅的惠风，拂起了我心底的无数情思……

（选自《朔方》1991年第8期）

曾经的那个地方

曲世勃

曲世勃（1964—），辽宁昌图人，公务员。著有文集《往事有踪》。

我离开石炭井十二年了，其间偶尔回去几趟，不过是公出或路过而已。既谈不上故地重游，也不是重温往事。近年来，石炭井变化很大，昔日那个喧闹的市井，如今已是萧条景象。遥想当年的那些人和那些事，还有那连绵起伏的贺兰群山，好似久违的老电影不停在我脑海中闪现。每当太阳升起而又夕阳落下之时，晨曦下的矿山显得是那么清新和宁静，而暮霭中的矿区又透着许多的炽热和柔情。我仿佛又回到了那个曾经生活和工作的地方。

沸腾的矿山

石炭井是一个名不见经传的小地方，地处祖国内陆贺兰山腹地，宁夏的最北端。四面群山环绕，中间有一条戈壁沙沟直通南北。20 世纪 50 年代，因这里煤业开发，故有贺兰山“百里矿区”之称。新中国成立前，这里有一家名为“代开”的小煤窑是一个人迹罕至的山谷地带。当时别说通火车，就连简易公路也没有。石炭井矿区建设始于国家“一五”规划执行时期,那时发展重工业是国家的中心工作。1952年5月，地质部进入贺兰山北段勘探。1955年10月，煤炭部正式确定石炭井煤炭基地建设。自那时起，来自各地的大批建设者先后来到这里。

这里分布着丰富的石叠二纪煤系，当时已探明煤炭储量10亿吨。区域有效含煤面积约占矿区总面积的1/5，由石炭井、白芨沟和乌兰矿三部分组成。矿区东部（石炭井）共有4个煤矿，除四矿投产较晚外，其他几个煤矿都是投产较早的矿井。其中，二矿于1961年12月建成投产。矿区北部仅有乌兰矿，位于阿左旗呼鲁斯太镇。矿区西部（白芨沟）2个煤矿是20世纪70年代建成投产的。需要特别介绍的是白芨沟的“太西煤”，这种煤属优质无烟煤珍稀煤种，广泛应用于冶金、化工等方面。在世界范围可与越南的鸿基煤比肩，素有“煤中之王”的美誉，是国际市场卖价最高和最抢手的煤种。目前自治区人大已专门立法保护。

石炭井矿务局成立于1960年1月，计划年产原煤500万吨，是当时西北地区除陕西铜川矿务局外最大的煤炭企业。石炭井是典型的移民矿区，大批建设者是从各煤炭基地成建制调来的。最早一批是从山西大同矿务局来的，其后陆续来的有黑龙江的鹤岗、双鸭山矿务局，辽宁的抚顺矿务局，甘肃的山丹矿务局等。有国家从各地煤炭学校分来的毕业学生，当中不乏来自大城市和家境好的青年。还有从沈阳和济南军区转业和复员的退伍人员，少数才是从本省或是外地招来的。矿井建成后则由煤炭部从各地调来干部和工人进矿生产。一矿就是全员由辽宁阜新、本溪矿务局调来的2900余人组成。大峰矿由从抚顺矿务局调来的1000余人接收的。洗煤厂最初也是由鸡西矿务局调来的500余人组建的。1965年6月贺兰山煤炭公司进驻石炭井办公，行西北煤管局之责，统辖甘肃、新疆、青海、宁夏和内蒙古（西部）等地煤矿。1969年10月，中央一号备战令之后，天津市第四人民医院随即成建制地迁移过来，也就是后来的煤炭总院前身。

20世纪五六十年代是个激情澎湃的年代，当时一批又一批有志青年，心怀报国之志，从祖国的四面八方会集到这里。这当中就有我的父辈们，他们来的时候还都是风华正茂的年轻人，如今几十年过去了，现在都已是七八十岁的老人了。当初他们听从国家召唤，从不计较个人得失，满怀远大革命理想，从东部繁华的地方来到祖国西北边陲，来到那个“天上无飞鸟，地上不长草”的石炭井。作为矿区第一代开拓者的后辈，我们应永远铭记他们艰苦创业的奉献精神。据父亲回忆，刚来的时候，这里根本没有房子，住的全是埋在半截土里的地窨子，喝的是又咸又涩的苦水，井下干活全是拼板锹。在当时如此恶劣的生活环境里，父辈们还是坚持了下来，但也有些人因无法忍受这里艰苦的生活，最终还是回去了。

当时矿区建设提出的口号是“先生产，后生活”，以致这里的基础和福利设施建设非常落后，20 世纪 70 年代初，矿上陆续给有家眷的矿工们盖了一批房子。说是砖房，其实是只有少许砖的土坯房。据母亲说，当时搬来的时候，门窗都还没有装上，是住进后才安的。那时房子没有吊顶，是母亲用旧报纸一点点糊起来的。屋里地面是泥土铺地，也不知过了多少年，父亲才求人从外边拉了车砖铺上。那时吃水很困难，要走很远的路去挑水，每家都有一个盛水的缸，20 世纪 80 年代前，矿区主要饮用的是大磴沟的地表潜水，水质污染严重，大肠杆菌远远超过卫生标准。后来才安了自来水，喝上了贺兰山冲积扇下的水。

石炭井水源地有两处。一处位于矿区南边的沟口农场指挥部，主要给一矿、二矿生产及家属区供水。另一处是位于矿区北部的 41 公里处。当时主要给三矿及驻地部队供水。20 世纪 70 年代初，石炭井矿务局在位于乌海至阿左旗公路以北的 41 公里处，发现了一个地下水汇集的大锅底，后来经过修建三级泵站才将水输送到矿区。石炭井北边的水质较软。一些豆腐坊经常到三矿的水泵房拉水。1979 年 10 月阿左旗划归内蒙古之时，宁蒙双方在边界勘界时，石炭井区政府提出将水源地划归宁夏的意见，但内蒙古方面不同意，后交国务院勘界办裁定，也没能留住那个水源地。

由于历史的原因，石炭井矿务局也承担着大量的社会职能。那时矿区医院、学校、电影院及市政设施等几乎都由企业承担和管理。当时矿区小学由各矿承办，中学由矿务局负责。小学老师主要从各矿具有初高中学历的职工和家属中招聘，1975年矿务局又从农13师北京、天津知青中招收一批小学老师。当年我上小学时就是这批老师，如今这批老师已都离开矿区。中学老师由矿务局从局属各单位具有大专以上学历的技术人员和干部中选调，后来又从陕西具有大专学历的民办教师中招录了一批。“文革”期间下放到矿区的一些“右派”知识分子也曾在校任过教，我印象中比较深的是一位姓赵的物理老师，是四川人，20世纪80年代落实政策后回北京了。此外，矿务局每年还从上海、浙江等地外聘些老师到校任教。

矿里长大的孩子与在城市生活的孩子是不同的，矿上孩子最能体验父辈们工作的艰辛。20世纪六七十年代矿区曾发生过几次安全生产事故，当时影响比较大。矿工们工作环境是极度危险的，每当矿工出门上班时，最为牵挂的是他们家属及子女。在那个年代，矿上遗属的孩子是最为不幸的，生活使他们过早地背负了沉重的负担。矿上的孩子虽比不上城里的孩子，但他们也是快乐和幸福的。他们的快乐童趣主要还是在矿上，至今我还清晰地记得矿上立井人口、绞车穿梭线路、矿灯房和选煤楼的位置。那时学校经常组织学生参加义务劳动，如给农场拾粪、为新校舍搬砖和脱土坯等。记得有一年，矿区发生特大洪灾，进出山里的路都被洪水冲毁了。当时学校组织高年级学生去大磴沟砸石子,那次劳动时间比较长，中午还要学生自带干粮。正是这次劳动活动，我们班的同学们还自编自演了快板书《你别看我年纪小，公路建设也出力》。

三年经济困难时期，石炭井矿务局为解决矿上职工粮食和副食品供应不足问题，开始在石炭井沟口碱滩上大规模开荒造田。矿务局专门成立了农业生产指挥部，并组织动员精减职工和非城市户籍人员从事农业生产。以后各矿也都纷纷在此开办农场，还有企业在这里修建职工疗养所。当时矿务局在碱滩上共开垦荒地2

万多亩，建成引黄灌溉工程，修筑20多公里防洪堤坝，从根本上保障了矿上职工及农业户家属吃菜难和吃粮问题，一定程度缓解了矿区食品供应不足的压力。

石炭井矿务局能够在极端困难时期进行产业调整，并使之成为全国煤炭行业"大办农业"的一面旗帜，得益于局领导班子的坚强领导和顽强作风。他们不是把干事停留在嘴皮子上，而是俯下身来真抓实干。当时局主要领导每周都到农场具体抓落实，局分管领导带头把自己家搬到农场来，而且历届领导都坚持常抓不懈。为了把黄河水引进农场，局机关干部、职工家属吃住在工地，劳动十分艰苦。用矿上的人话说，就是"早上出工电灯明，晚上收工亮星星"，当年在农场干活的年轻人都成了老矿工的接班人。正是因为矿务局在产业结构调整上取得巨大成功，煤炭部为此两次在矿区召开全国煤炭行业农副业生产现场会，并在全国推广石炭井的成功经验，而且国家计委和煤炭部还为矿务局做出"每调出一吨煤，给予一元钱"的补贴政策。

矿区人最大的特点就是具有包容性，而且宽以待人，从不欺生和排斥外人。虽说矿上的人们来自五湖四海，生活习俗各异，但他们是这里最质朴和最善良的人。当初矿区各单位干部和职工，基本是以国家从各地成建制调来为主。当时矿区的厅局级领导全是外省来的，从没有因为你是这里的、他是那儿的就区别对待。工作上这样，生活上也是如此。那时邻里们时常串着家吃饭，东北人喜欢炖菜，宁夏人擅长揪面，河南人经常蒸包子，南方人又爱煲汤，邻里间常来常往，互通有无，谁没吃过邻家饭，谁家又没人来吃饭呢？

矿上职工住区是按单位划分的，同一单位人同住一个片区。在我们居住的那个片区里，有两位矿工不能不说。一位是当年参加过党的九大和十大党代表，名叫周兴军，他家三代是矿工，用那时的话讲是纯正工人阶级代表。曾受到毛主席等国家领导人的接见，这在当时是无限幸福和非常荣耀的事。另一位名叫杭桂林，是一位来自辽宁的小伙子。当时在一矿农场参加劳动，后来招工进了矿上。1978年考取中央民族学院，毕业后被分配到内蒙古自治区工作，2005年担任内蒙古自治区赤峰市委书记。现任内蒙古自治区人大常委会副主任。

若说矿区有什么特别的地方，我记忆里除了高大选煤楼和立井架外，记忆深刻的是那时的“语录塔”。“语录塔”是“文革”时期的产物，那个年代各地都有。但矿区的“语录塔”比较有特点，不仅数量多，而且建筑规格也不同。当时各矿几乎都有，这在全国是少见的。各矿修建的“语录塔”虽风格相近，但规格不一。在我记忆中属新华北街上（红光市场边）的那座“语录塔”最有气势。塔高约20米，四周手书毛主席语录，基座上方绘向日葵图案，塔顶是红旗和五角星，塔上四角安置扩音喇叭。20世纪80年代初这些“语录塔”还在，后来陆续拆除了。

矿区中心地带有座横跨沙河沟的长征桥，这是一座建于1976年8月的三拱大桥，全长约90米。大桥将矿区闹市中心与文化活动中心连成一片，是那时最有影响的地标建筑。记得大桥建成通车当天，附近居民纷纷来到桥上，这时华灯初上，整个桥身变得光彩夺目。人们悠闲地在桥上抚栏远眺，任凭晚风徐徐吹拂，矿区的夜色煞是让人沉醉。当时我也置身在兴奋的人群之中，望着人们洋溢着笑容的面孔，我突然发现班主任老师也在其中。当时她是一位天津知青，我只知道她姓陈，记不得她的名字了。但那晚的大桥光影、高兴的人群，还有班主任老师，至今使我无法忘怀。

山里的政府

石炭井地名一词，源自蒙古语“上迭里口”汉译石炭的意思，20 世纪 40 年代才正式有这个地名。石炭井区域面积 678 平方公里，辖新华北街、新华南街、沟口和白芨沟 4 个街道办事处，总人口 7.4 万人（1999 年统计），是因煤业开发而设立的市辖区。石炭井最早隶属平罗县，1958 年矿区筹建初期，成立大武口矿区党委，为平罗县委领导。1970 年 10 月设立石炭井区，为石嘴山市辖区。1975 年 12 月全市将市辖区划分为三个行政区，石炭井改为石嘴山市三区。1981 年 4 月恢复石炭井区。

石炭井是比较特殊的市辖区，那里 95% 的人口为煤炭企业职工或家属，市政人员占比很少。20 世纪 80 年代，随着公检法的恢复和政府机构的增加，政府部门的干部开始逐渐增多。石炭井区干部构成基本以矿务局选调干部为主，少数是部队转业干部，还有从社会公开招收及国家分配的大中专毕业生。在石炭井，你很难找到与矿业无缘的人，即使你在市政部门，你家庭关系里也会有在矿上工作的人，因为矿区就业渠道有限，每个家庭不可能置身其外。

辖区市政建设相对落后。主要原因是长期依赖企业办社会造成的。当时设立辖区政府的目的，就是一切为矿山服务，工作重心主要是保障商品供应和维护矿区社会稳定。20 世纪 80 年代以后，辖区政府开始陆续修建东环路、新建街等道路，并新建了区文化馆、广播站和红光市场等公益设施，后来又建成了中医院、长征商场等公共设施。至于辖区中小学教育及医疗救护等社会职能还是依靠矿务局。那时石炭井区属及市属企业主要集中在商贸服务业，还有若干“大集体”性质的服务企业。

石炭井区整体布局大致以铁路为界，铁路以西为煤炭生产区，铁路以东为居民生活区。辖区有两条横贯南北的主干道，最长的一条主干道南起301省道一矿段，北至丰安北街三矿段，全长约7公里。其中，新华街是这条主干道的繁华路段。街上有一个新华商场，是20世纪60年代开业的老商场，也是当时这里最大的商场。70年代末，新华街上相继建成一些商场，规模最大和建筑最高的当属长征商场了。另一条南北大道是建于80年代初的东环路，南起矿务局第二中学的新华桥，北至新建西街路口。90年代末，辖区政府开始在位于沙河沟以东、居民区以西的泄洪堤下修建第三条南北大道，开通工人新村与长征桥一线，当时绝大部分路基已完工，后因两区合并而搁置。

石炭井是纯工矿区，煤炭开采是唯一支撑产业，因此这里产业工人比重高。当年除国家有计划成建制地调集一批管理干部和熟练工人外，还有许多因历次政治运动下放和生活所迫的自流人员在矿上工作，也有目不识丁的亦工亦农人员。那时煤炭行业职工工资相对较高，福利待遇不错，这使得不少外单位职工争相往煤炭企业调动，还有些大城市的青年因羡慕国企名头而来矿区工作。当时矿区产业工人有3万余人，中小学在校生2万多人，每天清晨，矿区街道尽是上学和上班人群。当学生与工人在新华街上会集后，便形成一支浩浩荡荡的强大人流，你不难想象，那是怎样的一种情形，又是怎样的一种气势。

地域多元文化是矿区的主流文化，矿区人虽身居大山深处，但并不土气。这里人的衣饰着装不仅紧跟当代时尚，而且一度堪比银川城里的人，坊间有矿区“小上海”之说。矿里人特别爱读书和购书，当年矿区的图书保有量和图书发行量均居全市之冠，人均藏书量也是全市最高的。那时不仅辖区政府有文化馆、图书馆，矿务局也有文化宫和图书馆，并且各矿也都建有图书阅览室。也许是身居大山渴望求知的缘故，每逢休息日，石炭井区新华书店是最为热闹的地方，当年这个很不起眼，面积不过百平方米的普通砖房，如今不知有多少人还怀念着那个小书店，还有多少人仍对那个书店难以忘怀。

石炭井区也有一条文化街，说是文化街，其实就是文体活动设施相对集中的地方。文化街位于新华北街与长征桥连接处东侧，从北向南，依此为石炭井区中心广场、矿务局中学（改第二小学）、矿务局工人俱乐部、矿务局体育球场（改文化广场）、工人文化宫和局职工医院。在那个文化娱乐生活比较单调的年代，企业文化活动相对比较活跃。石炭井矿务局除每年举办文艺汇演活动外，还经常在系统内举办各类赛事。那时矿务局还设有体育协会，专门负责全局各类体育活动和比赛，当时举办最多的是篮球比赛，并经常邀请外省球队来矿区参加比赛活动。

进入 90 年代以后，随着煤炭市场价格放开和国家对统配煤矿补贴的取消，特

别是石炭井四矿、三矿等单位相继实行政策破产。矿上工人几个月开不了工资，煤炭企业一度走入低谷。1993 年 4 月石炭井矿务局机关下迁大武口区，辖区人口也开始逐步减少。这时石炭井区步入了一个新拐点,社会经济发展面临着严峻形势。

那时辖区财政收入每年不过 300 来万，最好的时候也就 400 多万。但对社会管理职能欠缺的辖区政府而言，保障机构运转还是绰绰有余的。当时在全国像石炭井这样的县级区划单位很多，有的基础条件和发展环境远不如石炭井，为什么偏偏把这里已存在了 30 多年的建制撤销？问题究竟出在哪里？现在回过来看，原因是多方面的，但绝不是资源面临枯竭和经济发展萎缩那么简单。

其实,早在石炭井矿务局下迁之时,辖区政府就有一种今后向何处发展的意见，当时因多方面原因，没有引起足够重视。后来辖区政府在研究编制《石炭井区第十个五年计划发展纲要》时，曾经提出未来五年发展“两步走”的战略。一是优先发展石炭井沟口地区，争取矿务局支持，壮大沟口工业基础；二是实行生产区和生活区分开，石炭井区政府迁址，由新华北街迁至沟口街道。但不知什么原因，等到《石炭井区第十个五年计划发展纲要》下发时却没有上述内容。

辖区经济严重依赖矿务局，矿务局打个“喷嚏”，整个辖区都会受影响，产业结构单一化极易使经济陷入“一荣俱荣，一损俱损”的境地。当时这里的产业结构严重失衡，民营经济发展裹足不前。辖区最大民营企业庆华公司因受制于矿务局，被迫无奈迁至内蒙古发展。目前庆华公司已经发展成为多元化产业集团，旗下产业遍及内蒙古、青海、甘肃和宁夏中部。面对不断恶化的区域经济发展环境，辖区政府不是没有找到解决紧迫问题的症结，而是受当时条件所限，根本解决不了这些问题。

由于认识的局限性，加上辖区政府应对乏力，经济发展步入举步维艰的境地。尽管辖区政府在最后几年，做了一些力所能及的补救工作，但区政府广大干部在思想上依然没有认识到危机的存在，仍然一味地把困难和问题当作向上争取资金和项目的筹码，客观上给自治区决策层造成石炭井正在“萎缩”的印象。此外，有些媒体和调研单位更是在这方面推波助澜，不仅把客观存在的问题进行主观放大，而且还从研究问题上把石炭井推向了死胡同。

当自治区决意要上报撤销石炭井区建制的时候，一切尚在保密状态之下进行。甚至在撤区前半个月，市委组织部还就辖区“两会”换届候选人进行组织考察。与此同时，自治区人大常委会也在报纸上公布辖区人大代表名额。如此平稳有序的工作安排背后，一个令辖区政府干部意想不到的事情正在悄然临近。

20 世纪 60 年代以来，石炭井地区活跃着几支被赋予正式“番号”的大军。一支是生产大军，即石炭井矿务局，还有一支就是山里的政府。弹指一挥间，随着形势的发展变化，当年这两支成建制的队伍，如今都已淡出了百里矿区，并渐渐消失在历史的时空。

永远的怀念

世界上永远有这样的地方——即使你离开了很久，它依然会使你无法忘怀，因为它曾见证过你的青春，并曾不离不弃陪你走过那些岁月。

12 年来，这里在日渐萎缩，人口也由最高时的七八万人，锐减到目前 3000 多人。国有煤矿到目前也只剩一个。尽管如此，这里的民营小煤矿却异军突起，一时产生不少煤炭大佬。如今驱车行驶在 301 省道清水沟段，昔日巍峨的贺兰山雄姿已不再现，好像要把贺兰山掀个底朝上似的。从清水沟至大砍沟到处是堆积如山的煤矸山，原来宽阔洪沟在不断变窄，原 20 师 58 团官兵辛苦种下的枣树林已难觅踪影。驱车驶入新华南街，原街道两旁 20 世纪 60 年代的三幢苏（联）式建筑已荡然无存，整个街区全部被白色掩盖，往日人流穿梭不息的新华街，夜晚已是一片漆黑。

现在网上有很多怀念石炭井的帖子和文章，甚至还有自拍画面发到网上。但无论怎样抒发这份情感，他们都只有一个情结，那就是追忆过去的时光，想念友人和思念故人，并重新体验那过去生活的“味道”。那么过去的“味道”是什么，我想，那就是当年老一辈创业者们“艰苦朴素，艰苦创业”的精神，这是不能忘记的本源。回望过去，并不是简单地一味怀旧，更多的是着眼长远，注重今后的发展。当年奋战在这片热土上的三大建制，如今都已不复存在。如何留住和保存这份精神遗产，石炭井今后如何发展，正是这些人时刻关注的问题。

无独有偶，石炭井矿务局退出历史的第二年，一个与其有着同样发展历程的云南东川矿务局也淡出了历史舞台。这两个矿务局都成立于20世纪五六十年代。所不同的是东川矿务局为全局整体破产，石炭井矿务局是旗下若干企业破产而整体转制。在石嘴山市进行部分区划调整的前三年，同为地级市的云南省东川市被裁撤，并降级为东川区。石嘴山市和东川市都是因为发展矿业而设市，都属于产业比较单一和靠资源“吃饭”的城市。云南省东川市的衰落,既有历史遗留的原因，也有现实问题。主要是因产业结构不合理，没有找到适合本地发展新的经济增长源。目前,与石嘴山市有着相同产业结构的城市还有许多,最近的是陕西省铜川市，两市都具有明显的“煤主沉浮”的特征，谁能走得更好、更远，这对两个城市决策者都是一个严峻考验。

昔日矿区会战，广大建设者从祖国四面八方来到这里会集。如今区划调整，这里的人们又不断地涌向四面八方。世事难料。近50年的时间，有多少人在这里进进出出，有多少人挥泪告别这里，又有多少人永远地留在了这里……那些老矿工们及其后代，还有20师广大官兵。那些石炭井区的老干部，如今你们都在哪里?不管这些人在什么地方，他们都曾有一个共同的记忆，一个共同的情愫，一个共同的家，那就是石炭井。

“为什么我的眼里常含泪水? 因为我对这土地爱得深沉”，这是诗人艾青的诗句，也最能体现矿区人对石炭井深深眷恋的情怀。

石炭井是一个承载着无数人艰苦创业并留下难忘记忆的地方，是一个有着太多故事和值得永远回味的地方，也是那一代人及其后辈永远眷顾的地方。如今这里已渐渐淡出了人们的视线，甚至一度被人们忘却。作为一个老煤炭生产基地和贺兰山北大门防御要冲，石炭井既有很多矿山工业旧址，又保存了许多的军事设施。如何开发和利用好这些历史上难得的遗迹，如何变历史遗迹为观光旅游项目，迫切需要相关部门统一规划和着力打造。石炭井确实是一个能激发人们集体回忆的地方，为何不能给曾经在这里生活和工作的人们留下一个可以怀念和凭吊的空间呢？

石炭井是令人难忘的，因为那里曾经发生过许多令人难忘的故事和人物；石炭井又是可爱的，因为那里的人们最朴实、最善良和最值得自豪；石炭井又是永远的，因为无论如何发展变化，石炭井永远都是曾经在这里生活和工作过的人们的心里坐标。

（选自《往事有踪》，宁夏人民出版社，2015 年）

马连良、关肃霜塞上煤城献艺记

李生俊

李生俊（1944—），回族，宁夏吴忠人。宁夏作家协会会员，石嘴山市政协退休干部，作品散见于《宁夏日报》《石嘴山日报》《石嘴山故事》等报刊、书籍。

一

著名回族京剧表演艺术家马连良先生，于1960年9月下旬，率团从首都北京前来参加宁夏回族自治区成立2周年庆典活动，乘京一包一兰线火车首站到达宁夏北部工业重镇石嘴山，使塞上煤城几千名观众一睹当代京剧大师的风采，一饱一代老生泰斗的眼福耳福。今天，一些健在的京剧戏迷们回忆当年马先生来煤城演出的盛况，回味当年马先生那赏心悦目的精湛表演和独具魅力的唱腔，仍然津津乐道，仿佛沉浸在几十年前的享受当中。

20世纪的第一春，马连良诞生于北京一个回族之家，他9岁入“富连成”科班，受业于叶春善、肖长华、蔡荣桂、茹来卿等名师，曾习武，后改老生。出科后，注意兼收并蓄各派之长，融会贯通，化为已用，大胆地对传统程式进行了突破创新。在唱、念、做、打各方面下了极深的功夫，千锤百炼，精益求精，终于形成了独树一帜、风格迥异的马派京剧老生艺术。

马先生嗓音清朗圆润，唱腔委婉酣畅，发声运气达到炉火纯青的境界。但他从不单纯卖弄技巧，而是注重探索人物内心世界的活动，用技巧来加强人物思想感情的表现。因此，他的演唱可以说是身情交融、神情兼备。潇洒飘逸、舒展明朗是马连良演唱的风格，真可谓寓深沉浑厚于精巧细腻之内，寄华丽洒脱在流利酣畅之中。其代表作很多，风靡全国，享誉世界，成为中国京剧传统艺术宝库中的一朵绚丽的奇葩。

马连良先生到塞上煤城献艺，成为当时人们街谈巷议的热门话题，产生了极大的轰动效应。因为一代宗师能千里迢迢到偏于西北与华北结合部一隅的塞上煤城献艺，确实千载难逢。马先生的演出安排在当时在当地算得上入流的石嘴山影剧院。两场演出共安排了 6 场折子戏，根本无法满足观众的渴望。每场票价 3 元，这在当时的经济条件下是惊人的，也是一般经济收入的观众所难以承受的。当时的市政府主管部门考虑到方方面面的利益和呼声。除有计划地分配团体票外，还直接面对观众发售零票。虽然票价不菲，但许多戏迷为买到一张戏票，一睹一代京剧大师的风采和难得的艺术享受，头天晚上在影剧院售票窗口前排起长队，等候购票。塞上深秋，昼夜温差较大，不少排队购票者后半夜披起了自带的被子（那时有毛毯和棉、皮大衣者不多）。当时还发生了一个小插曲：马连良先生在时任市长李波同志陪同下拜访市委书记杨正喜后回招待所途中，被宁夏石嘴山钢铁厂一位酷爱京剧的工人挡住了去路。这位京剧戏迷动情地说：“我非常热爱马先生的戏，10 年前曾在外地有幸看过一场。今天先生来此演出，非常想看一场，但未买到票，想请马先生帮助解决一张票。”陪同的市政府办公室负责人赶紧上前解围：“我负责给你解决一张票。”这才圆了马先生的场。

马连良先生一行在煤城的两场演出，均是拿手的折子戏。第一场马先生主演《淮河营》，裘盛戎和李少春先生分别主演《姚期》《战马超》，第二场马先生主演《盗宗卷》，裘盛戎、谭元寿先生分别主演《坐寨》《三岔口》。马先生的拿手戏《甘露寺》《借东风》《空城计》等名剧则在首府银川上演。

马连良先生与一代铜锤花脸、裘派创始人裘盛戎先生，一代文武老生、李派创始人李少春先生，一代文武老生、谭派第二代传人谭元寿先生，都是享誉海内外的京剧名家、大师。这些大家联袂同台为石嘴山观众献艺，这在石嘴山的文化艺术史上是绝无仅有的一件盛事。我本想尽可能多地搜集一些信息和资料加以记载流传下去，怎奈翻遍有关文化艺术方面的史料，均不见记载当年参与接待或知情者、观众。

二

著名京剧表演艺术家、云南省京剧院院长关肃霜于 1981 年 5 月，率领云南省京剧院一团，不辞辛苦千里迢迢从祖国的西南春城昆明来到西北古城银川，在和宁夏京剧团联合演出之后，于 5 月 18 日来到塞上煤城石嘴山，进行了为期 5 天的演出。

关肃霜有着高深的艺术造诣，文武兼备，技艺精湛，是我国当代杰出的京剧表演艺术家之一。她的戏路子十分宽广，她的青衣、花旦、刀马武旦，无所不能，无所不精，而且在小生、武生方面，也有扎实的功底。关肃霜不仅在国内享有盛誉，在来宁夏的前一年到前联邦德国、法国、英国、瑞士等国家演出时，也受到当地观众的欢迎，撒播了国粹京剧艺术，为祖国赢得了荣誉。

春城昆明的 5 月，繁花似锦，气候宜人。而塞上煤城石嘴山的 5 月，则时常风沙弥漫，干燥异常。这对于一个习惯于四季如春气候的艺术家来说，无疑是个严峻的考验。长途跋涉和连续演出，使当时年过半百的关肃霜很是疲劳，身体诸多不适。但为了让矿区观众看上戏，还是安排了 4 场演出。

云南省京剧院一团和宁夏京剧团两团联合在石嘴山影剧院为煤城观众演出了《铁弓缘》《玉堂春》《杨排风》《成洪州》等 4 出优秀传统剧目。关肃霜在 4

出戏中分别担任主角。由于在这之前不久，她主演的京剧电影艺术片——《铁弓缘》早已为广大观众所熟悉，因此，头场演出之后，她的名字就在百里煤城传开了。连平时绝少看戏的人也四处奔走，想方设法弄到一张入场券，一饱眼福。4场演出中，有不少观众是从市府所在地大武口区和地处贺兰山腹地的石炭井区及黄河岸边的平罗县乃至黄河东岸的陶乐县赶到石嘴山区，场场座无虚席，掌声不断。工作人员从后台看到，她每场演出下来，都是汗流浃背，湿透戏装。在身体不适、嗓子发音困难的情况下，她不仅满足矿工的要求，加演了一场《穆桂英挂帅》，还抽空到石嘴山瓷器厂访问，在工厂的大院里为正在生产的工人清唱她主创和主演的现代京剧《黛诺》选段。

考虑到关肃霜是远道而来的著名表演艺术家，接待单位特意安排她住在石嘴山招待所二楼的甲级房间。但她只住了一宿，就执意搬到楼下的普通客房。为照顾她的生活，自治区有关部门特意请了一位厨师到石嘴山区为她做些可口饭菜。关肃霜坚决拒绝，并且严肃地说："大家能吃，我为什么特殊？"

我当时作为石嘴山区委宣传部部长，参加了市、区党政领导与关肃霜及团领导的见面活动，与关肃霜近距离接触并握手，且留下了一幅难得的黑白照片。但也只能按接待班子统筹安排看了《铁弓缘》一出戏，远未过足戏瘾，留下遗憾。

关肃霜虽然在石嘴山呆了短短5天，作了5场演出，但她那出类拔萃的表演艺术，尤其是她那崇高的道德情操，给煤城人民留下了难忘的记忆。

（选自诗文集《唱响新时代，歌赞石嘴山》，政协石嘴山市委员会编印，2020年）

雪　夜

李晓东

李晓东（1971—），女，笔名李东，宁夏石嘴山人。发表散文《初春寄语》《小城之夜》，散文诗《生命随笔》等作品。出版散文集《三座小城》（与人合作）。

出来时，雪下得正大。晓林迟疑地看看母亲，母亲望着纷纷扬扬的雪花，轻声说："走吧，也许这是个吉祥兆头呢。"

路很滑，大片的雪花扑面迎来。街上行人很少，偶尔有汽车缓缓驶过，在灯光下拖着长长的轻纱般的雪浪。鞭炮声和笑声不断从路旁的人家飘出，纸屑和雪花一起飘散着。

母亲骑车在前面，密密的雪花扑打着她。晓林骑车跟在母亲身后，眼睛盯着母亲胖胖的背影，心里却乱乱的不知想些什么。自从父亲生病住院到病故，家里的积蓄全部进了医院。

为了减轻母亲的负担，在两年前，他偷偷地辍学和朋友去做买卖，结果赔了一千多块。母亲决定，宁肯自己苦死也不让他再做什么生意了并想方设法要给他找个工作。今天这已经是求第三个人了——爸爸原单位的陈主任。这些日子，他的心绪一直被赔过一千块钱而对母亲的歉疚搅得不安。

母亲拐了个弯，向里边骑去。那里是马姨的一个代销店。早在几日前，马姨就说要给母亲两条便宜的好烟。

马姨正忙着给一个瘦尖脸男人拿东西。烟、酒、点心，算下来共花了280元。瘦尖脸男人没有丝毫踌躇掏出三张一百元的钞票，递了进去。晓林和母亲无声地看着，心不觉捏成了一团。瘦尖脸男人提着沉甸甸的大黄包走了。马姨看出晓林和母亲的表情，说："这算什么呀。这两天买这么多东西的人多得是。李姐，你打算买点什么呀？"母亲不好意思地笑笑，轻声说："我就紧80块钱买吧，你看什么合适就拿点什么。"晓林的心不禁沉了一下，觉得嗓子干干的。母亲和他计划的一直是60元，还有20元要给奶奶买东西过年呢！

"哟，李姐，这可是你干临时工一月的工资呀。"马姨没有恶意地说。母亲又笑笑，尾音却像是轻轻的叹息。

"这样吧，李姐。我给你按批发价计算，白给你服务，市面上值80元，我收你60元，那20元，就算我给两个孩子的压岁钱。"母亲有些窘迫但也很喜悦地说："那我就谢谢你了，他姨。"晓林也对马姨礼貌地笑着，心里却涌起一股酸涩的感觉。

雪还下着，路更滑了。看着鼓鼓的一包东西，母亲似乎兴致很高，在前面快快地骑着车。驼色的围巾穗儿在细碎的雪花中一飘一飘的。晓林也觉得心里好像卸去了一块重重的东西，开始轻松起来。

站在陈主任家门前，母亲拍拍身上，又掸去晓林头上身上的雪花，才去轻轻地按动门铃。那动作好像一个害羞的女孩，轻轻的，怯怯的。"来——啦！"门还未开，一个欢快充满喜悦的声音先飘了出来。门开了，是一个线条分明身着艳色毛衣的中年女人。母亲忙说："他姨，我带孩子来给陈主任和您拜个早年。"又转头对晓林说："快叫陈姨。"晓林忙点点头，叫了声。声音却哑哑的，很不自然。

陈姨闪开条缝，热情地说："噢，我还以为是我家老陈呢。快进来，外面冷。"母亲忙回头牵了晓林一下，从缝里钻进去。还没走进屋门，那女人又忙说："哎，把拖鞋换上，就在门口。”

站在雪白地板上，耀眼的灯光下，才看清这陈姨其实和母亲年龄相仿，但却满脸红润，入时的打扮和保养使得她显得比母亲小了许多。她端过糖和瓜子客气地说：“随便吃，别客气。”里屋的门帘下伸出一截红红的地毯，新年晚会的歌声从里面传出来。母亲顿了顿，轻声问：“陈主任不在呀？”陈姨似乎是冲两个屋里的人一起说：“哎呀，他哪儿有空呀。前几天就老有人来请。这不，一整天了，我还没见他的影儿呢。”

母亲有些失望了。沉默了一会，起身说：“陈主任不在，我们也不打扰了，这点东西，是我的一点心意，您别嫌弃。”陈姨忙说：“别掏了，看你们，来就来呗，买什么东西。”母亲掏出两条烟，两瓶罐头。在这间宽阔的大客厅里，这点东西显得那么不起眼。晓林也用眼角的余光感觉到，陈姨的嘴似乎撇了一下。

母亲又讷讷地说："他姨，我听说这次的待业青年指标有给困难户的。你看我们家晓林。唉！陈主任也知道，他爸死了快两年了，只剩下我一个人……"母亲的声音有些哽咽。陈姨忙说："好，好，好，过大年的，别这样，等老陈回来。我一定告诉他。"言语里和表情都充满着不耐烦了。

正在这时，一个男孩闯了进来。脸儿冻得红红的，手里举着一个长长的花炮。男孩子看了我们一眼。便往里屋跑去，嘴里嚷着："妈，我的炮呢？"陈姨漾出一脸的笑。冲里屋说："哎呀，宝贝，你把地毯都踩脏了。"

男孩子跑出来时，一只手拿着炮，另一只手拿着20元钱，对他母亲说："妈，李叔叔给我的压岁钱。"母亲似乎悟到了什么，忙伸手到兜里掏出20元钱，抽出一张5元的，往孩子手里塞去。陈姨看了看那钱，突然提高了嗓门，对孩子说："斌斌，不要！"然后对晓林妈说："算了，算了，你们那么紧张，留着自己花吧。"那男孩子看了看5元钱，又看了看手中的两张10元的票子。似乎不屑一要的样子，跑了出去。母亲拿着那张5元钱，尴尬地站在那里，像个木头人似的。

陈姨又掀起门帘，对里屋说："小李，每次来都这么破费。以后可别这样了。"蓦然，晓林的血直冲脑顶。里屋的沙发上，正坐着那个瘦尖脸男人。茶几上，摆满了他刚买的东西。哦，那一条烟，就值他们的全部东西。瘦尖脸男人也翘着腿得意地看着晓林他们。晓林看见母亲的脸苍白着，愣愣地站在那里，便拽了母亲一下，母亲回头忙不迭地笑着告辞。

换了鞋，走出门，陈姨还在门缝里，客气地说："常来呀。"砰的一声门关上了，母亲默默推起了车子朝前走。

雪已经停了，路上冻了层白白的冰，世界白得耀眼，看不见一丝黑色的阴影。晓林蹬着自行车，嗓子像堵了一团东西，哽哽的。渐渐地，清冷清冷的空气缓解了一些心头的郁闷和滚烫。

快到家时，抬头一看，见门前站着一个人，像是在等谁。晓林和母亲紧走几步，到近前，认出是晓林爸爸工作单位的党支部书记老田。

“田书记，你……”母亲的声音发颤，似乎含着泪。

老田迎上前来，笑着说：“来通知你一件事，等了半天不见……单位分的那招工指标，经民主评议，认为你家最困难，评给晓林啦，明天你们就去办手续。”

晓林和母亲同时愣住了。

雪花，不知什么时候，静静地飘起来了。

（选自《三座小城》，哈尔滨出版社，1989 年）

营造家园

张福华

张福华（1962—），女，河北顺平人。中国报告文学学会会员，中国纪实文学学会会员，宁夏作家协会会员。有百万字的散文、报告文学、小说等作品见诸省内外报刊。散文、报告文学等获省市级奖。出版《行吟大地的诗行》。

1958年深秋，我年轻的父亲，怀着雄心壮志，从广袤的华北平原，来到荒漠的塞外小城——石炭井。秋风已将那原本就残缺的绿意扫尽，这里与家乡是多么的不同啊！除了山还是山，望不见一丝绿意，看不见一点亮色。风，呜呜地吼着，刀子似的刮在脸上，生疼生疼的。居住的地窝子，更是阴暗潮湿，风沙会在一夜之间将门堵住。每顿饭菜都拌着沙粒，嚼起来咯吱咯吱的。但是，这一切困难都没有吓倒父亲。很快，父亲就克服了气候带来的不适，投入到了全新的劳动中。

在黑暗的巷道里，父亲背过煤。那是与死神较量的工作，没有太阳，没有月亮，黑暗像个狰狞的怪兽，面目可憎地盯着进出巷道的人们。头上一点微弱的灯光，照着脚下的路。手中的铁镐一下一下地敲击着坚硬的石壁。手肿了，胳膊肿了，腰疼了，腿疼了。在叮叮当当的敲击声中，在一米一米的掘进中，巷道在延伸，一车车的乌金，飞驰在运输线上，被运往祖国各地。

多么神奇，黑色的石块，居然有这么大的能量，能驱散寒冷，能煮熟饭菜，也能照亮人心。苦，被红色的火焰燃尽。工友中年龄最小的父亲，诚实肯干，有着使不完的力气。出工，是最早的，收工，却是最晚的。伴着人们疲乏的步履，父亲是那样的开朗，那样的乐观。一段高亢的河北梆子，一段婉转的西皮二黄，不时地飞出父亲的胸膛。总有年长的师傅师兄们问：“这么累，你怎么还那么高兴呀？”父亲总是微微一笑说：“你把干活当成是一种乐趣，就不累了。”

在许多人眼中，下井挖煤，是一件危险的活计，每天都有人不辞而别。而父亲却干得很好。许多年后，当我长大时，问父亲：“你下井时害怕吗？”“害怕，也得干啊！”也许是上苍的眷顾，在那艰苦的工作条件下，两年多的井下工作，尽管遇到过危险，父亲却没有受过伤。

不久父亲又来到了大武口。这里的地面虽然比石炭井平坦，却是沙滩连着沙滩，一场轻风就能扬起满天沙尘。风，终日刮着，带着尖利的哨音拍打着简易得能望见星星的房屋。毕竟，每日能与太阳相伴，风沙算得了什么。有了水就能种

活树，有了树就能挡住风沙。父亲和工人们开始筑坝，从贺兰山上采来的石块，被一双双手一块一块地堆积上去。坝在一节一节地向前伸展，终于通水了。看着黄河水一路欢唱着奔流而来，父亲流下欣喜的泪水。多少个日日夜夜，多少次肩背手提，手上已磨出了厚厚的老茧。捧起一把黄河水，洗去脸上的汗渍，洗去身心的疲乏，明天还有新的工作。

只是，父亲没有料到，饥饿会那么快就不请自到。许多人浮肿了，许多人离开了。祖母发来了快信，让父亲回去。接到信父亲在大坝上坐了整整一夜。离开吗？可这里的一砖一瓦都浸透了父亲的汗水，怎能舍得轻易离去。留下吗？母亲已在召唤，饥饿已在无情地折磨着父亲。父亲的思想剧烈地斗争着。

父亲的师傅，像慈父一样，在父亲拿不定主意时，语重心长地对父亲说："小张啊，我知道你很饿，我知道你母亲让你回去，可你是个聪明好学肯干的人，现在是有些困难，可一切都会过去的。留下吧，这里需要我们，这里离不开我们。当我们年老时，不会为我们做过逃兵而感到羞耻。我们是新中国的建筑工人，不能给后人留下一座没有建成的城市。我们要有决心把这里建成一座美丽的城市。"父亲听了师傅的话，留下了。

在以后的四十多年里，父亲勤勤恳恳地工作着。作为一名建筑工人，父亲所到之处都是荒凉的，住的永远是简易的工棚。当一座座大楼拔地而起时，当一间间工厂竣工时，都是父亲最开心的日子。

在黑暗中等待下班的父亲，是儿时的我最焦心的。一点细微的响动，都能清晰地落进我的耳膜，跑出去打开门向外张望，原来是风在拍打着门窗。带着失望回到屋子里，心里不停地数着 1、2、3，那时我总是想：等我数到 100 个数的时候，父亲就会回来的。在这样的等待中，我一天天长大。

如今，坐在家中，听生病的父亲讲那过去的事情，心中就升起一片对劳动者的崇敬。劳动是神圣的，工作是美丽的。

看着大武口，在父辈的手中一天天美丽起来，我感到骄傲和自豪。我也曾为这座美丽的城市出过微薄之力。修建青山公园时，我和单位的同事一起挖过土，种过树，也栽过花草。在森林公园，我去捡过石头，挖过水沟。那一棵棵渐渐长大的小树，有一棵就是我种的，那成片的绿荫，已遮满我的心头。

在大武口出生的儿子，在煤城的怀抱中健壮地成长着。青山公园的转椅，转着他富有幻想的童年。登月火箭载着他探索宇宙的向往。宽敞明亮的教学楼传出他朗朗的读书声。

在父辈的劳作中，在子辈的祈盼中，在孙辈的观望中，煤城异常地美丽。绿树夹道，如卫士般守护着宽阔的街道。草地青翠，蹒跚着学步的小儿，散步的老者。高楼林立，一座座一幢幢独具风格，疏疏朗朗地伫立在街边。音乐喷泉，喷出生命的乐章。周末广场，锣鼓声声，敲出生活的华彩。一群白鸽，飞起一片和平的哨音。巨型火炬，点亮煤城的黑夜……

时光在指缝间流逝，父亲渐老，儿子渐长。祖孙三代人的营造，会让我的家园，更加温馨更加美丽。

（选自散文集《深情石嘴山》，新华出版社，2003 年）

过年，心灵的守望

张宇强

张宇强（1975—），宁夏中宁人，曾获得10多个国家级新闻奖一等奖，受邀参与摄制央视大型纪录片《神秘的西夏》《贺兰山》等，获评石嘴山文化名家。荣获全国德艺双馨电视艺术工作者、全国广电及网络视听行业领军人才、自治区青年拔尖人才、自治区“四个一批”人才、“塞上文化名家”等荣誉称号。

过年，从小便是脑海里心心念念的期盼。但人到中年的浮躁和琐碎，竟让忘性日渐占了上风。一月的最后一天，妈妈突然从20多里外的农场送来了蜜转转，看着这儿时宝贝得不得了的吃食，年的记忆腾的一下子涌上心头。

那是一个热气腾腾的年。离春节大约半个月的时候，农场人家的院子里便升起了袅袅炊烟。邻里三五户会集中在一家比较大的庭院里，用土坷垃、炕面和麦草泥巴搭起一个简单的“烤炉”，开始烘烤娃娃们垂涎的美食。这家做完帮那家做，年复一年。娃娃们边玩边挤在旁边看，爸爸们在外面聊着天烧着炉，妈妈们在屋里哼着歌揉着面，制作着蜜转转、豆包包和又大又厚的“年饼”。每隔二十分钟，听得院子里众人一阵叫好，那就是开炉了。看着还吱吱作响的蜜转转被起了出来，一瞬间热气腾腾、香气弥漫。妈妈乘热赶紧撒上白芝麻刷上香油，还没等大人们点评这一炉的成色，娃娃们便轰的一下都挤上去抢着吃个头彩。据说刚出锅的“年饼”最好吃，那蜜转转、豆包包有小兔子、小羊小牛乃至大头娃娃的形状，我们嘴里哈着气，手里来回倒腾着，尽管烫却没有一个人撒手，家里的鸡啊狗啊的也撵在跟前凑着热闹。最厉害的莫过于缸口那么大、筷子那么厚的“年饼”了，妈妈们在“年饼”面上用自制的夹子夹出了各种各样对称的图案，有的上面还烙有家人的名字，样式很多，仿佛这些图案就藏在心里，化在她们那双带出温暖永远在背后的手上。每当这个时候，各家都要拿出品相最好的年饼互赠邻里，让火热的年味在更多的人心里升腾。真个是小邻里，大年味！

那是一个幸福满满的年。大年三十的时候，家家户户都要贴出自家的春联。家门都敞开着，大家伙就一家一家地串。我们跟在几个有学问的叔叔后面，挨门挨户地读啊看啊，别有一番乐趣。那时候可没有现成的春联集子，所以各家的联大都是自家想的，极具本家特色。比如男孩多的家庭，就写“春满农家儿满堂，五谷丰登不愁粮”；又比如学习氛围好的家庭，就写“书中自有福气在，他日争做状元郎”；更多的是朴实的“合家团圆春色美，家庭幸福生活甜”……不光春联自己想，写也是自家大人甚至是学生娃娃们自己动手，真真是墨字走笔不拘一格。有见真功夫的，也有图个乐子写几联的，反正是大红春联、福字贴上就对了。几位“学究”在前面摇头晃脑地点评，娃娃们也装模作样地跟着唱和起哄。时间约莫差不多了，年节筹备好了的人们就都聚集在大礼堂南墙边上的广场，每年三十下午，生产队都要在这搞一个简单的有奖比赛活动。大人比赛的内容就是问问种粮种菜常识，娃娃们比赛的内容则是考书本知识。走马灯式的你来我往，别提多有意思了。有个爱说快板的“三结子”，还会时不时插科打诨地说几句，比如“尕子没答对，姨爹眼瞪得像个鸡卵子；女子说得巧，姨母嘴咧得像个鞋口子”等。现场没专门组织，却一样地热闹踊跃、高兴异常。奖品虽然就是牙膏牙刷香皂那些个日用品，但大家图的是个乐子，幸福的笑不断地洋溢在脸上，手舞足蹈的。真的是天和睦，地热闹！

那是一个记忆深深的年。男孩们在一起比炮，看谁的炮最稀罕最高级，放得响、花样多；女孩们有炮不放都攒着，一心就巴巴地念着早已准备好的新衣服，那得等到三十的活忙完了才能穿。到了三十晚上，春节联欢晚会那是不可或缺的视听盛宴。家里有电视的，特别像我们家里还是新买了14寸彩色电视机的，这下可捅了马蜂窝了。叽叽喳喳的几十个大人娃娃，围在家里的炕上、地下、火炉旁，边看边聊，和自家亲人一样。记得也是一年三十，我在外面野了一天，回家就发起了高烧。小伙伴们听说后都跑来了，喂我吃药，用热毛巾给我浑身擦洗，一个一个地接力，几个小时愣是把烧降下来了。还有得了红包的发小买了冰糖雪梨罐头给我，我和大家珍惜着分享，大家轮着一小口一小口地慢慢地嘬着，就着电视剧《西游记》守岁。那种“抹泥”之交的特殊记忆，实在是一辈子都无法忘却。走亲串友的时候，来的都是客。瓜子、花生和糖果、热茶，还有自家的油香、馓子和蜜转转。要是想喝两杯，分分钟酱牛肉、绿豆芽和自家搅的扁豆凉粉就上了桌，你要是走得慢，不是被喝多了，就是临了的一碗长面给撑着了。表达的就是一个意思：热烈欢迎！记得姥爷总说，可不能让客人在年节时吃不着喝不着。大年这些天，即便是来个走亲戚问路的生人，也要好吃好喝好招待。出来转转，你看那走在路上摇摇晃晃的，站在街口下棋晒太阳的，蹲在田地里放窜天猴的，眉眼间乐呵呵地舒展着那种发自内心的藏都藏不住的高兴。真个是心里美，年里盼！

又到过年，每当想起这些个年的记忆，我心里就鼓噪着一种无法按捺的心灵守望。它会瞬间触动我感情的神经，让我时时感知和感恩到父母亲情、邻里友情、朋友真情……我也把这心心念念的记忆，诉说给老人听，承传给后辈听，就是想和大家伙拉拉话，“十四五”扬帆启航，好生活来日方长，不管过不过年，都希望我们用爱，在彼此的心灵间真诚地守望，守望今天的平安健康，守望今后的幸福绵长！

（选自“学习强国”平台，2021年2月）

亲爱的贺兰山

张廷珍

张廷珍（1963—），女，宁夏永宁人，灵性写作者，图书策划制作人。曾出版发行诗集《倾听》，散文随笔集《野史的味道》《倒挂的玫瑰》《隔岸风尘》《世无相》《旁观者》。

一

雪前还是雪后，贺兰山好像有话要说。

那天的雪下得雄赳赳的，如憋屈了许久，逮个空隙挣脱缰绳逃出的野马，有一种唯恐被牧马人再次套住的慌乱与焦躁。这是西北的一个小城银川，南方人以为冬季的大西北和雪花是亲密的恋人，岂不知这里的冬季和雪花是遥远的异地恋，真想见到一场像模像样的雪不容易，一个冬天偶尔有一两次见面也是蜻蜓点水，晃一眼没了影子。今年，难得遇见这样一个雪天，从中午开始，厚重的云彩实在阻止不了雪花要扑下来的劲头，放手了，雪花醉醺醺地冲下来，没有任何过渡地一下子就白蒙蒙的了。

雪暴烈持续地下了一个多小时，终于有些累了，之后，一些小雪花夹杂着小冰雹、小雪珠子断断续续又飘了一阵，它们是战场收尾的战士，慢慢地让城市撤离了喧嚣，终于有时间安静了。没有人声，没有鸟叫，也没有往日吵闹的车来车往，世界便安静了。雪停了，四周看看，突然觉得不认识原来那个熟悉的世界。一瞬间，非常恍惚，这个世界似乎就剩下一个直愣愣站在雪地的傻瓜。天不是原来的天，地也不是原来的地，房屋也不是原来的房屋，世界一片突兀的白花花的白。这个世界原来是五颜六色的，渴望的白就是洁净，就是心向往的银色，空旷，雅致，洁白。可是，当这个世界真的被白色覆盖了的时候，我突然又渴望多出另一种颜色，甚至更多的颜色出来。厚厚的云彩把天空挤得小小的，从高处路过的太阳挤开云彩露出了半张脸，太阳露脸的地方，被阳光挖出了一个无底的洞口，那个时候的太阳光霸道、凛冽，从洞口纵深处有一束彩色的光不拐弯直直地射向西边的贺兰山。

雪后的贺兰山像浴后的僧人，干净，安静，雍容，是个器宇轩昂的美男子。恍然发现，我的城市原来也可以这么俊。哦，俊朗是用来清亮眼神的，山一下子距我这么近，看得清清爽爽，这么大的雪，可山顶上没雪。山腰突兀和凹进去的地方都挂着雪，厚厚的，白白的，没有一丝丝别的东西，就是山，就是雪，那些白色的雪从天上飘来是什么样，落到山头就是什么样。山顶上最高处没有一丝雪花停留，也没有一滴雨水在身上驻扎，更没有一片落叶光顾，有些高处不胜雪。在乍雪乍晴的天气里，顶着一头厚雪静谧地看着天，安详地听着头顶的雪呼吸，凉凉地体会一堆雪拥抱的温暖。有福气。

我这里雪停了，其他世界的雪还在赶路。

贺兰山继续享受着雪后夕阳的眷顾，云彩追着夕阳戏耍，阳光半遮半掩，东边水墨，西边油彩，吸饱油彩的贺兰山，静谧，大度，有一种不亢不卑的平静，像是在盛唐活过，又致力于南宋的颠簸，最后在元初破落之后，隐居于此，修炼成一位得道高僧，不再为着名利博弈，不再拘泥富贵荣华羁绊，不再复归曾经的高山峻岭的山高水长，而是舍弃了烟花回归山的本身，只为当下，活着，祈福，从此便有了自己习惯用词，枯着，绿着，黄着，在山里不羁而坦荡地存在着。

在雪花气也不喘一口慌慌张张飘落的时候，想起了一个南方的朋友，他说终有一天要在冬天来小城看一场真的雪。我拿起电话想告诉他，小城，雪正猛。电话刚拨出去我还没听到响声，他说话了，知道你在雪地里。

雪后好几天了，天也晴了好几天，决定去爬山。我是从一个小口子的地方爬上山的，那些地方的山腰上斜刺刺顶着几棵松树，不多，它们都是长在两山的缝隙间，顺着那些缝隙，还有几株冬天枯干的山杏树，看上去是枯枯的绿，远看是绿色，近看是枯的颜色。山杏果早已在秋天被风吹落了，地上有一些山杏的果实，朱红色，小拇指大小，它们三三两两散落在剩下褐色的枝干下，被雪沁得有点红润。这些枝干上蹲着厚厚的积雪，那是雪停之后积攒下来的积雪，有些若有若无的小野风，厚厚的雪花，随着小风散漫地吹，树枝晃动，有些雪摞得不结实，骨碌碌一下子都滑下树干，坠到山崖下。山崖的缝隙是经年下雨寄存雨水的通道，偶遇一场大雨水就会形成山洪，哗啦一下把积存的雨水顺流山底，时间久了，次数多了，就有了山崖上的缝隙，雨水带来的草籽还有一些植物的根须就寻到生存的机遇，它们在石头最松软的地方游走，扎根，破石而出，找到生存的地方，一些草也就在此生根，生长。贺兰山上，很多的树、草，它们的根都是扎在石头上的，这些是在没有雪的秋冬才可以看到的。它们一缕一缕地疏疏密密攀在山腰上，有时觉得这些攀在山腰上的草木，像极了一位手艺高超的民间老裁缝，他用一针一线把裂开的山缝在一起，成为一件绝世佳品。在一些稍微平缓的山坡上，山风把堆积的雪吹成一浪一浪的波谷，随着阳光的移动，向阳的一面波光粼粼，似质地良好的棉质袍子，太阳照不到的阴面有着银白色的贵重，两种不同阶层的雪因为阳光的缘故，让贺兰山变成了一个时髦的超哥。被雪覆盖的贺兰山，似那古人用墨省俭的水墨画。天气晴朗的时候，远观贺兰山，更像一位遁世的高僧，着一身松松垮垮的蓝袍，在无遮无掩的山头静坐打禅。安详，阳光，尊严，和睦。再细看，他身上的每一处细节，又是那样壮烈，山形多皱，岩石刚烈，山坡陡峭，山势险峻，整个山体长相酷似拯救人类于苦难的达摩世祖。

二

如果在夏天的五月，还能在贺兰山里看到积雪，别惊慌，也别诧异，更别迷信，那是山神留给山中特殊居民的一份口粮。山上有些风叫野风，它们起于山的半腰，这些风会拐弯，会走捷径，有风头，没有风的尾巴，乍起乍灭。有些风没有来路只有风尾巴，掳一把山石草叶走了。野风是种子的搬运工，也是山中居民的衣食父母。山上还有一种风叫贼风，它们是山野里的特种兵，是一股一股出现，凌厉，野蛮，绝杀，每一次出击都是杀无赦，他们是山神的贴身侍卫。对付的就是无知无畏敢于侵犯大山尊严的来犯者。在民间，老人们都喜欢传说这些故事，谁谁进山去了不该去的地方，看了不该看的东西，招惹了贼风，嘴歪了，眼睛斜了，腿瘸了，等等。

天晴朗的时候，有几只乌鸦出来觅食，厚厚的雪已经没过他们的小短腿，它们瘦弱的肚皮在雪地蹭来蹭去的，想不出来在这样的地方他们能找到什么吃食。雪白的是雪，黑呜呜的是鸟。上苍随手一出牌，就是经典。恍惚间，我几乎以为看到了那幅失传很久的《兰亭序》。铺天盖地的宣纸，破空而出的笔墨，经久不衰的经典。不经意间，人间与天堂就被几只有趣的乌鸦化为一体，分辨不清经典与平凡，神圣与凡俗的区别。凡间俗物只是这个牌局的观众，看见雪，看见几只鸟，看见一幅千年难遇的书法。

张贤亮走了，可是，一直觉得他就住在贺兰山里，继续写他没写完的小说中国。他是南方人，可我觉得他一定是喜欢雪的。

西部小城大武口是我的第二故乡，大武口就坐落在贺兰山脚下。在很长的一段时间里，我人在此处，心早就流落到异乡。对待故乡我像个既劫色又劫财的蜜蜂，可故乡从来没有抗议过。不知什么时候，生活在别处这句话就一直左右着我的思维，让我远离我的故乡，在遥远的地方，我一次又一次在对故乡的回忆和怀念中冒充一个主角，自导再演一出灵魂流浪者的角色。在那个冬天，当我身心真的在故乡安家落户的时候，那场雪如期而至，也落在了我虚无缥缈的头上，再也不会觉得雨水比雪花更江南，风霜与沧桑才是最好的匹配。我是个渺小至极的一个俗人，喜欢看到山谷里的居民，喜欢它们在雨后晒晒翅膀，晾晾皮毛，或者因为饥饿雪后出来觅食，不论是被人视为不洁的乌鸦，还是山中神一般难觅踪影的马鹿、獐子、岩羊、盘羊、孤狼、狐狸，还有忽略不计的呱呱鸡、山老鼠、黄鼠狼，那是它们的世界，它们的江湖，弱肉强食，平等竞争。听老人们说，谁如果见到活着的马鹿、獐子，就会转运。可是，马鹿、獐子只是活在远远的影子里，现实里它们和龙、凤凰一样缥缈，它们怕人，倒是那个名声不好的狐狸在贺兰山里活得神奇而美妙。

我有一位远房的婆婆，她老汉在贺兰山里与狐狸有一场生死纠葛。婆婆的男人是个猎户，有一次进山几天没有猎到任何东西，猎人讲究不能空手回家。在老一辈人眼里，空就是困。他身上背着猎枪手里提着夹板空落落地走在夕阳里，长长的影子被高大起伏的山峰折叠成几截，那些影子像是随时与他别离的样子。就要走出大山了，再翻过最后的一个山峰就到了缓缓的小山坡，站上小山坡他就会远远地瞭到家里的炊烟。每次，他都是在这里坐下来，揭开捆绑在肩上的猎物，放下猎枪舒展地躺在小山坡上，眯着眼睛抽一口旱烟，然后清点猎物，想象家里老婆孩子见到他的惊喜。那天，他的眼睛里突然看到一片火红火红的光，一种微妙的味道直钻他的鼻孔，瞬间他就有些昏厥，迷瞪。他不知道发生了什么，冥冥中但又觉得一定会发生什么。小山坡上一只火红的狐狸从他面前跑过去，他努力想看清楚什么的时候，一只皮毛亮闪闪的狐狸就已经站在了山坡的顶上。这是只长相俊美的狐狸，它浑身皮毛红油透亮，站在小山坡上的它骄傲地睨视山中万物，山风小心翼翼地掀动着它的皮毛，一浪一浪的像是为它梳理那份独有的风流倜傥。

狐狸精长着一身骚皮毛，他呆呆地看着，笨拙地说着。狐狸不知道一个人在夕阳中想抓住它的影子，他眼睛呆呆看着狐狸的时候，手不自知地摸到了枪，枪里装着沙弹。说不清，还是端起枪，趴倒，瞄准，砰的一声。一枪命中。

那只狐狸在中枪的瞬间，转过身，两只前蹄凝固在空中，两眼盯住他，似乎还有一些笑容，随后，就一直僵硬地站立在那里。瞬间，他就失魂落魄了，扔了枪，丢了手中东西，连滚带爬挣扎着爬回到了家。到家几天他一直昏迷，连续高烧不退，嘴里不停地喊着：狐狸精，狐狸精……喊了几天，走了，那一年他只有二十八岁，留下四个孩子、一个老婆。据说，临走的时候，他的脸色红扑扑的很兴奋的样子,嘴角眉梢隐隐约约有些笑模样。我那个远房的婆婆今年已经82岁了，每次见到我，她都会重复讲那个故事，她说，她家老汉年轻时可俊了，他遇上的是狐狸精，没办法的事情。活到今天，再说起这件事，她脸上已经没有了当年寻死觅活的撕裂，有一种雪后轻轻的掩饰。她脸上沟壑纵深，眼神深深远远，似探不到底的洞。只有她自己知道，那些洞里曾经填充过什么。时间让一个人间悲剧变成了今日的戏剧，熬成了故事中的一瓶喝不醉的酒。

三

贺兰山几乎陪着狭长的宁夏自北到南快走到了头。北起陶乐，那个瓦罐里都在笑的地名是黄河走出宁夏的尾巴，山势缓慢如暮年的老者，越向南行动就越是长得像青壮年，青春，冲动，好胜，一座山压着一座山的高，有的地方还有怒发冲冠的陡峭，等山势攀爬到青铜峡时，山势又回到了童年嬉戏玩耍的模样。贺兰山在银川段是壮年，很拔跷，直立高耸，山的东边是面向宁夏，西边挨着内蒙古阿拉善盟。很多时候，站在小城仰望贺兰山的时候，总有一个奇怪的念头挡都挡不住冒出来，每次都觉得贺兰山十足像个上门女婿。在宁夏它的名字叫贺兰山，上门到内蒙古它的名字叫骏马。可是在我的眼里，它是我的骨血亲人，是童年一起长大调皮捣乱的小兄弟，是中年一起历经生活磨难的朋友，也是暮年相伴饱读诗书的兄妹。我会因为生活的得意而猖狂会一时忘了它，它不会，它一直在那里，不吭气，不声张，不夺目，稳稳地守候它的世界、它的忠贞。它从来也不突兀地表达什么，可是，我就知道，它在，就是好日子。

山上山下，乌鸦从来也都不是一个好的书法家。小城鸟儿不多，有喜鹊，麻雀，野鸭子，乌鸦，南来北往迁徙的大雁，还有偶尔来歇脚的红嘴鸥。自从这个小城准备更名为喜鹊城的时候，城里的乌鸦几乎就看不到了，它们似乎在一夜之间就转移到贺兰山里，这些乌鸦为了生存，活得也是格外用劲，活出了自尊。记得很多年前，乌鸦偶尔也会在城市的一些树林里、坊间地头露露面，捡拾小虫，落叶果子或者是别的什么吃，后来它们都落脚在贺兰山上。它们在山下时，人很多，很稠密，好像它们也不怕人，倒是人很怕它们，见到它们躲着走，总怕染上什么不吉。到了山上，它们很怕人，远远地，看到人影就一跳一飞距离人很远。在这大雪天，山上除了人没有别的活物，只有那几只乌鸦，黑漆漆地在这白色的山地里活动。那天，我把头上包裹的围巾铺在石头上，我在石头上坐着，雪后的阳光很是刺眼。那个围巾两头有手绣，是两朵不大的红色的荷花，还有绿色的叶子，叶子很肥硕。坐了很久，一直盯着不远处几只乌鸦看着，也想把带来的谷物撒出去，可又怕惊动了一心一意觅食的乌鸦，还是互不惊扰为好。贺兰山上的万物不需要任何供养。如同碎雪需要铺张，大雪只能让世界更安静。我总是一个人去爬山，在山里喜欢一个人一直坐着，看贺兰山坐着的姿势最恰当。看着这座山坐成一位稳稳的老者，看着他的膝盖上有一部天书。慢慢读，慢慢地往沧桑里读，静静地往山那边悟，懂不懂没关系，读着，风说来就来了。天要刮风下雨的时候，给谁都没打过招呼。山不语，我就寡言。风来了，山就一切都变了，山里，多一种声音就多了一种色彩，尤其在春天四月，杂七杂八的一些色彩让山里活泛起来，也有了更多的声音。

贺兰山是不会说话的。我的笔不是哑巴，替它说。

贺兰山几乎所有的山脉都是独立存在，没有哪个城市和地区有这样一座山脉，天长地久地陪着一个地方的。贺兰山存在了几亿年了，人类还没出现的时候它们就存在，有人类了它们还在，将来人类万一不存在了，它们还在，而我只是初来乍到，绝不敢妄言。就是这样一座山，稳稳地立在银川的西边，用自己高大的身躯阻挡削弱了西北高寒气流的东袭，又阻止了潮湿的东南季风西进，顺便还用身躯遏制了腾格里沙漠进攻银川平原腹地。有了贺兰山，黄河流域在宁夏段平缓舒展流过时，塞北江南这样的美誉简直就是对贺兰山的最大的褒奖。只有父亲对女儿才会有这样的周到，也只有父亲才会给女儿这样稳稳的府邸。中国人讲究风水，银川八百里平原，西耸贺兰山，东流黄河水，朝起看太阳从黄河上升起，晚上看着太阳没入贺兰山里。这样一个祥瑞之地，这样一幅好山水，真是万年难遇的风水宝地。中国的各个大山中，没有一座像贺兰山那样大起大落历经磨难，最后归于沉寂。如果说历史是一个巨大的窟窿，目光短浅者陷进战争里不能自拔，结局是注定了的。历史上贺兰山承受着一场又一场战争，这款风水宝地彻底打成一个草木不生的秃子，硝烟去了，冤魂走了，一切平静了，留下一个清洌旷彻的山峰。那些高低连绵的山峰刀劈斧削的痕迹还在，千年的风霜雪雨盘玩，现在剩下的是火烧过一样的褐色。贺兰山没有招惹风，风来过，没有招惹过雨，雨来过，历史上的每一场战争，每一次争斗，它都没有逃脱过。似乎，贺兰山是夹在历史缝隙里的一位绝世美人，每一场战争都要证明她的归属，证明掠夺她的合法性，可是最终，战争结束了，这位绝世美人也成了一位衣衫褴褛的老人。战争让太多的人冤死，太多的魂魄找不到归家的路。他们在山里游荡，寻找回家的路，回到故乡的路途实在太远，太模糊。上苍实在不忍这位稳稳的老者孤独，于是让山中有了居民，那些动物和带着翅膀的飞禽，是上苍的使者，它们是有使命来到人间的。某一天，在上苍的点化下，他们幻化成为贺兰山上的各种动物。马鹿以马的身躯鹿的纯真在山野里奔跑，獐子留下香气袭人的卵子被世人追杀，盘羊以头顶弯曲似利刃的羊角生存，岩羊披着褐色的与山一样颜色的伪装在山崖跳跃，石貂徒有虚名地顶着贵重的皮毛躲藏在山崖，蓝马鸡以色彩斑斓的羽毛时刻躲避着枪口。贺兰山里那些有着好看容颜贵重皮毛的动物早就成了传说。只有名气不大，样子如同平常百姓一样的岩羊存活下来。

冬天天气晴朗的下午，大概四五点钟的样子，山谷里的居民都会出来，它们要顺着山涧的小路下去，到夏天洪水冲击漩出的泄洪沟里找水喝。这个时候，结冰地方偶尔会有晒化的小洞有水积存。现在能看到的山中居民最多的还是岩羊。岩羊一家，有时是岩羊父母带着一个小岩羊，有时是岩羊父母带着两个小岩羊。它们长着和山体一样深枯黄色的皮毛，如果不仔细看或者岩羊们不移动，很容易被认为是山中的石头。有水的地方最危险。偷猎者总是躲在这个地方，窥视、瞄中它们。对山中居民岩羊来说，每一次喝水都是一次走向死亡的路途，可是，每天它们都必须面对着这样的危险。喝水的时候，岩羊夫妻带着一个或者两个小岩羊到山下找水喝。喝水的时候，小岩羊低头喝水，岩羊夫妻轮流站在水边四处张望，只要发现一丝一毫的动静，它们马上箭一般消失了。这些山中神灵，怕人。它们以及它们的上辈和后代，倒在枪口下、陷阱里的时候太多了。它们怕了，怕人。上个世纪六七十年代，随着山外咣咣当当的动静，山里的狼消失了。七八十年代一杆杆猎枪扛进了山里，狐狸不见了。八九十年代盘羊倒在猎枪下，掉进陷阱里，没了。岩羊也没有几只逃过枪口和陷阱。没有了动物的山，才真正叫秃了。不敢设想，这个世界上如果没有了动物的存在，只剩下欲望膨胀的人和人，会是多么贫穷。

有一年与朋友一起到阿拉善去看玛瑙石，车一路在贺兰山腰部颠簸，在一处险峻的地方，突然从山上走来四只岩羊，看样子是岩羊夫妻带着两个小岩羊到对面山崖下排水沟里喝水，它们的样子特别大摇大摆，没有一丝恐慌不安，站在路中央看着车。在它们发现我之前，我已经先看到它们的踪影，于是停下车。我在心里默念，菩萨遇上菩萨。看着它们走过，下了山，走到水沟里低头喝水，看得很欢喜。再欢喜也不敢看久了，担心它们眼角的余光看到我盯得时间过久会被吓着，于是，就放低时速慢慢走，回头悄悄看。这个奇遇，让我着实欢喜许久。

四

贺兰山上还有一位不言不语的居民，那就是贺兰山岩画。岩画没有前生后世，只有当下。在岩石朝阳的一面，在一些直立的石头上刻着，被誉为贺兰山无言的史书。这里的岩画群总数达 2000 多幅，都是一些单体图画。远处看是一些粗笨的线条，走近仔细看才会看清楚那是一些图案，那些图案古朴甚至拙朴到笨。被当代人誉太阳神的画，是一个努力想要画圆但又不圆的形状，围绕这些圆有几根放射状的线条，除了太阳神还有类似人、动物，有捕猎的工具，最多的是一些鱼儿。画面单一，线条粗粗狂狂，像是小孩子用了很大的力气在石头上玩耍留下的痕迹。在岩画群有一幅画面很让人惊心，一个人叉开双腿，双手举过头顶，两手拿着一个类似于棍棒之类的东西。看出来这是一个男性，他的眼睛很圆，圆圆的眼睛占据了整个画面一半的位置。尽管他手里有武器，可是面部还是平和的，样子是天真拙朴的。有那么一瞬间，我心里产生了一点疑问，有很多专家毕生致力于研究着岩画，到底在研究着什么，想知道什么，想告诉人什么。在我看来，也许那么多人研究的东西，可能就是当时游牧的人无事可干的时候，随手用尖利的工具刻着玩的。没有缘由，没有刻意，只是好玩而已。

岩画拓片就是一种伪作。有人将宣纸铺在有岩画的地方，用木头锤子不停敲打，意图把那些活生生的岩画拓在宣纸上，然后再把颜料涂抹制成拓片。被拓片印在宣纸上的岩画，怎么看都觉得少了一种拙朴、真实的感觉，看上去总是有一种说不清楚的迷瞪。拓片就是剽袭。那样的东西，出现在不一样的材质上就像春末漫天黏人的柳絮。岩画拙朴的图案，底色是岩石，一种拙朴配上密质沁色的石头，有着古人刚韧的柔和的心气在，那样的心气只有透过坚硬的石头才能完完全全地把一种文化散发出去。什么时候，没有图谋的玩，如果成为一种图腾，这个世界就会和岩画一样单纯了，放羊的在山坡上玩，牛羊只低头负责吃草，岩画只负责晒太阳，大山只负责做好山的事务，太阳只负责升起落下，草只负责不管不顾地生长，花只负责自由自在地香着，树木只负责生长凋零，那么这个世界就是山水的，岩画就是石头上刻上的图案。

上帝的花园里有杂草，伪现代文明让人活得太用力了。而纸张力度则把这样的心气空泛了，物化了。没有心气的图案只是一种符号了。与历史更远了，距文化更稀薄了。因稀薄而显出现代文明的声嘶力竭。失去了古朴的美，岩画被后人一次次地描摹，渐渐离本来的东西更远了，少了天真与淳朴的岩画，那些画面上的人与动物，便有了魔鬼的样子。现代文明让人世间的视角都存于一个洞穴里，从这个角度看世界，都有一个缺口，那就是没有节制的欲望。

这个缺口，还是等待女娲去补吧。

贺兰山没有阔亲戚，它像是历史退回来的一封信。在当下，贺兰山总被俗世所累。少水，少草木，少一份巍峨崇林常有的气象，少英姿勃发山的形貌，尤为耿耿于怀的是少猎奇传说，名人的坟堆不够高，坟堆里的金银财宝不够丰厚。自始至终这里的人没有断过一个念想，为贺兰山攀上一位有名的阔亲戚。可惜，那些阔亲戚身世虽显赫，他们只是贺兰山的过客，他们虽然暂时征服了这片土地，可是，一直没有摁下贺兰山的头颅。

真实的历史一直被真真假假地隐瞒，翻开，合上。最终，没有人能够说得清楚，一代天骄到底最终埋在哪里，这是一个谜。这个谜蒙古人不想说，他们能说的就是剩下的马头琴，其余，他们说不出，无法说，不想说。西夏国不在了，没人给后人一个真实的答案。征服者一直插手上苍的牌局，总以为可以安排人世间的一切,总以为自己就是上苍的主宰,一直以为自己是上苍的宠儿,可以为所欲为，很任性，很自我，他们不知道，他们自己陷入一个又一个轮回里不可自拔。历史的悲哀就在于此。没有战争的破坏，当贺兰山在安宁里做自己，回到山本身的时候，人又开始把一座无辜的山，推向战马嘶鸣的年代，在硝烟和惨烈战争里寻找辉煌，捡拾战争遗留的孤魂野鬼装点商业门面。山川河流土地，应该得到更多的爱，真心的无私的爱。这样的爱，会让他们真正呈现给人类本真的美，山就是山，水就是水，土地就是土地，草木就是草木的样子。那样的话，人也会知道，人就该是人的样子。过去是迷，未来是梦，唯有当下，人应该活成人。贺兰山不需要名气，不需要什么名头，就是贺兰山，就是一匹骏马的样子。贺兰山不适合抒情，只适合慢慢地叙事。

西夏国开国皇帝李元昊这个烂鼻子，他看出了这款宝地，他将自己的爷爷李继迁埋葬在贺兰山东麓，妄想世世代代做皇帝。以后西夏国的历代君王都非常看重贺兰山东麓背听松涛、俯瞰黄河的风水之地。他也将自己的陵墓修建在这里，经过 190 多年的持续修建，形成了贺兰山下壮观的帝王陵墓群。千百年来，世态变迁，那些收留昔日帝王身躯的西夏王陵，如今已成一堆堆土冢，坐落在贺兰山下。尽管这个王陵被一位闲得发慌的外国人拍了照片，也被西方人誉为东方的金字塔，可是在当地百姓眼里，它的真名很土气，叫双坟。

国人心底里都有做皇帝的梦想、妄想，所以，前几年，为了开发旅游，李元昊又被轰轰烈烈地抬了出来，当作一个招牌入世了，成为一个榜样供人膜拜。于是，一个昊字便流行热闹起来。商铺也离不开一个昊，孩子的名字里也不缺少一个昊。百姓笑谈，日天了。在死人堆里扒拉辉煌、荣耀，再贴在自己或者孩子身上，这是多么寥廓的晦气，几辈子才能冲洗干净。1205 年 3 月，虽说是春天，西夏国还是一片枯凛的季节，山上草还没有长出来。骄悍的成吉思汗就已经憋了一个冬季，忍不住了，骑着高头大马，挎着利刃，雄赳赳地第一次进入这片土地，之后的二十多年里，他先后带领他残暴的勇士五次进入这块神奇的土地。他要用手中的利刃征服一切没能征服的山川土地和人，最后，征服者葬身于被征服的土地上，再也没有回去。

有一阵，贺兰山与岳飞的《满江红》一首诗歌传说尘嚣飞扬，“驾长车，踏破贺兰山缺”。贺兰山位于大西北，而岳飞当时是和从东北草原过来的游牧民族女真人在交战，距银川的贺兰山十万八千里之远。因为岳飞一句诗词，贺兰山被更多的人了解知道，张冠李戴也算是沾了名人的光。历史很幽默也很顽皮，随手那么划拉，就让李家唐家朱家的千年老铺关门歇业了。无论当年这些家族多辉煌，多绵延，多潦倒，最终就是一抔黄土。很多东西是捂不住的，他们总会找到一个突破的渠道，你捂住嘴巴，就会从眼睛里跑出来，比如眼泪，比如贺兰山中的山杏花开。山杏花是贺兰山上一个特殊的存在，可以说是石头花，也可以说，山杏花就是贺兰山尊严的老者最钟爱的女儿。它们一米多高，长在石头缝里，有的就是从石头里直接长出来的，树身从上到下长满了刺。四月中旬开花的时候，小小的，碎碎的，粉粉的，白白的，水灵灵的，像个受宠的小姑娘。每一朵花的旁边长三到四个花刺，那些刺稍稍高过花朵。别伸手，伸手必被扎。山杏花是山神最钟爱的小女儿，在西北的春天，三月中旬，当山下的桃花杏花疯疯癫癫开放的时候，他努力地不委屈自己的小女儿山杏花，努力地让自己的小女儿山杏花开成他心头的最爱，努力地把储存了一个冬天的精气神给了这个小女儿，让她水灵，粉嫩，艳丽，开成她想要的样子。又到一年三月，贺兰山上的山杏花又开了，每次看山杏花，都会为贺兰山难过，一个没有被人和世界好好对待的山，山上的小野花，可是它们却依旧单纯地热爱着这个世界，守候这个俗世，不误时节地认真泛绿，认真枯竭，认真地凋谢，认认真真过每一个节气。

像是去年的春，像是去年的花，像是去年的人，唯有贺兰山上这天气，和魏晋时一样。这是一部石头写成的书，骨子里就像个吉卜赛人，在俗世兜兜转转吉卜赛人已经越来越没有生存之地，多少年过去了，那本书还在，我已经穿越到了山脚下，没有别的可以奉上，我只有一把狗尾巴草，不说悲喜，只觉幸遇。

（选自《东渡》2022 年第 1 期）

雨中的思念

张新喜

张新喜（1968—），笔名寒江竹，宁夏石嘴山人。中国民主促进会会员，宁夏文史研究馆文史研究员，中华诗词学会会员，宁夏作家协会会员。作品散见于《诗刊》《中华诗词》《诗词世界》《朔方》《黄河文学》《诗词百家》报刊。

昨夜，我是听着窗外那密集的雨声入睡的。

我所在的这个小城市，是个年降雨量不到200毫米干旱缺水的地方。街道两边的花草树木倘若三四天不浇水，就显得无精打采，没有一点儿生气。如果天公作美，偶尔下得一场雨，那么整个城市便会显得生动而有灵气。干旱使得人们对水分格外企盼，对下雨自然也就有一种特殊的感情。

这场雨是从早上开始下的。到了傍晚，雨越下越大。我躺在窗边的沙发上，听着外面急骤的雨声，不由想起了十年前的那场雨、想起了母亲——十年前，我还在乡下工作。妻生了女儿后，母亲来帮我们带孩子。我在乡上自建有三间房，半亩大的院子里种满了各种各样的花果树木。每年从三月份开始，杏、梨、枣等相继开花，小小的院落花儿次第开谢，引得蜂儿蝶儿飞来飞去的，春色无限。母亲那时的精神还好，她在农村劳作惯了，一点儿也闲不住。带孩子之余，将院子里的空地收拾成一块块平整的菜地，里面种上黄瓜、豆角、茄子、西红柿等蔬菜。

我虽然在农村长大，但是一直在外面上学，而后又参加了工作，对种菜算不上太在行。母亲边侍弄着边给我讲：哪些菜爱水、爱肥，哪些菜喜欢阳光。听着母亲给我讲“菜经”，我对种菜也产生了浓厚的兴趣。每天一下班，我就到菜田里，和母亲一起给蔬菜除草、掐蔓、绑藤，或是看看新结的黄瓜、西红柿比前几天长大了多少，日子过得充实而快乐。然而美中不足的是，种菜用水很紧张。家里的自来水每天早晚各来一个小时，每逢来水，母亲用早已准备好的塑料管将自来水引到待浇的菜地里，她眼也不眨地守在旁边，一直到停水。就这样整天忙碌着，她的身体倒也没啥毛病。

1998年的夏天，天很旱，连着几个月不见一点雨，院子里的树叶都被旱蔫了，菜就更不用说了，每天早上浇的水，但是到中午就被晒得耷拉着身子——太阳太毒了。母亲很是着急。那段日子，每天晚上电视上的《天气预报》节目，她都要收看。看完了，却总是很失望：“唉！这老天爷，怎么一点儿雨也不下？再要不下雨呀，我看这菜是白种了。”

那天是周末，我和朋友正在办公室里下棋，就听得外面几声炸雷，紧跟着瓢

泼大雨从天而降。这场雨下得很突兀，事先一点儿征兆都没有，雨整整下了两个小时，公路两边的雨水已涨得和路面一样高了，乡政府大院里人们进出都蹚着水。这是我有记忆以来最大的一场雨了，后来才知道是台风带来了这场大雨并罕见地光顾了我们这个内陆地区。回到家里，院子里一片汪洋，我蹚着水进了门，母亲高兴地对我说："这下菜可有救了！"感谢这场雨，它使我家的菜起死回生，也使母亲的心血没有白费。

秋天到了，我家的院子里一片丰收的景象：红彤彤的枣子、金黄色的梨挂满了树梢；菜田里，辣椒、西红柿、南瓜等蔬菜应有尽有。单位的同事或左邻右舍来了，临走时母亲总不忘给他们摘一些菜带回去尝尝。

后来因工作变动，我家搬到了城里，住进了楼房。进城后，生活虽然比以前好多了，母亲的身体却一天不如一天，全身乏力，有时咳嗽起来就没个完。我带母亲到医院去看病，医生给她身体做了各项检查后，说她过去受的苦太多了，体力早已是提前透支了，现在也没有好的治疗办法，只能将养着。听了医生的话，我心里特别难受！为母亲，也为我多灾多难的家庭。我三岁的时候，父亲就去世了，是母亲含辛茹苦地把三个姐姐和我及不满周岁的妹妹拉扯成人，其中的艰辛不是一般人能想象到的。我平凡而伟大的母亲啊，如果没有您无私的付出，哪有我们现在美好的生活！

昨夜我躺在窗边的沙发上，听着雨声，不知不觉进入了梦乡。梦里，我回到了以前乡下的院子，母亲正在菜地里给南瓜配花，晨光照在她脸上，她的面容安详而宁静！

（选自《汕头作家》2019 年第 10 期）

龙泉村

张丽华

张丽华（1969—），女，山东菏泽人，现居宁夏石嘴山市。宁夏作家协会会员、石嘴山市作协理事。作品散见于《百姓中国周刊》《作家世界》等区内外报刊等。

随着大巴车的缓缓驶入，泉水汩汩、绿意浓浓、幽静神秘的古村落龙泉村就跃然在眼前了。

坐落于宁夏贺兰山下的龙泉村，又名“九泉子”。位于石嘴山市大武口区西南 9 公里处，东衔星海湖，西倚贺兰山，北邻北武当生态旅游区，隶属大武口区长胜街道管辖区域。村域面积 27 平方公里，属贺兰山冲积扇地貌，村里近 400 户人家约 1100 人在这里耕种、劳作，繁衍生息。

神秘的历史遗迹遍布村子周围，东有龙王的九口泉眼，南有明代烽火台与九龙王寺庙，西有汉代古墓，北有郭拴子藏宝之地。龙泉村，贺兰山下第一村的神秘传说从这里开始。

相传明朝永乐年间，为抗击蒙古人入侵，一队士兵受命沿贺兰山修筑烽火台到此。看到此处气候温暖、水草丰茂，非常适合人类居住。这队士兵退役返乡后，有几人相约携眷迁居于此。由于此处地下水资源极其丰富，九眼山泉水长流不息，

故得名“九泉子”。这几户人家分别依泉而居，以半耕半牧的方式在此生活，逐步形成了以董、张、常、刘四大姓氏为主的自然村落。村里天然形成的九个汩汩流淌的泉眼，俗称九龙泉。关于九龙泉还有这样一个美丽传说。传说，村后的山上有九条龙，终日护佑着村头至村尾的九眼泉水，泉水终年不绝地滋润着村子周围庄稼地，养育着千户村民。因此，该村得名龙泉村！

沿着绿树成荫的龙泉村村中小路，向形态各不相同、汩汩流淌的九个泉眼依次寻去，凡泉水流淌之处，水草肥美、牲畜悠闲、庄稼茂盛、果树飘香！

驱车行驶到龙泉寺庙门前，龙泉寺庙墙外左侧的山路，绕道可以直上贺兰山长城 2 号烽火台。贺兰山烽火台一带，自古为中原农耕民族与北方游牧民族激烈冲突的界山，也是一座名副其实的“军山”。当站在贺兰山烽火台这历史风物前，岁月侵蚀过的长城烽火台，曾经是怎样的狼烟四起、燧火烽燧、金戈铁马、战火纷飞？数不尽的沧桑记忆了然于此！可见这里自古就是兵家必争之地。在现代与历史文明碰撞的那一刻，不由得会荡起一种豪情！让你忍俊不禁想大声吟诵岳飞的《满江红》:“……驾长车，踏破贺兰山缺。壮志饥餐胡虏肉，笑谈渴饮匈奴血。待从头、收拾旧山河，朝天阙。”

朝龙泉山庄后方再走约一公里，惊叹于坐落在龙泉村周边的汉代古墓，大大小小汉墓有数十座，距今已有2000多年历史！据《后汉书》记载，北地郡的廉县所在地正是如今的龙泉村，古汉墓群遗址是见证龙泉村古老而神秘的历史轨迹。

怀着敬仰之心，走进龙泉村农耕文明、民俗文化博物馆。一件件精致典藏品深深吸引着我。羊皮袄、木耧、木叉、簸箩、母子石磨等农耕工具将我带回到那个母与子手推石磨、身背大耙犁的农耕时代。文房用品、古书、文钞、农家绣品小虎头鞋等民俗物品的展示，反映民俗文化的沧桑变迁；汉代的酿酒陶罐、墓砖，明代的宣德炉，清代的五足火盆，以及明清时期发展至顶峰阶段的精美瓷器的展示，无一不反映了不同时期人民群众的生产、生活水平和面貌，也充分体现了贺兰山丰富的人文景观、历史文化底蕴和民俗的无限魅力所在。

如今的龙泉村在石嘴山市、区两级政府的大力支持和宣传下，已发展成为一条繁荣的旅游业经济动脉。发展民俗文化风情旅游，让游客亲身体验感受到浓浓的石嘴山民俗文化新农村所带来的田园生活乐趣。长流不息的九龙泉水滋养了贺兰山野生紫蘑菇、农家枸杞、无公害蔬菜等天然绿色食品。舒适的田园风光，令人流连忘返。

（选自《铜川日报》2018年6月）

生活的歌随着黄河荡漾

张跃政

张跃政（1952—），宁夏平罗人。宁夏作家协会会员、宁夏诗词学会会员，宁夏非遗（民间故事）传承人。出版《珍宝·传说》《珍宝·故事》《珍宝·歌谣》三书。

美丽富饶的银川平原，镶嵌在贺兰山和黄河之间，勤劳勇敢的劳动人民，用自己的血汗，浇灌着“塞上江南”的每一寸土地。古往今来，具有着宏伟体魄的黄河，与伟大的中华民族同呼吸、共命运。劳动人民繁衍生息在它的身旁，根据自己的喜、怒、哀、乐，创作出集体的口头诗歌——民间歌谣——属于民间文学中可以歌唱和吟诵的韵文部分。这些各具不同民族形式、民族风格、地方特色的绚丽多彩的歌谣，使我国歌谣的百花园，美不胜收。

民间歌谣在社会中、在人们的心目中、在人们整个生存的过程中，都如影随形。随着社会主义市场经济的发展和社会主义民主政治的完善，人们的思想意识、精神状态发生了深刻的变化，舆论力量、价值观念、文化和社会环境对精神文明建设提出新的更高的要求。而歌谣这种短小、生动、活泼的形式仍时刻涌现在人们的脑海里，如调味剂，调节着生活的苦、辣、酸、甜；像甘泉缓缓地淌，洗涤着路途的尘雾；似百科全书，记载着对历史人物、事件的评价。歌谣的类别有劳动歌、时政歌、仪式歌、情歌、生活歌、历史传说歌、儿歌、谜语歌等。

《耍水歌》唱道："日头日头过河来，荞麦田里打箩箩，河这边娃娃晒着，河那边娃娃冻着。"小顽童们一个猛子从水里钻出来，爬上水岸，一边蹦跳，嘴里有节奏地亮亮地喊着这首歌谣，一边拍打着水淋淋的小光身子。多么美丽的一幅顽童戏水的风景画啊！歌谣是社会和人生的缩影，歌谣是精神文明的泉源。《耍水歌》这首顽童嬉戏的儿歌只是歌谣艺苑中的一滴小水珠。让我们畅游在歌谣的瀚海里，领略歌谣的真谛。

现就黄河岸边流传的歌谣作一浅略的探讨，借以论述歌谣和精神文明之间的联系和作用。

黄河奔流不息，时而低吟，时而高歌，不知唱出人间多少喜、怒、哀、乐之歌。《古歌》唱道："天有三宝日月星，地有三宝水火风，人有三宝精气神。"《十二月古人》唱道："三月里来三月三，桃园结义弟兄仨，虎牢关前战吕布，鞭打吕布紫金冠。"《送衣》唱道："始皇无道打边墙……孟姜千里送衣裳，哭声始皇还我郎，边墙倒掉万里长。"《古城谣》唱道："黄河滔滔兰山高，平罗古城分外娇。"这些歌谣不仅传授了一定的历史知识，而且也反映了劳动人民对历史人物和事件的评价。

我国古代北方少数民族，先后有匈奴、鲜卑、羌、突厥、回纥、党项、蒙古等，生活在贺兰山一带。珍贵的贺兰山岩画，便是古代少数民族留下的重要遗存。岩画歌基本上一首就是一幅岩画，显示古代贺兰山的自然生态环境和浓郁的生活气息。《牧羊歌》里唱道："地上青草野花多，天上飘着白云朵。"《贺兰山里打猎忙》里唱道："贺兰山里打猎忙，有人猛跑追赶羊，有人拉弓把箭放，有人盯着鹿群望。"一九九一年和二〇〇〇年，先后两次在银川召开了国际岩画研讨会。《公牛图》岩画还被国家印制成邮票，向全世界公开发行。自治区人民政府将贺兰山岩画申报为世界文化遗产。《世界遗产大家乐》里唱道："贺兰山里岩画多……今人唱起古人歌……漂洋过海公牛活，世界遗产大家乐。”世间万物，自生自灭。人最为宝贵的是：又要生存、繁衍，还要按照自己的意愿，改造大自然的面貌，创造出适应自己生存的条件和环境。但是，人们对自己的身体知道多少呢？人体内有五脏六腑精气骨髓筋脉，外有四肢九窍皮毛爪齿咽喉唇舌等。生动形象的脏腑歌，唱出脏腑的重量、形状和基本功能，能为我们知道人体有些帮助吧。比如《心脏歌》里唱道，“心重十二两”;《肺脏歌》里唱道，肺脏的形状是“两耳尖尖八叶现”;《肾脏歌》里唱道，肾脏是“后宫内官为女皇”；在《肝脏歌》里，基本唱出了肝脏的功能，“肝是魂脏又藏血，受血足行指能握。肝气通目辨五色，荣华于爪主筋血。”

长夜漫漫的旧中国，从奴隶社会、封建社会到半封建半殖民地社会，广大人民群众一直处于受剥削、被统治的地位，过着牛马一样的生活。劳动人民成年累月地劳动，而他们的劳动果实绝大部分却被官府和剥削阶级夺去。统治阶级愈来愈残酷地压榨劳动人民，尽情挥霍劳动果实，过着荒淫无耻的腐朽生活。有不少歌谣反映了劳动人民对这种状况的不满。《都是咱们的血和汗》里唱道：“你不凭黑牛耕，你不凭黄牛种，你手搭心头问一问，都是咱们的血和汗，你吃白面，穿绸缎，不把咱们当人看，你还说你福气好，咱们今天都完蛋！”这首歌谣，是农民苦难生活的真实写照和血泪控诉。哪里有压迫哪里就有反抗。农民们发出“咱们今天都完蛋”的反抗呼声，道出了广大农民的共同愿望，也教育鼓舞广大受苦群众，使他们相信，只有共产党才能救中国的道理。

在我国长期的封建社会里，在黄河流域一带，反映广大劳动妇女不幸遭遇的歌谣，数量是相当多的。过去我国农村的劳动妇女，在神权、政权、族权、夫权“四条绳索”的捆绑下所受的欺凌与迫害，远较男子为甚。封建礼教和宗法观念给妇女带来了巨大灾难，使她们从生到死都得不到与男子一样平等的待遇。女孩子一出世被视为猪狗不如的赔钱货，往往是穿破的、吃剩的，婚姻则全由父母包办，只能是“嫁鸡随鸡飞，嫁狗随狗走”，毫无自主权可言。如果嫁到《饼和宴》中那样的婆家，就只能过那种“鸡叫三遍就起床”的苦日子。“我公公今年六十三，我婆婆今年五十三，丈夫今年一十三”，如果嫁在《担水》歌谣唱的这样一个家里，那更是命苦如黄连了。在《种胡麻》这首歌谣里，那个想去娘家的媳妇，公婆让她种、薅、淌、收，更残酷的是对她精神上的种种压迫和虐待，在她即将踏上去娘家的路途，婆婆还要让她：“早晨去，晚上来，七双袜子八双鞋。”许多反对封建礼教、渴求个性解放、争取婚姻自主的生活歌，表达出她们痛苦的呻吟和愤怒的呼喊。《瞌睡子多》里唱道：“头更天套磨，四更天卸……婆婆来了她还说，只说是我的瞌睡多。”那早晨、晌午、后晌、黑夜挑水的艰难情景，使人心酸至极。这些歌谣生动地反映了媳妇在婆家的痛苦处境，是颇有典型意义的。为什么当婆婆的总是对媳妇抱有偏见，无缘无故地责骂，像牛马一样地驱使？表面上看，是婆婆的主观态度问题，而本质仍然是万恶的封建制度造成的。婆婆是媳妇的直接管束人，因而许多妇女歌就把对封建制度的谴责指向了婆婆。其实，婆婆作为一个妇女，在封建社会里也是受压迫的，她也当过媳妇，受过虐待，只不过在长期的被压迫、被约束中，养成了根深蒂固的宗法观念，认为那样做是完全合理的。

《懒婆姨》里的懒婆姨，“爱吃嘴，懒得动”。《数花》里那个求娃娃的媳妇“一进庙门倒跪下”，到头来只是“张惊花开”。这些批评懒汉、讽刺满脑子封建迷信的人的生活歌，在今天来看，还有着一定的社会教育意义。

解放后，广大劳动人民由奴隶成为国家主人，他们懂得幸福生活是在党的领导下，通过艰苦卓绝的革命斗争才取得的。因此，当他们歌唱新生活时，总是同歌唱党、歌唱人民领袖、歌唱人民政权以及歌唱党的各项方针政策紧紧联系在一起。《翻身歌》里唱着：“毛主席领导好！”《做天下》里唱道：“千年的铁树开了花……土地回老家。共产党恩情大，帮咱穷人坐天下。”

解放后的新民歌中，还有不少是对党所领导的土地改革、抗美援朝等重大政治活动的支持和赞颂。《春歌》这样唱道：“民兵唱的是打恶狼，儿童唱的是土匪亡。妇女唱的是送情郎,人心向的是共产党。”这样的颂歌,反映了劳动人民对党、对人民政权、人民军队和人民领袖的拥护和爱戴。解放后半个世纪的今天，党领导人民建立了革命政权，进行着社会主义革命和建设，特别是党的十一届三中全会以来，党的富民政策如春回大地，人们在《不忘本》里深情地唱道：“天上星星亮晶晶，地上庄稼绿茵茵，幸福生活党指引，千年万载不忘本。”

儿童歌谣是歌谣艺苑的一朵奇葩。《种棉花》这首儿童歌里唱道：“小河流水哗啦啦,我和姐姐种棉花。春天棉籽睡地下,夏天棉秧开红花。红花结桃秧上挂,秋风吹开白雪花。雪花堆得银山大，座座银山献国家。”

婴儿呱呱落地之时，母亲就哼着亲昵的摇篮曲让他们停止哭泣，笑出声来。会说话啦，能走路了，祖一辈、父一辈不知用多少歌谣的精华充实着他们的后代。可以说，自婴儿呱呱落地之时，就受到了上辈传统文化的熏陶。会跑啦，上学了，一本《木偶奇遇记》把他们逐渐地从咯咯咯的笑声中吸引到《格林童话》的捧腹大笑之中，他们在笑声中长大了。他们在《钢铁是怎样炼成的》精神鼓励下，走向社会，为国家建设添砖加瓦。

在党的富民政策指引下，人民的生活逐渐富裕，他们的道德情操、婚姻观念也都起了变化，在新的历史时期，产生的新情歌，是新思想、新风尚的反映，它表现了青年一代在党的教育下，思想觉悟空前提高和精神面貌显著的变化。《选婿》这首歌谣唱道：“东坡的茄子西沟的葱，阿妹爱哥好劳动，油头粉面咱不爱，科学致富俺顺心。”

青年男女厌恶和唾弃那些“油头粉面”无所作为的人，他们追求的对象，往往都是劳动致富的标兵和模范。他们相信，有党的正确领导，有马克思主义的指引，有社会主义的基本经济制度和基本经济政策，有人民民主政权和社会主义法制，在实现社会主义现代化的进程中，把劳动致富与物质文明和精神文明建设紧密地结合起来，使思想道德建设和教育科学文化建设渗透在整个物质文明建设之中。他们自己致富十分带劲，追求对方也很热烈，总是把致富和爱情结合起来，把自己的爱情，融合在科学致富的幸福之中。这是崇高思想境界的表现，也是爱情的升华。在新的历史时期，新情歌再也不是个人的爱慕之情的表白，而是把个人的爱情同整个革命事业联系起来了。有一首送哥当解放军的歌就是最好的证明：“送哥送到大桥头，手扶栏杆望水流，盼哥部队当英雄，三年五载妹等候”。这首《送哥》同样是送别所唱，但却完全没有传统情歌中那种凄楚、悲伤的情调。这不但说明了男青年为保卫祖国“四个现代化”建设而勇敢献身的精神，也说明了女青年以革命利益为重，坚决支持情人参加解放军的高度政治觉悟。

是的，英雄紧握钢枪，守卫着祖国的边疆，仰望夜空，心里升起一支甜润的歌——《十五的月亮》。歌声随着月光，融进祖国四面八方，那柔和的圆月，也投进黄河湍急的怀抱之中。

黄河，怎甘寂寞？它用欢快的涛声，伴和着劳动人民的歌，把那忧愁、悲伤、斗争、胜利的歌，送进历史博物馆，继续唱那弘扬精神文明、振兴中华、社会和谐之歌。民间歌谣——生活的歌，随着黄河荡漾。

（选自《珍宝·歌谣》，宁夏人民出版社，2008 年）

不能出山

那守范

那守范（1937—），满族，北京人。1958年分配到宁夏。业余从事文学创作和文艺编导活动，宁夏作家协会会员、九三学社社员。

有朋自珠海来，未及寒暄，劈头便说："马上就跟我走，公司总经理的交椅在等你去坐！"看着他那严肃急切、一本正经的神态，对这突如其来的音讯，我不禁愕然！

说实在的，"外面世界很精彩"，商界涌动，八面来风，"下海"声浪日高一日，肉身凡胎如我者，虽一向以淡泊清贫自守，也难免被搅得有些浮躁不安，似乎在等待时机、跃跃欲试了。而今，"龙"真的来了，反倒使我彷徨踌躇、举棋不定！

为什么会事到临头，仓皇急遽?！

我在北方，南下珠海，莫非真的要"下海"了吗？"下海"一词的出现，最早源于一个民间故事。据考，上世纪二三十年代，上海戏剧舞台常演一出叫《洛阳桥》的戏，情节围绕主角夏德海展开，他是作为"祭品"被人们投进海里去与龙王接洽面事的。后来，人们便把稀里糊涂地或冒险地去干某种事概称为"下海"。时过境迁，后来的"下海"之义已有引申，及至改革开放，又有了变异和发挥，赋予它以崭新的内涵，成为放弃原有职业而从商、发财致富的总称，频繁见之于人们的言论和行动中。

我身居小西北一隅，贺兰环抱，依山面河，若意欲去职从商，便要离山而去，姑且把“下海”称之为“出山”吧。

多年来，中国人一直在温饱线上挣扎，贫穷使我们渴望富裕。改革开放以后，社会经济生活发生着深刻的变化，有些行业、有的人先富了起来，而文人无份。于是有些耐不住清贫寂寞的人便纷纷“下海”，转行经商，但经商必须有道，在商海中畅游自如的书生并不鲜见，而多数文人于此少谋乏术，“下海”之后往往折足覆悚。俗话说：“没有金刚钻，别揽瓷器活。”掂量一下自己，我大概应归类于后者，思忖再三，还是如二诸葛所说“不宜出行”，原因在于：没有勇气。20世纪50年代末，我从学校来到宁夏，“一次分配定终身”，一直在煤海中浮沉，能有个工作已是幸运，那时，除了国家统一分配，其他无路可走，只能“在一棵树上吊死”。每月用粮票领着“吃不饱、饿不死”的标准粮，拿着每天一块多钱的菲薄工资，好不容易熬了三四十年，终于居有定所、食有盈余，学有所用、业有所成，还当了个不大不小的芝麻官。如今要舍它而去，形同自砸“铁饭碗”，几十年的惨淡经营岂不毁于一旦？万一前途多舛，则后路已断，将如何是好？缺少一往无前的“敢死队”精神，没有破釜沉舟的勇气，罢了罢了。

没有朝气。“时间就是金钱，效率就是生命”被南方商界奉为金科玉律置之座右。抢时间、抓效率应该是“朝气”的代名词，决策要当机立断，不计晨昏；行动要雷厉风行，无论何处。天上地下，飞来奔去，北国南疆纵横驰骋。而我，性格沉稳，喜好宁静，饮食起居，告有定时，缺一个午觉，便头昏脑胀；听噪声纷扰，便心烦意乱。循规蹈矩，老气横秋。古人讲“每临大事有静气”，面对沸沸扬扬的商海，我无论如何也静不下来。不能闻风而动，便要错失良机，缺乏朝气，焉能成事？

没有兴趣。我生性喜文，于文学史学哲学，广泛涉猎，古今中外，学而时习，兴味无穷。在文史哲的学海中泛舟遨游，在形象思维的精神世界里展翅翱翔，自幼至今，乐此不疲。忆昔抗日战争的动乱年代，在河南商丘的牛市里，脖子上挎个木匣卖过烟卷，被缺德的大人偷拿过；解放初期，在北京的街头卖过报纸，被大龄的报童欺负过。小小年纪，意欲在家庭生计困窘时为父母分忧愁，两次做小贩，双双赔本。及至成人，买彩票中奖之类的运气，也从未光顾于我。方悟自己不是做买卖的料，财气不佳。而舞文弄墨，却得心应手，激扬文字时有所作，大块文章，散见报刊。“萝卜白菜，各有所爱”，人说兴趣是办好一切事物的原动力，兴趣是最好的老师，可谓至理名言。

没有能力。人海茫茫，各有所长。“术业有专攻”，不可全能。我本学工，于金融财经知识十分贫乏，账目往来，一窍不通。人皆见钱眼开，我独见钱眼花。又不善拨弄算盘珠子，且无随机应变的计谋。笨手笨脚，心无灵犀，以这样的本事，应付眼花缭乱的经济往来，岂不是“盲人骑瞎马，夜半临深池”？也曾搜集书籍资料，阅读笔记，但至今也没弄懂股市行情、借贷规则，如此这般，怎能在市场上快乐地游戏？外行就是外行，不懂便无能力，还是有点自知之明吧。“商场如战场”，虽然明处有游戏规则，自觉规范操守者有几？而暗处却尔虞我诈、钩心斗角、风谲云诡，你死我活。其明枪暗箭、刀光血影不亚于功夫电影戏剧，只是它更隐秘、更潜伏，也更残忍、更惊心！人说“无商不奸”或“无奸不商”，大概便是“商场如战场”的最好注脚吧。敝人乃一介书生，手无缚鸡之力。胸有菩萨心肠，如何抵御得了外来侵袭？宣传界大力鼓吹诚信，诚信的商家却寥若晨星。曾因企业公务有机会与商人打过交道，在光天化日之下上当受骗，觉得不是“智商”而是“商智”自愧弗如，甘拜下风。

没有精力。既入商海，就如箭在弦上，弓弦绷紧。有时为商务所累，须得宵衣旰食、夜以继日，甚至废寝忘食，疲于奔命。人际交往“烟搭话，酒搭桥”是中国特色，一定要吞云吐雾、狂喝豪饮，方显出英雄本色，而我二两入肚便天晕地旋，如何上得了台面？无力在餐桌上应酬，多半要失去商机。吃喝之外，还有玩乐，没摸过保龄球，不会打高尔夫，声色犬马，无能为力，陪不了顾客，大抵会错过财缘。如此等等，难以在商战中立足，更遑论取胜。

没有，没有……几个“没有”，犹如赤手空拳去冒风险，使我不得不瞻前顾后，权衡轻重，结论只能有一个声音：“不能出山”！

“君子固穷”，文人在金钱面前，还是应当有所不为才是。保持自己的那份恬淡，坚守学海，与清贫与寂寞相伴为伍吧。古今中外知名的文人大家，大抵都有过穷困潦倒的境遇，曹雪芹不是“举家食粥酒常赊”吗？

我很佩服这样的人：当年陶朱公（范蠡）急流勇退辞官解甲，携西施泛舟于烟波浩渺的江湖之上，尽得儒雅风流；又置身于商旅之中，终成商贾巨豪、富甲天下留下千古美谈。然而，从文儒之义转轨而谋陶朱之道，非我所长，“临渊羡鱼”又“无能结网”，最后，只好被清朝黄景仁的诗句所言中：“十有九人堪白眼，百无一用是书生。”如此而已，而已而已。

（选自杂文集《刮骨疗毒》，学苑出版社，2009 年）

疑是银河落山间

苏富安

苏富安（1953— ），笔名阿乔，山东泗水人。有多篇小说散见于《煤炭文学》《贺兰山》杂志。

造物主是公平的，大千世界，茫茫自然，万事万物，林林总总，都有其存在的依据和价值。同一个事物，站在这个角度看可能缺点多多，而站在另一个角度看又可能优点满满。比如沙漠、戈壁、寸草不生的灰秃秃的山峦，它们与辽阔的草原，长着郁郁葱葱的树木的青山比，由于它们满眼干枯苍凉，毫无生机，在观感上就不是那么养眼。然而这些不养眼的沙漠、戈壁、灰秃秃的光山，大多地下又都埋藏着无尽的宝藏，这又让人对它视若珍宝，心向往之。比如北非的沙漠，上帝在那里地下埋藏了很多石油、天然气，再比如我国新疆、青海、内蒙古、宁夏等地的沙漠、戈壁、植被稀少的山川，地下也蕴藏着十分丰富的石油、煤炭、天然气、金、银、铁、硅等矿藏和有色金属，而且多得数也数不清，真正是我们国家的聚宝盆。因此，造物主给了人们青山绿水却拒绝再给人们丰富的宝藏，给了人们丰富的宝藏必然再给人们一个不养眼的沙漠、戈壁和灰秃秃的光山，这就是鱼与熊掌不可兼得吗？

贺兰山正是这样一个聚宝盆！从外观上看，它的植被极为稀少，除了南寺、北寺和塔尔岭有成片的原始森林外，其它地方几乎全是裸露的石头和砂砾，偶尔在山坡上看见一株两株自然生长绝非人种的山榆树，它们艰难地从石头缝里钻出来，在毫无生机的贫瘠苍凉的山坡上挣扎摇曳，它们的年轮可能上百年甚至几百年，主干却也只有碗口粗。寒来暑往，日月轮回，它们就那样倔强地在光光的山坡上挺立着、摇晃着！山上不长草不长树，除了雨水少风沙大之外，还有没有别的什么原因？有人说大山底下的煤和已经探明和尚未探明的有色金属及其它物质，有很强的辐射性，使草和树无法在这里生存，此种说法有无科学依据，不得而知，但它拒绝披上绿色植被却是真实的。

贺兰山东麓腹地，有一个叫石炭井的地方，从明代开始，这里就有人挖煤，当时这里叫“上迭里口”，蒙古语的意思是出产煤炭的地方。从那以后，历经几个朝代，这里绵延不绝一直有人在此挖煤。当然，依当时的科学技术水平，人们绝对不是科学勘探后地科学开采,而是“乱采乱挖”。而“乱采乱挖”的依据是什么呢?是“露头煤”。所谓“露头煤”,就是丰富的地下煤裸露出来了,铲去一层薄薄的浮土,乌黑铮亮的煤炭就暴露无遗,而有的地方,连浮土都没有,黑黑的煤裸露着,“挖煤”的人只管在煤堆上装煤就行了。煤炭丰富之极，正应了那句老话：酒香不怕巷子深,有巢引得百凤来。从山外的平罗县城算到石炭井也有四十多公里,如果从银川、内蒙古左旗和乌海市到石炭井，则更远。由此我们不难想象，从明代到中华人民共和国成立前这几百年间，从石炭井到银川、平罗、左旗、乌海之间，会有络绎不绝的驼队马队驮着煤奔波来往。

那是怎样的一种景象？他们是淘金的队伍吗？这是宁夏地区资本主义工业或手工业的萌芽吗？地理学家、地质学家、经济学家都可以对此作出自己的解读。

然而，石炭井地区真正意义上的煤田开发，是始于 1958 年。当时，国家为了保证酒泉钢铁厂和包头钢铁厂的用煤，经过勘探，发现贺兰山内蕴藏着丰富的煤炭资源，从大峰沟、汝箕沟、呼鲁斯太到石炭井，石嘴山在几百平方公里的贺兰山内，蕴藏丰富的品种齐全的地下乌金，它们在地下已经沉睡了亿万年了，它们在地下沉睡了那么久，是在等待一个怎样的时机跃然而出惊艳亮相呢？在完成第一个国民经济计划后，第二个国民经济计划横空出世，按照这个计划，一大批重大国家基础工业项目纷纷上马，国家从全国调集煤炭行业的精兵强将，来开发贺兰山煤田。石炭井，这个昔日的淘金“圣地”，这个默默无闻的山坳，一时间各路煤矿建设大军云集于此，沉睡的群山沸腾了。

可以想象那是一个怎样的情景了。那是一个以干事创业、苦乐为荣的年代，那是一个把奉献和荣誉看得远远高于物质利益甚至高于生命的年代，那是一个激情燃烧、豪气冲天的年代。操着全国各地各种方言的人，为了一个共同的目标而在此挥洒青春与热血：尽快把煤挖出来送到钢厂，让钢厂炼出更多钢铁，造汽车造火车造轮船造大炮……赶英超美！条件是艰苦的，没有路，就骑着毛驴骡马骆驼沿山沟进山，修路架桥，建井挖煤，盖楼建房，矿区，家属区，学校，商店……总之，一手抓生产，一手抓基本生活的保障建设，在搞好煤炭生产的同时，一座沿七沟八岔而建的山城也应运而生了。

整个石炭井矿区，煤矿工人最多的时候达十万人之众。加上地方党政机关、商业和为煤矿服务的人员，鼎盛时期达到将近二十万人。

二十万人是什么概念？一个小城市！

矿区、生活服务区、商业街、家属区、办公区全建在七沟八岔的山沟里、山坡上，有的依山而建，有的顺坡而建，有的削山而建，有的填沟而建，有的建在沟底，有的建在山梁。没有统一的规划，没有统一的设计，公建房和自建房遥相呼应，简易楼与“贫民窟”比肩而立。一切的一切，看似杂乱无章却也相映成趣，就像一幅故意画得凌乱不堪毫无规则的水墨画，只有仔细研究后才能看出挥洒泼墨的技法之玄妙。

石炭井就是这样一个煤城。天之造化？浑然天成？它以“天将降大任于是人也”的不凡气魄洒落山间，虽然不能说气象万千，却也可以谓之别具一格。由于它已经成为了一个“城”，它就必须有一个行政级别，一开始它只是一个办事处，随着矿区的扩展和人员增多，最终它以石嘴山市的一个城市区（县级单位）而定格在石嘴山市的历史沿革中。

石嘴山市是一个年轻的工业城市，它能够与之相提并论的年轻工业城市有大庆、攀枝花、克拉玛依等等。它们都是因资源禀赋而生，因共和国之需而成，像这样的城市在全国还有很多。在年轻的共和国大规模经济建设的起步阶段，这些城市起到了开拓者、奉献者和压舱石的作用。在那个火红的年代，在那个流金的岁月，多少人奋斗其中，功成不必在我，但功成必定有我，那人那事那城真是给人留下了太多太多美好的记忆。如果时光能够穿越，如果历史能够还原，我相信有很多人还愿意洗尽铅华，回到那个无比单纯和激情燃烧的峥嵘岁月中去。

虽然石嘴山市和石炭井在那热火朝天的岁月中与同类城市竞风流，但它们永远也没有像大庆、攀枝花、克拉玛依那样享受过风光无限的亮丽时刻和誉满天下的殊荣，不过它的一张名片的确也曾惊动了中南海，这个名片就是原石炭井矿务局大峰矿出产的无烟煤。这个煤以其“三低六高”（低灰、低硫、低磷，高发热量、高导电性、高块煤率、高化学活性、高精煤回收率、高机械强度）的优良品质而享誉中外。据说当刚开发的这个煤种化验结果报送到周恩来总理那里时，周恩来总理亲自命名这个煤为“太西煤”。意思这个煤的产地在太原以西，至于产地的具体地点那要保密。为什么要保密呢？因为当时以美国为首的西方资本主义国家在经济上封锁我们，军事上围堵我们，外交上打压我们，我国经济建设的外部环境非常严峻，在当时那种情况下，像大庆、攀枝花、克拉玛依对外都是密而不宣的。直到改革开放以后，“太西煤”才被撩开它神秘的面纱，向世人展示它产地的真容。随着它漂洋过海，世界有关国家才惊讶地知道，在中国宁夏贺兰山内竟然储藏着只有越南鸿基煤可以相媲美的优质无烟煤。

我与石炭井缘分极深。1970年12月中旬，我与860名山东泗水子弟从戎西征，在当时的国防前线贺兰山腹地度过了16年的军旅生涯。16年里，除了有一年在西安陆军学院学习，其余时间都是在贺兰山内度过的。16年先后换了4个单位，这4个单位都在沟里，先是在后勤部机关当战士，当时后勤部机关在大磴沟，后又到运输连当给养员，当时运输连驻陶瓷沟，又到修理所当司务长，修理所也在陶瓷沟，又到师医院当政工干事、指导员，当时师医院在塔塔沟。从大磴沟、陶瓷沟、塔塔沟到石炭井都不远，从1973年到1981年7月，我当给养员和司务长期间，经常去石炭井买菜买粮，去石炭井的机会比其他战友多很多。在上世纪六七十年代，石炭井在贺兰山内是"大城市"，当兵的能够经常去这个"大城市"的并不多，除了给养员、司务长去采购，其他的干部战士没有理由去"逛"这个"大城市"。只有到了周末，驻在离石炭井不远的部队，才有组织地让干部战士去逛逛这个"大城市"，照照相，买些日用品。

石炭井的新华南北大街，是石炭井这个煤城的"南京路""王府井"，每到周末，"地下工作者"（煤矿工人）和家属带着孩子们，还有当兵的，进山卖菜卖水果的农民，都会来新华南北大街逛街购物或卖农产品。我记得有一个周末我去石炭井，返回部队时在新华北街农贸市场买了一斤巨峰葡萄，从石炭井返回部队驻地陶瓷沟，抄近路要翻两座山，我翻过一个山头就到了两山之间的玻璃海带滩，这个时候又累又渴，我就找了个地方坐下来休息，葡萄没有水洗，就用袖子擦了擦放进嘴里，紫色的酸酸甜甜的巨峰葡萄，对于又渴又累的我来说，真是美味至极。

这是我第一次吃巨峰葡萄，时间是1974年的秋天。

新华南北大街上的东方红商场，在人们心目中的地位相当于王府井大街上的王府井百货大楼，我第一次探家是1975年的春节，为了便于掌握时间，给养员（我当时是司务长）把他的上海牌手表借给我，到了家，我把手表藏在袖口里，尽量不让手表露出来，那时候手表属于“奢侈品”，怕让人看见说闲话。虽然我藏着掖着，在离家返队时，好多邻居来送我，我戴的手表还是被人看到了，我的小学老师拉着我的胳膊，撸起我的袖子露出手表，说：“让大家看看吧。”我不好意思地露出手表让大家看，但没好意思说这是借的。一年后，我花 300 块钱在新华南北大街的东方红商场买了一块日本产的精工舍牌手表，买这块表花去我大半年的工资，我戴了 20 多年，坏了几次，我在新华南北大街上的修表铺里修了几次。它最后一次坏大概是在九十年代末，我再也没有修它，至今还放在储物箱里。这块表是我戴过的最后一块，也是唯一一块手表。从那以后我再没戴过手表。但在七十年代到八十年代，穿四个兜的军服，穿黑皮鞋，戴手表是军队干部的标配，很潮，尤其是像我这样的年轻干部，和我一起当兵的战友还都是战士，穿着两个兜的军服，我已经穿四个兜的军服了，戴着进口手表，穿着从新华南北大街东方红商场买的黑色鞋油擦染的磨砂皮鞋，走在大街上回头率很高，那个神气劲儿只能用一个词形容：牛！

有一次去石炭井买粮，连队卫生员跟车去看他老乡。他老乡也是一个“地下工作者”，在粮站装完粮，开车去他老乡家。他老乡家在石炭井民主街住，正值春夏之交，路中间堆积如山的煤渣、结冰融化了的污水全和在一起，车轮碾压上去翻江倒海，臭气熏天，我对卫生员说：“你老乡家怎么住这里？”他说：“石炭井不都这样吗？”我说：“也是。”由于基础设施差，脏乱差的情况在所难免。然而，正是这个脏乱差的民主街，几年后我的家也安在了这里。家在这里，我对它的看法也变了，我对它的脏乱差也习惯了，由此可见，人对环境的看法也有很浓厚的感情色彩。这就是我们经常看到听到的，某个地方老少边穷，某个地方贫瘠荒凉，可那个地方的人和从那个地方出来的人，还都深深地爱着那个地方，因为那个地方是他的家，家，不仅是生活和栖身之地，更是割舍不下的情怀。

我在民主街住了 4 年，即从 1980 年到 1983 年。当时，我还在部队，周末才可以回家，爱人在石炭井矿务局医院工作，从民主街的家到医院，走近路要经过一个山坡，这个山坡我爱人经常走，我有时候送她去上夜班或接她下夜班，也都是走这里。如果从这个山坡一直往上走，到坡顶几乎可以看到整个石炭井全貌。有一次我送爱人上夜班回来，想着回家无事，便借着月光沿着山坡往坡顶走，到坡顶在一个平坦的地方站定，举目四望，我被眼前美丽的夜景惊呆了：白天看来建在七沟八岔的各种房子里的灯光和一些路灯，此时已是灿若星河的灯带，那灯带沿山势奔泻而去，或高低错落有致，或蜿蜒曲折而泻，或如繁花相簇相拥，或如星辰散落一地，洋洋洒洒，满沟满坡。这样漂亮的夜景哪里有呢？此景只应天上有，疑是银河落山间！我禁不住击掌叹曰：美哉！妙哉！

石炭井美丽的夜景占据了我脑海里的审美空间，以后不论走到哪里看到多么美丽的夜景，我觉得都不如石炭井的夜景美，不论是从飞机上俯瞰美国拉斯维加斯灿若谎言般的夜景，还是坐在游轮上观看山城重庆的夜景，不论是去看一些人为装饰的夜景秀，还是去看“精美无瑕”的亮化工程，都没有石炭井的夜景撼我心扉。是因为石炭井的夜景在我心中先入为主进而在我心里产生了排他性？抑或是由于我的家在这里而“情人眼里出西施”呢？我说不清楚。

其实，建在这七沟八岔的房子，绝大部分都是工人自建的“棚户区”，没有上下水，没有卫生间，没有垃圾站，条件很差。白天看脏乱差，到夜里看，脏乱差都看不到了，看到的是美丽的灯光，是美丽的“银河”。黑夜真的是个好东西，它遮掩去丑的，露出美的。让人感慨万千，浮想联翩。甚至令人有追云抚光，畅游苍穹之快意。

按照20世纪50年代末的勘探设计，石炭井地区的煤炭可以开采100年。但随着科技的进步和开采速度的加快，到本世纪初，石炭井地区的煤炭资源已经枯竭了。此时，石炭井矿务局已经改制为太西集团，后又成立宁夏煤业集团，之后与神华集团整合为神华宁煤集团，再后来神华集团又与国能集团整合，企业更名为国家能源集团宁煤公司。在宁夏东部地区对已探明储量巨大的煤田开展大会战，而且投资数百亿元上了煤化工项目，原石炭井矿务局的职工转战宁东，繁盛一时的石炭井逐渐萎缩了，人员也迅速减少，党政机关由原来的正县级降为大武口区的一个办事处，尔后人员一再减少……它只是留下一个远逝的青春背影，消失在历史的长河中了。

作为一个城市区，它只存在了60年，在茫茫宇宙中，在漫长历史中，60年只是一瞬间。石炭井作为一个煤炭城市区，在资源枯竭后它们挥手向历史谢幕是使命使然，它的消逝同历史上任何一个曾经存在、曾经辉煌的城市，如楼兰、省嵬城一样，是完成使命后的终结。在追忆石炭井远逝的青春记忆的同时，我们又不得不敬畏大自然和宇宙法则的无情：任何事物都是有生命的，所谓生命，即有开始就有结束，有生就有死，有兴盛就有衰亡。世上万事万物莫不如此，一个城市也不例外。所谓永恒，只不过是在茫茫宇宙和漫漫历史中存在的时间长一点而已。除了宇宙，世界上不存在永恒的事物。永恒的只有宇宙。因为它没边没际，无始无终。

随着生态文明建设的深入，面对被挖得千疮百孔的山峦，人员迁走后被拆得一片废墟的房址，政府又开始整治恢复山川原貌。人们破坏了生态又逐步恢复生态，欠了生态的账再还生态的账。恢复原生态同样是一个艰难的麻烦的长期的过程。但这是必须的。

作为一种怀旧旅游，很多人乘坐绿皮小火车进山到石炭井寻访故地，凭吊亡者，追忆逝水年华，他们面对已经荒废了的“城市”，还会想起石炭井曾经的繁华与灿若星河般的美丽夜景吗？

过很多年以后，过很多年很多年以后，人们用考古的眼光再来石炭井追踪前人的遗迹时，会有什么感慨呢？

（选自《贺兰山》2022年第3期）

十二岁的少年

陈　东

陈东（1972—），宁夏石嘴山人。喜读书，爱好文字和写作，发表作品多篇。

1984年，陈春生十二岁。陈春生那年第一次去宁夏，上了一年学。

河南省，汝南县，姚湾大队，靠近宿鸭湖，渡过一弯清水河，翻过一座大坝，走过庄稼地里一截土路，就到了一个叫盛刘庄的庄子。庄子前，一个大水坑，几棵大柳树。这，就是陈春生的家。

父亲在很远的宁夏当工人。

陈春生说不清，宁夏村庄里的孩子，都喊自己的父亲叫大，喊自己的母亲叫娘，为啥自己喊父亲、母亲叫爸、妈。陈春生还说不清的是，父亲，一个农民，怎么跑到那么远的宁夏去当工人。给父亲回信，是陈春生上学之后的事。这时候他才知道，那地方叫石炭井，父亲在那里是个煤矿工人。上完小学四年级，陈春生也想看看石炭井什么样，主要是也想在那里上学。

那年暑假，陈春生就跟随回来麦收的父亲，去了宁夏的石炭井。

临走那段时间，陈春生看哪儿都是亮亮的阳光，像花一样的笑脸。陈春生能清楚地听见六七里外官路上班车的喇叭声，一遍遍地想着坐车的样子。

有天做梦，陈春生梦见自己系着鲜艳的红领巾，和城里的孩子坐在课堂里，一起唱歌。陈春生就把红领巾找出来，一年级发的，没戴几天，仔细地洗了，认真叠起来，装在书包里。

走的头天晚上，陈春生躺在床上翻来覆去，很晚才迷迷糊糊地睡着。睡梦中，胳膊有些凉，头顶的灯光却越来越亮。翻身坐起来，门开着，灯光照亮门口一大片。打着哈欠走出来。父亲蹲着抽烟，身边放了书包和两个包袱。院里的大杨树，黑黝黝的。村子里一片寂静，偶尔有一两声犬吠和鸡鸣。刚收完麦子，燥热的大地，透着一丝凉气。

厨房里，母亲在锅台边叮叮当当地忙乎着。陈春生坐在柴堆上，帮着烧锅，身上一团厚厚的热。冷不丁，大妹妹睡眼惺忪地晃进来，坐在陈春生身边，给他递柴火。陈春生洗了把脸，简单吃了点饭，背了书包，对母亲说：“妈，我走了。”父亲肩上挎了两个包袱。父子两人出了门。回头看了看，村子边，自家灶屋里，透出温馨的灯光。

从家到金铺集，一条灰白瓷实的土路，两边荫荫的大杨树。嗒嗒嗒，嗒嗒嗒，一路没有一个人，只有两个人的脚步声。陈春生紧跟在父亲后面，死盯着父亲挎着的黄帆布包，上面有上海两个白字，还有一列白火车晃来晃去。

到了金铺集官路那里，太阳爬上了树梢。南北都望不到头的官路上，洒满了金色的光。

这是陈春生第一次坐班车，从邵店到驻马店。他好奇地东张西望，阳光透过车窗照进来，斑斑点点地涂抹了一车。空气里弥漫着新鲜的麦草味。前面的柏油路、路边的绿白杨、沟边的麦茬地，还有三两个骑车子的人、田里的农夫，都在恍惚中快速地向后退去，越来越远。

班车一路滴滴答答地响着。路边等车的人招招手，班车就停下来。碰上带大件行李的，售票员就下车，指挥着这个坐车的人，从车后面爬上车顶，把行李放在上面，用大网子罩着。上上下下，就费不少时间。陈春生在一段时间的好奇之后，就是难受得晕车。外面白晃晃地刺眼。车里还有些阴凉。吹进来一阵阵热风，夹杂着一股新鲜的汽油味。陈春生紧闭了嘴，忍着一波波反胃的恶心，低头看着自己光脚穿着的凉鞋、晒黑的脚趾头。什么时候才能到驻马店啊？

驻马店终于到了。火车站候车室的墙上，有一颗红五角星，远远地闪着光。站前的小广场，一堆堆地聚满了人，嗡嗡嗡，不知道他们都在说些啥。进站了，大家都一窝蜂地往里挤。父亲拽着陈春生。矮瘦的陈春生在人群里晃过来晃过去，脑袋被夹得生疼，像条鱼群里的小鱼儿，使劲地扭来扭去，拼命地呼吸。站台上，也是密密麻麻的人群，像糖块上的一只只蚂蚁。人们都眼巴巴地眺望着火车来的方向。绿皮火车嘶叫着，喷着白雾，咣咣咣地压过来，长长的，有房子那么高。人群骚动起来，追着火车小跑。火车像是不情愿地停下来，人们围着一个个车厢门，紧抓着行李，仰着脸，像窝里等食吃的鸟。车里的人却踩着台阶，不紧不慢地往下走。

上了火车，人们在过道里蹭来蹭去，手忙脚乱地找座位，往行李架上放东西。坐定后，用衣襟不停地扇风，总算喘了一口气，安下心来。硬座车厢里人挤人，像装满了鱼的筐。陈春生买的是站票，没有座位。一股浓浓的雪花膏味飘过来了，一个城里女人，坐在靠过道的座位上，那座位旁边空出一条窄窄的边。陈春生半蹲着，小心翼翼地想靠在上面。那女人斜了他一眼，拍打了几下胳膊，又往外挪了挪。陈春生只好眼巴巴地站在过道里，低头瞅了几遍衣服。父亲让陈春生换着坐，陈春生不坐，然后认真琢磨靠窗桌子上那水杯里的茶水，火车一停一开，那水就会晃起或大或小的涟漪。邻座有个也是城里模样的中年人，津津有味地看《故事会》。陈春生也想看，就随时留心着，等那人一放下书，他就赶紧害羞地借过来，急急翻看。迷离中，车上又来了一群人，分头讲着各自的故事。中途，那女人对面的一个老大爷下车，把座位让给了陈春生。中午，父亲买了份饭，两个人分着吃了。米饭上盖着白菜豆腐，盛在铝饭盒里。吃完东西，陈春生还了书，就有点犯困，车厢里慢慢静下来。

旷野里，绿皮火车在午后灿烂的阳光下，寂寞地奔驰。窗外，小站上满是刺眼的阳光，守站人眯着眼睛，向火车行注目礼，手里垂了一面无精打采的小旗。路边的大树，也晃着明亮的光，一棵一棵一闪而过。大片枯燥的麦茬地，不停地向后旋过去。田边黄土路上，一个男人拉着架子车，慢慢地走，车上一个妇女抱了个睡着的孩子。迷迷糊糊地，陈春生也睡着了。

一觉醒来，已经是下午。车厢里静静的，陈春生心里浮起一丝莫名的惆怅。

晚上，陈春生和父亲到了北京。父亲让陈春生看着包，自己去排队，签字转车。椅子上，地上，到处坐满了人，叽叽喳喳，不知道都说些啥。陈春生老老实实地坐着，不敢走动，不时扭头看那边长长的队伍。过了好长时间，父亲才回来。转乘的火车是第二天上午的。父亲把车票装进兜里，在兜口别个别针，又捏了几捏。陈春生和父亲枕着包，蜷缩在候车室的椅子上，将就了一夜。屋顶的灯一直亮亮的。大喇叭时不时播着通知。一晚上,陈春生迷迷糊糊地都没睡好。翻个身，想起妈妈和妹妹这阵又睡在打麦场的凉席上。空空的天上，闪着几颗星星。

第二天中午，陈春生和父亲坐上了西去的火车。

旷野里，几棵孤零零的白杨树，一晃而过。铁路两边一汪一汪浅浅的小溪，倒映着白云，一丛丛水草昂首挺立。冷冰冰的工厂，大烟囱懒洋洋地冒着白烟，那烟几乎不动。天，又高又蓝。几朵厚厚的白云，在光秃秃的山上投下深色的影子。火车越走越远，窗外的景象也越来越荒凉，和家乡的地貌完全不同。大面积裸露的黄土，疙疙瘩瘩起伏的沙丘，以及布满碎石砾的戈壁，单调而乏味。

对面的夫妇俩带了个小女孩，红格子单褂，蓝色裤子，一双黑布鞋，红扑扑的脸蛋。他爸给她削苹果。精致的水果刀，一旋一旋细细地削皮，苹果皮耷拉下来长长的一串。小孩她妈拿起一个苹果，让陈春生吃。陈春生红了脸，推让着不吃。再三推让，小孩她爸也帮着劝说，父亲就再三谢了夫妇俩，对陈春生说，吃吧。陈春生就从几个苹果里挑个最小的，一小口一小口地咬着吃。苹果，金铺集上有两家卖的。他家根本舍不得买，湖北的小姨来走亲戚，给姥姥买了几个。姥姥舍不得吃，就锁在那木箱子里，屋里总有股好闻的苹果香味。看他们几个孩子馋得不行，姥姥就拿出来一个，一人分给一牙。陈春生又想起了煤油灯下，给他们讲故事的慈祥的姥姥。

太阳慢慢地落了山，余晖给窗外涂上了一层金色。车厢里又恢复了嘈杂。陈春生记起该喝汤了。这时候，母亲总会在村里一遍遍地喊他回去喝汤。陈春生就突然想家了，靠在椅背上，不看书，也懒得说话。

第三天上午，他们到了平罗。

平罗火车站很小，站前有一个小广场，花池子里立着一丛丛鞭杆花，一朵朵像红扑扑喜庆的笑脸。陈春生上厕所时，厕所的红砖墙还不停地晃动，好像人还在火车上，还隐隐约约听到火车的汽笛声。来到宁夏了，父亲总会在平罗城里吃盘炒削面，算是犒劳自己吧。在老家，一年四季的中午都是汤面条，真没想到面还可以削，还能炒着吃。没到平罗，父亲就老是念叨：平罗的炒削面好吃，到时候咱们吃一盘。

吃过饭，就坐车去石炭井。

农指、沟口、马莲滩、清水沟、大磴沟、旋涡，售票员隔一会儿报一个站名，有的站名很奇怪，让陈春生怎么也琢磨不出其中的含义。农指路边的白杨树，高大威武，马莲滩那片的沙枣树枝枝杈杈。到了沟口，就进了山谷。贺兰山褶皱起伏，绵延不断，山头上孤零零地站了一两棵榆树。山顶的蓝天，又高又远。灿烂的阳光下，空气干热。柏油山路，高低盘旋，像一首哼哼唧唧的歌。班车吭哧吭哧地慢慢爬行。有一段路紧贴着山边的悬崖，山上的石头好像随时要滚下沟去，沟底的小溪波光闪闪。爬了几个坡，绕了几个弯，远远看见一条街，两边挤满了房子。路边的白杨树，在街上涂抹下一块块阴凉。班车长喘一口气，靠路边停下。陈春生和父亲下了车。外面阳光刺眼，陈春生眯着眼，四处打量。

父亲说，到了，这是大食堂。

台阶上坐了个中年妇女，背个包，手上串了一大串电子表。三三两两的人，拿着饭盒，进进出出。路对面，两个白布棚子，一个里面两张桌子、几个凳子。不知道卖些啥。

那时候，父亲住单身楼。

说单身楼，实际也不对。因为里面住的矿工，十有八九都有老婆孩子。只不过一个人在外，家属在老家，属于两地分居，才住了单身楼。那些不愿意住单身楼的，就乌鸦搭窝似的，盖了自建房，搬出来自已住。等到农转非落了户口，就把老婆孩子接来，住在自建房。一家人有了自己的窝，小日子艰苦，但也其乐融融。

陈春生就住在父亲他们的宿舍。宿舍里摆了三张单人床，靠窗户一张，进门一边一张，一边一张桌子、一个方凳，每张床的床头有一个木箱子。陈春生和父亲睡一张单人床。床不够宽，就找一块和床差不多长的宽木板，两头钉两条腿，和床差不多高，架在床里边靠墙那儿，再铺上床单和褥子。同宿舍的其他两个人都是陈春生的老乡，一个叫白爱民，五短身材，微胖，大嗓门，开朗、随和，年龄比父亲稍大点。陈春生喊他白大爷。白大爷经常和陈春生开玩笑，老爱咯吱他，笑得陈春生满屋子乱跳。父亲仔细得很，不喜欢别人用他的东西。有一次白大爷用父亲的锅炸芝麻，锅糊了一点，两个人脸红脖子粗地抬了好几句杠。过一会儿，白大爷就叫上父亲和陈春生，几个人有说有笑地去看电影了。白大爷平时爱看书，还经常翻一些杂志。父亲学习上管得严，不让陈春生看闲书。陈春生就趴在白大爷床边看书和杂志，大概算好父亲下班的时间，警觉地听着门的响动。一听到开锁声，就赶紧把杂志合上，照原样放在枕头边。

对门宿舍窗台上有人养了两盆花，用木板钉成口大底小的方木槽子，一盆红夹竹桃，一盆粉夹竹桃。陈春生就种蒜苗，把蒜瓣剥皮，拿线绳穿起来，盘在铁罐头盒底，再用两根细铁丝把罐头盒挂在窗户把手上。每天浇点水，不长时间就长出了绿绿的蒜苗，屋里就有了一丝绿色的生气。宿舍窗户朝东，窗外是条大沙河，往上一直通到山沟里，常年流着脏水。听父亲说，夏天下大雨，大沙河就会发山洪。

单身楼每层还配着服务员，穿着白大褂，每天开门、打扫宿舍卫生，还拖地。拿把拖布，浸透水，楼上楼下，擦过来擦过去，楼道里一股湿漉漉的味儿。还定期发一张铅印的《石炭井矿工报》，白纸黑字，上面经常登些古代笑话。陈春生看完后，就把报纸整齐地叠起来，压到被子底下。老找服务员开门，两头都嫌麻烦，就把钥匙要回来自己带着。父亲怕陈春生把钥匙弄丢了，就给钥匙系上细绳，再系在褂子靠下的扣眼上，钥匙装在下面的兜里。陈春生怎么瞅，怎么别扭。每次一出门走不多远，他就把钥匙解下来，装在兜里，回家时，再把钥匙照原样系好。就这样，钥匙一次也没丢过。

刚来那几天，赶上父亲上中班，陈春生对食堂不熟悉，白大爷就领他去食堂吃晚饭。

印象特深，那顿饭是米饭、青辣椒炒肉，还有鸡蛋汤。老家没有这种吃法，感觉又香又新奇。还有更新奇的，听白大爷说，因为吃饭的人多，只能是大锅饭，做饭就不能按常理，炒菜用铁锹，刷锅用笤帚，可想而知，那锅有多大，一锅饭又有多少分量。听说师傅们穿着雨鞋，站在锅台上炒菜刷锅，那真的是很霸气。

后来熟悉了，陈春生就负责打早点。

早上六点多钟，天刚微微亮，街上响着广播，路灯还温馨地亮着。陈春生拿个饭盒去食堂打早点。早点经常是豆浆、油条。豆浆打在饭盒里，油条搭在饭盒上，饭盒横着坐在饭盒盖上，这样端起来不烫手。出门，用后背把门顶开，慢慢转过身，门在身后咣咣地响着。一关一合，一步一步地下台阶，小心翼翼地往回走；再一步一步地上楼，那样子像捧了一个多么好的宝贝。

父亲经常把饭菜用铝饭盒打回宿舍吃。父亲坐着，陈春生站在旁边，就在门口的三斗桌上吃。碰到给家里寄钱，手头就不宽裕，父亲就老是在吃饭时发脾气，呵斥陈春生。陈春生不敢顶嘴，只是一口一口地吃饭，低眉顺眼，吃完饭，喝了水，嗓子还是堵得慌。

天天吃食堂，麻烦，不可口，主要还是嫌贵。不长时间，父亲开始自己做饭。简单的锅碗勺子筷子案板刀，葱姜蒜，醋酱油盐，一个中号的煤油炉子。楼道里就多了一股饭菜味。

父亲经常焖米饭、炒菜，也做面条。鸡蛋、大白菜叶子、葱姜蒜，跟挂面一起下在汤里，调料一放，跟老家的汤面条一样。冬天，父亲老是做炸酱面，因为方便。提前把黑黑的豆瓣酱、肉末、鸡蛋一起炒好，挂面和大白菜叶子熟了一捞，拌上酱。以前没吃过，味道挺好。吃一两顿还行，连着吃就吃不惯了，老是反胃，满嘴大酱味。那时候没有鲜面条，只有挂面。为了省事，父亲一下子买了半蛇皮袋子挂面，挂在单人床边的墙上。陈春生趴在单人床上写作业，一抬头，就看见那半袋子挂面，感觉随时要掉下来。

在单身楼吃过最丰盛的一顿饭，是那年的大年三十，年夜饭。那天父亲赶上休息，从新华书店巷道卖熟食的小店那儿，买了一只烧鸡回来炖着吃，算是过了个年。吃完饭，在楼道里放了几个小烟花。买烟花的时候，父亲有点不想买，看陈春生大过年的噘着嘴不吭声，父亲也就买了。放的时候，一向严肃的父亲，脸上也露出了难得的笑容。

开学了，陈春生该上五年级，但很是费了一些周折。

父亲是一矿的，陈春生就得到一矿小学上学。一矿小学坐落在工人新村边上，去二中的路旁边，门口就是那条大沙河。一矿小学总的来说，就是个大四合院。有里外两道门，进门一左一右两排平房，是老师的办公室；进了第二道门，门洞墙上画了黑板报；里面一圈平房，才是学生的教室。院子中间砖铺地，算是操场。

陈春生没有顺利地直接插班五年级，而是进班前先考试，考得不行就接着上四年级。

那天下午，飘着毛毛细雨。陈春生和几个类似的孩子一起考试，考了一门数学。紧张的考试结束，陈春生一走出来，就看见个子不低的父亲苦着脸，抄手站在墙根下，驼着背，急切地看着陈春生。陈春生的心里一沉，就站在父亲身边，低头看着红砖缝里挂着雨珠的小草。结果考得不太好，学校让陈春生接着上四年级。这可咋办？四年级刚上完，再上一年，这不等于大老远从老家来，又蹲了一级？多耽误时间啊。最后，父亲找他们科长，拐弯抹角地托人。在开学几天后，陈春生才插班进了五年级。

那天发了崭新的课本。中午放学，陈春生走在学生群里，走过大沙河。太阳明晃晃地照在身上，陈春生心里暖暖地兴奋：咱也成城里孩子了。

每天上午前两节课之前，总要唱两首歌。《脚印》或者《每当我走过老师窗前》……想唱啥就唱啥。唱歌时，老师站在门口默默地看着同学们，大家就扯着嗓子卖劲地唱。陈春生挺好奇，在老家上学只有上音乐课才唱歌啊。那些歌他不会唱，只能慢慢地跟着哼哼，不长时间，也可以扯着嗓子跟大家一起唱了。

冬天那会儿，电视里播放电视连续剧《霍元甲》，主题歌《万里长城永不倒》红遍大街小巷，也成了陈春生他们每天必唱的歌，每次陈春生都感觉脸发热。“万里长城永不倒，千里黄河水滔滔……冲开血路，挥手上吧，要致力国家中兴！”他想不到，一半来自山南海北的孩子，竟然把一首粤语歌唱得有板有眼，铿锵有力。

后来流行张明敏的《我的中国心》，班里同学一开始还不会唱。音乐课上，老师就找会唱的一男一女两个同学，一句一句地教大家清唱。“河山只在我梦里，祖国已多年未亲近……我的祖先早已把我的一切，烙上中国印，长江，长城，黄山，黄河，在我心中重千斤，无论何时，无论何地，心中一样亲。”班里静寂肃穆，同学们一句一句认真地学唱。陈春生心里激动不已。陈春生知道，教唱歌的那个男生叫李德利，调皮得很，那天他的小脸红红的，庄严，虔诚，不苟言笑。

上学后不长时间，陈春生主动提出来早晨跑步。

每天早起，他一个人从一矿单身楼跑到新华书店，再折回来。经常会看到那个卖豆腐脑的中年妇女，麻利地匆匆骑着自行车，从区政府门前的坡路上飞驰而下，车子后座上一边担着两只桶，桶裹着保温的棉垫子。两只桶里，一只盛着豆腐脑，一只盛着汤，那是陈春生每天跑完步回去之后的早点。

豆腐脑用老白瓷碗盛，白的脑，稠稠的汤，红虾皮，黑紫菜，绿香菜，翠辣椒，青韭菜，红西红柿，还甩了一缕缕蛋花，再放上油炸辣椒，大早上来一碗，真是来劲。那种味道，至今难忘，后来再没喝过那么好的豆腐脑。街边还有两家卖凉皮的，都是中年家属。一个姓侯，人很敦实，有个智障的小儿子。用钢筋支起个大方架子，蒙上白布，两张长条桌，十来把小凳子，七八个罐头瓶，盛了各色的醋、酱油、芥末、蒜水、咸盐水、花椒水、油炸辣椒，一张案板一把刀，一大把筷子一摞碗，还有一辆架子车，就是个凉皮摊。

老从凉皮摊前过，老远就听见咣咣咣，刀在案板上切凉皮。走近了，总是问一句：吃凉皮不？陈春生心里就调皮地也问一句：没钱，给吃吗？

单身楼旁边，就是文化宫，一座L形的黄色三层楼。

文化宫有专门的报纸阅览室，可以看报纸。实在没啥看的，陈春生就去看报纸。看报纸的时候，老是有个中年人坐在陈春生旁边，穿件蓝褂子，戴个黑框厚镜片眼镜，不说不笑，也不问一声，就坐那儿。屋里没有合适小孩看的报纸，是觉得陈春生看报纸有点奇怪？是怕陈春生撕报纸上有意思的文章？还是其他什么呢？想不明白。文化宫最主要的是能看电视。但是，一矿文化宫晚上关门早。

慢慢知道地方了，陈春生有时候就跑到矿务局大文化宫去看电视。要是赶上父亲上夜班，晚上十点多父亲一走，陈春生就从床上一骨碌爬起来，快速穿好衣服，撒腿就往文化宫跑。路上静静的，几乎没有人。路灯下，陈春生的影子忽长忽短。到那里急忙看上一会儿，再气喘吁吁地跑回来，赶紧钻进被窝。现在想起来，真是有点疯狂。陈春生一直没好意思给父亲讲。

文化宫办过画展、邮展。陈春生在老家就听说过集邮。也算是集邮吧，邮票都是从给父亲寄来的信上，连信封带邮票一起撕下来，泡在清水里。过一会儿，轻轻地把上面的邮票揭下来，慢慢地刮干净邮票背面的糨糊，把邮票放在毛巾上晾干，最后小心翼翼地把邮票夹进书里。方寸大小的邮票，按题材不同，分门别类，各色各样，让人惊叹不已。也有现成的集邮册，很是精美，哪能买得起？陈春生用省吃俭用攒下的零花钱，狠狠心，咬咬牙，买了一套两张的徐悲鸿诞辰纪念邮票：一张是徐悲鸿的自画像，一张是徐悲鸿的奔马，那马昂首阔步，鬃毛飘飘，就像是迎面向他跑过来！

文化宫还办过一次让人惊奇的象棋赛。棋手在屋里下，周围围了几圈人，踮着脚尖，抻着脖子，还是看不清。文化宫门前的空地上，立了一块高高大大的牌子，画了棋盘，写了楚河、汉界，挂着巴掌大的红黑棋子。屋里每下一步，专门有人传话，外面有人拿一根竿子，专门移动棋子，按坐标把棋子挪来挪去，真有点“沙场秋点兵”的气势。牌子前，又黑压压围了好多人。

过完年，母亲从老家来了封信，说让大队的瞎子给算了一卦，说陈春生今年有水灾，让注意点。石炭井没湖没河又没坑，只有一条大沙河，就算下大雨发山洪，也不是每年都有。父亲答应陈春生，暑假回去，路过北京，要带他去颐和园玩。颐和园里倒是有湖，水还挺深。想来想去，还真让人心里系了个小疙瘩。

一个星期天的上午，父亲休息在家。阳光挤进来，屋里暖暖的。陈春生坐着没事，就鬼使神差地端着铝锅下楼去打水，也没拿锅盖。服务员刚拖完楼梯。那天陈春生穿的是塑料底布鞋，脚底下有点滑。打完水上楼梯，才走几步，就脚下一滑，锅就坐在了台阶上。陈春生往下一趴，锅里的水溅了一脸。

脸被烫了，让父亲和陈春生措手不及：年纪小小的，留下疤可咋办？冷静下来的父亲，带陈春生去医院的同时，四处焦急地打听偏方。有个朋友给父亲教了个办法：抹京万红药膏，不留疤。父亲赶紧到药店买来给陈春生抹上。刚开始几天，要去职工医院打针消炎，碰上刮风，父亲就让陈春生跟在他后面，给他挡风。打的青霉素，要命地疼，每次打完，陈春生都得伸着腿，在椅子上坐一会儿才能走。抹了药膏的脸会很痒，会不由自主地去挠，父亲就用红领巾把陈春生的手捆上，这样睡觉，好别扭啊。在焦急和忍耐里，烫伤慢慢地好了，到暑假回家的时候，脸上只剩下了白底子。事后想一想，烫伤脸那天，再过三天就是自己的生日。水灾水灾，原来是这么回事啊。

大食堂后院是烧暖气的锅炉房。院子里立个大烟囱，像个巨大的惊叹号，仰着脖子才能看到顶。一到冬天，老是大口大口地冒着烟。

放了学没事干，李德利就领着陈春生几个同学到处探险。李德利不知道怎么发现了锅炉房的地沟。他带头钻了进去，大白天，光线微弱，闷得很，一溜的暖气管，有几节还嗤嗤地冒热气。只能弓着腰，头对屁股地往前走。钻了好一阵，从文化宫后院爬了出来，几个人兴高采烈。

意犹未尽，第二天几个人又相约去爬大烟囱。抓着钢筋抓手，手脚并用，一点一点地往上挪。爬上顶，往下一看，腿直发软，几个人互相扶着，并没有感到有多害怕。陈春生很是新奇：真没有在这么高的地方看过周围的一切。

西边南北铁路上运煤的火车，呼哧呼哧地喘着气，不慌不忙地爬行。一矿边上，两座金字塔一样的矸石山，黑得突兀，哗啦啦不时往下倾倒着矸石。一条不宽的南北街，两边的白杨，绿了一街。一条同向的大沙河，一汪一汪地波光闪闪。两边灰白的山，高低起伏，不见一点绿色，围着这塞北的小城。街上的房子，一排排，还算整齐；两边山脚下的自建房，东一家西一家，像胡乱堆了一地的木箱子。四处的行人，一点一点无声地蠕动着。天空，星星点点地飘起小雨。干燥的小城，多了一份迷离的湿润。

看着不远处的贺兰山，想起眼前的一切，就像幻影，并不属于来自千里之外的自己。陈春生幼小的心，掠过一丝惆怅。再看看身边的同学，笑脸灿烂。每逢此时，陈春生的思绪随同天上那一两只孤独的鸟儿，飞向遥远的家乡……

（选自《朔方》2018 年第 10 期）

白云苍狗谣

杨　坚

杨坚(1971—),浙江仙居人。毕业于宁夏大学,就业于浙江省仙居县人大,曾为浙江省赴宁夏平罗挂职干部。有作品在《朔方》《黄河文学》《文学港》《六盘山》《烟雨楼》《贺兰山》《台州文学》《巴音河》《宁夏日报》等报刊上发表。

因为地处西北高原，没有受到空气的污染，平罗的天空，一碧万顷，高远的天幕湛蓝、通透、纯粹。天边挂着几朵云朵，白柔娴静，有时轻盈如棉花，有时纤巧如鳞云，有时如白色绸幕，有时又轻柔如羽毛……一直在那里，仿佛挂了几千年几万年，云朵在强烈的阳光照射下，极度明净、纯洁、耀眼、炫目。

清晨，天空还有残月，东边的地平线上，蒙着一片厚厚的云层，贺兰山笼罩在浓雾中。慢慢地，一片橘红色在地面渲染开来，娇艳妩媚。嫩嫩的、新鲜的“软红”被云层包裹着，像负着重荷的，慢慢地努力上升，但是欲走还留，迟迟解脱不出朝霞的羁绊。正在犹豫纠缠之际，突然间，红霞碎开，红宝石般的红日猛一跳蹦出来，一道道金光射出，天空熠熠生辉，大地瞬间变亮，晨阳斜照，金辉遍地，随着明亮空气，世界渐渐温柔了起来。看街上行人匆匆，贺兰山在晨光里精神抖擞，沐浴在朝阳中，空中顿时烟消云散，金色的阳光普照大地，天空瓦蓝瓦蓝，像牛乳刚清洗过那般纤尘不染。

每当格桑花盛开的季节，贺兰山下的酸枣红了，沙枣黄了。山上，一片片点缀着绿色、红色和黄色的灌木丛，生长着灰榆、蒙古扁桃、野山杏……陡峭的崖岩上，有几只岩羊爬上爬下，空中有一只苍鹰在盘旋，树梢上有鸟儿在停留。阳光猛烈地照在大地上，在一个美丽悠长的周末午后，穿过成排的白桦林，绕过那片沙枣林，我们来到贺兰山脚下武当庙边上一片野生的酸枣林中，长满针刺的枝头上，一颗颗红豆般的酸枣在阳光下闪闪发光。西北的太阳真是猛烈啊，我们戴着大草帽也感受到它的热辣。可野生的酸枣太珍贵稀少了，我们顶着烈日，顾不上枝头上的枣刺儿把我们的手皮划伤，贪婪地采摘着枝头上的鲜果。突然，天空阴了下来，抬头看见一朵白云飘了过来，挡住了大片的阳光。在强烈的光线照射下，头顶上的云朵被反衬得特别的白净、光洁，云朵遮住的这一片区域，我们马上感觉到凉爽，白云来得正是时候啊。西北的夏天就是这样，是一种干热。不像南方的夏天，是湿热，闷热潮湿，像个蒸笼，一种无处可躲的热。而在西北，太阳照射不到的地方就是凉爽。

春天来了，贺兰山上的雪渐渐融化了，凝滞了一冬的黄河水在冬眠中苏醒了过来，从上游奔腾而来，恢复了它昔日的活力。当地的人们告诉我，贺兰山是座“圣山”，是天然的屏障，它不但阻挡了来自腾格里沙漠的吞食，大大地减缓了来自西伯利亚高原的寒流的入侵，它还挡住了春天从东南沿海长途跋涉的暖湿气流，到了这里，便遇山化雨，使原本是干旱的宁夏平原成为雨量丰沛的降雨区，成为了“塞上江南”。

到了多雨的季节了。这时，如果你在平罗的路上，看到天空中有厚厚的云系在堆积时，得赶紧躲雨。这里不像在南方，南方的天空如果有云层在天上堆积，不必慌张，估计一时半会儿不会下雨，也许会过几个小时之后下，也许会是一两天后下，也许，酝酿了一个星期了，天空还没有想好要不要下？但最后没下成雨天竟然放晴了。而平罗天空的雨，急急忙忙，它不会给你这么多时间去思考，说下就下，痛痛快快，酣畅淋漓，急急而来，你根本来不及思考，稍迟疑马上就会淋成“落汤鸡”。有好几次我看到天上云层厚了，就急急往宿舍跑，但就是差这么几分钟，浑身上下被雨淋个湿透。

宁夏著名诗人单永珍向我说起南北方诗人风格的差异时，他打了一个形象的比喻：同时描写一条小巷，南方诗人，写到第十二行时，发现半条巷子都还没写完；而北方的诗人写到第三行时，早已一马平川八百里。我想，南北两地的雨，多么像两种不同类型的诗啊！

下了场雨，角落里的芨芨草、苦苦菜便悄悄地钻了出来，枯萎了整个冬天的柳枝冒出了嫩芽，沙枣树在春风中荡起了它婀娜的枝条，苦楝树、白杨树、白桦树的树皮不约而同地绿了起来，露出了生机，用不了多久，桃花也会盛开了。

塞上春来晚，虽然天气预报说目前还是零下四五摄氏度的天气，但那抹绿色告诉我们：春天真的来了。

抬头望着天空，依然蔚蓝，冬去春来，春寒依然凛冽，岁月如旧，贺兰山依旧，白云依旧，一切都依旧，似乎没有留下什么时光的痕迹。但是该去的终会离去，该来的终究会来，就像我们留不住的青春。

白云苍狗谣，诗酒趁年华……

（选自《宁夏日报》2019 年 11 月）

贺兰山中一颗“星”

罗　浩

罗浩（1974—），宁夏平罗人。著有中篇小说《栀子花开》。

2019 年 12 月中旬，第四届中国国防经济学年度人物及优秀学术成果颁奖典礼在京举行。在典礼前，与会专家学者一致向该活动的发起人白卫星表达了敬意，感谢他为推动中国国防经济学发展所做的贡献。熟悉他的人都知道，作为《经济学家周报》副主编，白卫星是一位“老国防经济学人”——20 世纪 80 年代在贺兰山当兵时即投身国防经济学研究。那么，作为媒体人的白卫星是怎么走上“国防经济学”研究道路的呢？

这还要从他 34 年前参军入伍时开始说起。

1986 年隆冬，刚满 18 岁的白卫星入伍来到贺兰山下的军区某部。看着驻地艰苦的环境，他想起了入伍时在省里搞经济理论研究的哥哥对他说的话：“发达国家的国防经济学 60 年代就已自成体系，我国这两年才有人提及，落后几十年呀！你立志当兵研究国防经济学，我支持！”

新兵训练结束，白卫星各项科目成绩都在良好以上，军事理论考核全团第一名。他被分到一营营部当了通信员。从此，他发扬雷锋的钉子精神，如饥似渴地阅读、剪贴、摘抄，苦苦琢磨钻研一些新观点、新知识。同时报名参加了北京经济学院函授班和中国社会学函授大学，并买了很多政治理论、军事经济方面的书籍。一个中国国防经济学的宏伟目标不断在他脑海里闪现、萦回。他开始注重经济理论的学习探讨，而且下苦功夫观察研究军队日常的经济生活。白天，他利用业余时间收集素材；夜晚，进行整理分析研究。在调查研究的基础上，综合大量调查材料，他从军事与经济内在联系的角度，写成了《军事经济效益的三个特点》一文，先后在《解放军报》《四川日报》发表。他又写信向国防大学、《军事经济研究》杂志等单位的学者、专家请教，与身边的同志一起探讨，查找有关国防经济学的论著反复学习推敲，运用收集的资料写成文章《国防经济学亟待研究》并斗胆呼吁。这篇充满爱国热情，又具有强烈震撼力的文章于 1988 年 1 月 28 日在《社会科学报》全文发表。《人民日报》3 月 13 日作了摘转。中央电视台、新华社、《人民日报》等各大媒体都报道了白卫星的事迹。

就在《人民日报》转载他那篇文章不久，北京国防大学来函，邀请他参加全军军事经济理论研讨会，并要求在三个月内上交两到三篇有质量的论文，有关专家将挑选学术价值较高的论文在大会上交流。他决定外出实地调查，得到了部队领导的大力支持。

从贺兰山深处到银川、去兰州、闯西安、奔太原，他怀里只揣了东凑西借的 200 多元钱。饿了，馒头就白开水垫一垫，有时干脆一路不吃不喝！夜晚，候车室的角落常常是他下榻的最佳场所。他采访的单位有的热情地留他吃住，他却客气地说：“不啦，附近有个亲戚。”其实，他哪里有亲戚？

他是怕花钱。

他一家 1962 年到农村落户后，全靠他父亲每月 31 元生活费度日，他的奶奶、两个哥哥和唯一的姐姐先后病饿而死，全家最多时负债 2 万多元。1984 年，父亲落实政策，他才转为城镇户口。入伍后，每月10多元津贴，他舍不得乱花一分，凑够一笔就寄给父亲，补贴负债累累的家庭。十几年的农村艰难生活，把他磨炼成一个不怕任何苦难的硬汉子。但人格的欺侮，却使他久久难忘，记忆犹新。

在一家大型军工企业，他手捧介绍信说明来意后，一位办事员斜瞪着眼说："研究理论？这是国家保密单位，去去去！"他耐着性子，找到一位领导干部，拿出盖有主办单位鲜红印章的邀请函后，才争取到了解一般情况的机会。

在太原一家新华书店，白卫星看到《论战略研究》一书，一问价格：2.91元，手头只有2.90元，差1分钱。他向身旁的一位姑娘伸出手："大姐，请给我1分钱！"那姑娘满脸通红，在周围的嬉笑声中扔下一块钱扭头就走。顿时，白卫星脸上红一块白一块，没管应找的零钱，拿起书就匆匆走出了店门。

当他终于完成三篇万字论文，郑重地封好信皮，挂号寄往北京时，他觉得，这一切都是值得的。

1988年7月，第二届全军军事经济理论研讨会在国防大学研究生院进行。在一片庄重肃穆的气氛中，主持人简要介绍了白卫星的研究成果及其论文情况，与会的专家、教授及经济理论权威似乎一时没反应过来，瞪大眼睛吃惊地望着眼前这位一脸娃娃气的"士兵先生"。白卫星清了清嗓子，开始宣讲论文《战略环境、战略模式、战略选择——关于初级阶段中国国防经济发展战略面临问题及战略构想》，不时被一阵阵热烈的掌声打断。这篇论文后来被《未来与发展》全文发表。

1988年下半年，白卫星着重整理、分析自己对北京、西安等五大城市军工企业、国防建设方面调查研究的情报资料，结合对党和国家有关方针、政策的深入思考，先后撰写出一批政策性、理论性较强的文章，如《国防工业生产的市场特征》《生产力布局的国防经济问题》《城市发展中的"国防"问题及战略思考》等，先后在《军事经济研究》《生产力研究》等上发表，产生了广泛影响。

白卫星的研究成果，得到了思想理论界的高度评价。原兰州军区政委李宣化中将、副政委刘新增中将，先后接见了他，并指示他所在部队积极培养，为他的学习研究创造良好条件。他一边进行理论研究，一边系统地学习研究马克思主义哲学、政治经济学和科学社会主义理论。

1989 年 6 月，他写的题为《马克思主义的指导地位不容动摇》在《解放军报》理论版头条发表。紧接着，他的系列文章《对坚持马克思主义的思考》《坚持党的领导是人民民主的保证》等相继在报刊上发表。他以不容置疑的大量事实，批驳了资产阶级自由化代表人物的主要观点。

他通过认真学习研究《资本论》及其他马列著作，还撰写了《马克思关于发展经济学的三个重要理论》一文，发表于《南京政治学院学报》。这是他在钻研马列主义理论方面的独到见解。

为了学习和研究，白卫星恨不能生出三头六臂。他窗前的灯光常常亮到很晚很晚，有时彻夜不熄。他取得的成绩令人瞩目。部队党委给他记三等功一次，并吸收他为中国共产党党员。

1989 年，他被民政部和总政治部树为“全国军地两用人才先进个人”。1990 年 1 月，他获得宁夏回族自治区青联“为七五建设出成果做贡献活动”一等奖，并被增选为宁夏回族自治区青联委员。随后不久，他又被宁夏军区树为“学雷锋先进个人标兵”。

到 1990 年，22 岁的白卫星就已完成了 100 多万字的理论著述，其中 60 多篇 30 余万字的成果发表在《人民日报》《解放军报》《经济日报》等报刊上，成为官兵眼中的“战士理论家”，践行“贺兰山精神”的突出典型。

1991 年，白卫星转业到宁夏计委工作。脱下军装的白卫星仍对国防经济研究念念不忘，把研究国防经济作为服务国防和军队建设应有的责任担当和高度的学术自觉。他在创办《计划与经济》《市场经济研究》刊物时，就在刊物中设置了“国防经济”研究栏目，开创了地方学术期刊常设国防经济研究专栏的先河。2010 年，他在北京创办《经济学家周报》，同样为国防经济研究在版面上留出了栏目位置。在他的建议下，全面介绍我国经济学发展成果理论荟萃的《中国经济学发展报告》读本，从2016年版开始，也专门增加了国防经济学研究成果的内容。

为了国防经济学，白卫星30多年矢志不渝。2016年，他发起大型公益性的“中国国防经济学年度人物”评选活动，得到军内外专家学者的广泛支持，目前已经连续举办了四届，在中国国防经济学发展史上树立了里程碑。

白卫星专注研究国防经济学的同时，始终不忘自己是一名贺兰山老兵，始终不忘贺兰山老兵共同创造的“贺兰山精神”。他说，“贺兰山精神”也是“激情燃烧的红色记忆”，要弘扬好“贺兰山精神”，开办微信公众号、搜集史料，挖掘退役老兵事迹等来讲好贺兰山卫士的故事。

于是，白卫星注册的“贺兰军魂”微信公众号上线了，他编辑的《贺兰军魂》出版了。如今，公众号越办越精彩，粉丝越来越多，成为贺兰山老兵的精神栖息地，后台经常收到“催更”留言。白卫星在宁夏的名气越来越大，但他仍不满足，2019年初，白卫星发起了“贺兰军魂百县行”活动，自费走访全国各地挖掘和收集红色文化资料，让更多的人了解贺兰山老兵的事迹。“这是一个庞大的团队，到哪里都有人加入进来。”白卫星告诉笔者，每走访一个地方，都会得到当地老兵的支持和响应。甘肃省老兵郭林泉义务驾车，行程千余公里相伴；为方便记录，老兵白忠、顾晓华、张锦华等人捐款购买摄像机，参与拍摄。老兵们有个朴素的愿望：希望看到贺兰山老兵的故事以影像资料的形式流传于世。

白卫星随身携带一面1.6米×2.4米的红旗，每到一处，老兵们都会在红旗上签名。有网友在写给“贺兰军魂百县行”的诗歌中将这面旗帜比喻为“流动的火焰”。截至目前，白卫星已走访120个县，按照计划接下来还有180个县（区）要走访。目前，收集到包括入伍通知书、立功喜报、老报纸等300余个物件；扫描留存当年训练、学习、工作等老照片9000余张；整理鲜为人知的从军故事300多个，这些故事中既有反映早年贺兰山营区趣事的，也有讲述经受战火纷飞战事的……

白卫星将这些真实而感人的故事，上传到微信公众号“贺兰军魂”后，引发了老兵和读者的热议,以及对贺兰山的思念之情。在《记非常时期的一次紧急拉动》后有网友留言写道：招之即来，来之能战，战之必胜。在《一组照片的记忆》后有老兵留言写道：一幅照片，会勾起对那段“芳华”岁月的回忆，一件物品，会想起我亲爱的战友，保留的是情感，存下的是留恋。在《忆国防施工中的一件事》后有留言写道：朴实无华，为战友点赞。

如今的白卫星，忙而充实。他把一半的精力放在了国防经济学的研究上，另一半精力则投入到传播“贺兰山精神”上，孜孜不倦、无怨无悔。他说：“石嘴山是我的第二故乡，‘贺兰山精神’养育了我，我要把余生倾注到‘贺兰山精神’传承弘扬上，要守住贺兰山老兵的精神家园，让‘贺兰山精神’得到更好的弘扬和传承实践。”

白卫星还有个更大的“野心”——就是筹建“贺兰山精神纪念馆”。在他的畅想中，这个纪念馆集贺兰山军事历史文化、老兵回忆录、影像资料、实物等为一体，让“贺兰山精神”传承有场地、弘扬有实物，是贺兰山老兵的“精神家园”。

白卫星就像夜空中的一颗启明星，照亮着仍在前行中的贺兰山老兵，撒播着“贺兰山精神”。

（选自《石嘴山故事》，阳光出版社，2020 年）

足迹——游滚钟口

邵　琼

邵琼（1974—），女，宁夏平罗人。宁夏作家协会会员，平罗县摄影家协会会员。红袖添香网络结集散文两部，《初雪五题》《风雨上海滩》《庙会》《老巷新貌》等散文在市级以上刊物发表。

滚钟口位于贺兰山中端东麓，因其三面环山，山口向东形状像大钟，而在景区中央又有小山一座，像钟铃，故得名。不到滚钟口爬上山顶，就不知道银川平原有多平，这是站在滚钟口山上向东瞭望的第一感受。

沿着大槐树北上，贺兰庙就在北上石油柏路中途。但见附近绿树、篱笆掩映其间，亭台楼阁高耸，绿苔、石径翠绿，半遮半掩，行至半山腰，听晨钟暮鼓。回首，只见山下苍翠妖娆，远处云腾雾绕，大大小小四只岩羊在坡上觅食，一边人声鼎沸，一边岩羊散步，一幅人与动物和谐相处的生态画卷悠然呈现在眼前。

从贺兰庙碑记的记载来看，从光绪十八年宁夏知府谢威凤提议修建至一九八四年改革开放再次修缮，其间修修停停几起几落，可谓几度沧桑，最终尘埃落定。在去民国文化展示馆途中，红的果果诱人，绿的藤蔓碧绿，进了山，一只黑老鹰飞来飞去叫响了整个山谷。夹在游客中间，很快就到了民国文化展示馆，这里展出的有民国时期流通货币、宁夏省政府公函等，数了一下新中国成立前夕宁夏大学生名单中的平罗大学生，共计有五十多名，算起来，平罗也是“书香门第”，悠久的历史和深厚文化积淀从民国时期就有了记载！

在民国文化展示馆，看到了鞋帮、点心盛具、睡炕、梳妆镜、梳妆匣子等等的模具，模具雕龙刻凤，惟妙惟肖，看得人爱不释手，禁不住在睡炕炕沿上逗留了几秒钟，留下一张有匣子、有梳妆镜的照片，霎时自己也成了民国人。喜欢民国民风并非一朝一夕，从民国才子佳人胡适江冬秀、杨绛钱钟书到林徽因梁思成，喜欢他们的着装、起居到饮食，不仅收藏描写他们经典爱情的文字，也收藏他们相濡以沫励志成功的文字篇章，字里行间浸润着浓浓的民风民俗，有精神生活，有物质生活，满满的情调！他们演绎的是民国时期爱情婚姻的一朵奇葩，是新思想与封建思想并存互相碰撞的火花，点亮了一个时期的婚姻家庭爱情明灯！

观民国时期文物，脑海中再现民国时期百姓文化生活状况。它反映了特殊时期的历史文化特色，是中华民族文化宝库中的重要组成部分，是社会进步和人类文明不断发展的真实见证。这一宝贵的文化遗产，值得我们珍惜保存传承，民国才子佳人幸福婚姻生活值得效仿，尤其民国时期公函文字小楷抒写得端庄秀丽，值得我们揣摩学习。

蘑菇岭蘑菇如云似雾常开不谢，滚钟口滚钟如雷贯耳朝夕听闻。山峦起伏、岩石峻峭的状元塔和蘑菇岭东西坐镇，增添了滚钟口的魅力。

（选自《宁夏日报》2022 年 6 月）

静候花开

周　萍

周萍（1968—），女，宁夏惠农人。在《青海湖》《石嘴山日报》《贺兰山》等报刊发表作品。著有《周萍作品专集》。

平常年，我是不太关注立春这一节气的，不光是立春，对于中国的二十四节气我记得都不全，稀里糊涂地就过去了。2019年的立春来得是大张旗鼓，和除夕一起来了。引起了我的重视，郑重其事，认真地过一回春天。

除夕、立春相遇，极为少见，平均30多年一遇，而下一个除夕与立春相遇的时间是2057年，也就是再过38年才会碰到，届时，我也老得不行行了。所以，2019年的立春之日，我记忆特别深刻，脑子里清清楚楚地装了四个字：春天到了。

往年，不管是春夏秋冬，一有时间，我都出去活动，或旅行，或爬山，或骑行，或摄影。2018年10月份外出活动时不小心把脚扭伤了，不方便出门，这样就有了时间，有了闲工夫。春节回老妈家过年，初五回来，惊喜地发现家里的仙客来没有干死。初六休息一天，早上起来打量着我的那些花儿，总共也就是四种：吊兰、长寿花、仙客来、虎皮令箭，都是些个好养不容易死的花。若是再用心整理一下，如修剪、移植、分栽、培育，就又能长出又多又好看的花来。

吊兰是我养得最好的一盆花。这盆花还有来头，有一年，听说山上人家要被拆除，晚上带着侥幸心理跟随朋友们自驾前往，想在山庄被拆毁之前赶紧看一看传说中灯火阑珊、柳暗花明、古朴自然、玲珑雅致的锦绣山庄。结果到了山庄，狼藉一片，在废墟中捡回了这盆花。这盆花见证过山上人家的兴衰荣辱，也是我对山上人家最后的记忆。

可能是山上人家用的土壤好，叶子长得肥美。经过两年多的养育，吊兰越长越旺，又生成了好几盆小吊兰。叶子多了，剪掉些放在茶杯里，再搭配几朵仙客来，又变成了新鲜漂亮的插花，能保持一个星期。把吊兰的叶子和仙客来的叶子插在花篮里，再配上几朵鲜花，也是极美的插花。于是在家摆弄了一天，以致早上中午饭都没顾上吃。

家里的花盆已经用了好多年了，破旧不堪，两个塑料大花盆经过多年的消耗磨损，已经没有了韧性，十分脆弱，手一碰，塑料就会碎，剩下的几个老式泥瓦盆，也是掉渣脱皮，斑痕累累。从老盆里修剪下来的小吊兰和长寿花又都泡出了根，急需用盆。这样就开始购置花盆。

购置花盆的过程中，不经意看到了一种长条形可以种菜的塑料花盆，一下被触动了，何不种点菜当花养。便毫不犹豫地选了几样菜籽。

整个春天，气温在 10℃～22℃度之间，天气温暖，阳光明媚，大地复苏，万物生长，鸟语花香。立春之时，正是播种的大好时节，也是忙碌的时节。

家里有绿豆，拿来做实验。浸泡 20 个小时后的绿豆，已经开始出芽了。刚出生的绿豆芽，洁白光滑如凝脂。每天看着豆芽生长，看豆芽生长的姿态，各式各样，也是心情愉悦的时刻。豆芽长大之后，若不赶紧吃，很快又长出了豆苗。豆苗的成长过程也给家里带来一派生机勃勃的景象。

从第一天泡绿豆开始，到最后长成了豆苗做菜吃，历时半个月，吃的时候长得已经有些老，但很有嚼头。炒的时候撒了些盐，加了一点酱油和醋，味道特别鲜香，那是收获的味道。自此，家里的餐桌上经常有豆芽、豆苗菜，有时候还把豆芽和豆苗一起炒着吃，变换着吃法。

黄瓜苗一天天地长大了，移植到大盆里。黄瓜株距需要 25 ~ 35 厘米，深 35 ~ 45 厘米。没有那么多的花盆，只好挤在一起了，看看能长成什么样。黄瓜长到三四片叶子时需要搭架，60 天就可以摘果了。

茴香籽一般浸泡 24 个小时，结果出去跟人吃饭回来晚了，也很疲惫，没有管，多泡了 12 个小时。捞出来后用口罩包好放到暖气上等着发芽，结果又给烘干了，想着活不了了，就随便撒在别的花盆、菜盆里，结果还活了不少。只是有很多苗太细，长到一定高度支撑不住都倒下了，跟香菜一样。

刚收到的带芽的风信子，鳞茎及根须有些腐烂，需要摘去这些腐鳞烂根，并用多菌灵消毒后才可栽培。买了三个，两个种花盆里，一个用水栽培。每天用心栽培。从 2 月 21 日收到种子，种上，到 3 月 9 日，不到半个月的时间，花盆里的一朵就已经开花了，香气扑鼻。每天看着花开，嗅着花香，心情也和花一样绚丽多姿。

香水百合长得很快，带芽的种子，种上不到一个月，就可以长到 40 厘米高。也有长得慢的，长了一个月只有 10 厘米高。还有的长得虽然矮小，但发育得快，25 厘米高就开始长花苞了。

买的几样花种，有美女樱、满天星等。有一种颜色为黑褐色，饱满，有花生粒那么大，开始还以为是个其他什么长得比较高的植物。泡了一天给种到土里去了。没事的时候上网看养花培育方法，才发现这是莲子，是在水里泡芽的，这时我已经将种子埋在盆里两天了，赶紧又给挖了出来，埋了七颗，挖出来了六颗，留了一颗是想看看土里可以发芽不。种子上有一层黏膜，不干净，需要天天换水保持清洁。约一个星期，就出芽了。后来又把那颗埋在土里的也挖了出来泡在水里，过几天也出芽了。最后有两颗一直没出芽。这五颗芽都不是一起出来的，每

天看着芽苗的不同生长姿态，心情愉悦，又特别怜爱，更加精心养护。隔两天换一次水，加点营养水。

有些花种也是不好活的。种了很长时间都不见发芽，重新种还是不发芽。有些种子想着不好活，比如火龙果，没想到长得还挺好。买花盆送了一包种子，出了不少，长得太密，开始也舍不得清除，后来移出去了好多，没多久都快死完了，剩下了三颗，过些天又相继死了两颗，现在就剩下一颗了，长得非常慢，不知道能撑多久。

从 2 月 4 日立春开始，整个春天，我是一直不停歇地忙碌着，栽培、育苗、移植、定植、换土、浇水，还有不断地学习种菜养花技术，熟悉植物的生长环境和习性。在劳动与学习的过程中，切身感受到农民与花农的辛苦，体会到种好菜养好花的不容易。

一分耕耘，一分收获，伴随着种子的发芽生长，踏着春天的步伐，观苗生长，静候花开，享受辛勤劳作带来的丰收喜悦。

（选自《大武口文艺》2021 年第 3 期）

我与玉皇阁（外一篇）

岳昌鸿

岳昌鸿（1969—），宁夏平罗人。宁夏作家协会理事、平罗县文联主席。出版杂文集《风流云散》，散文集《触摸山河》《抵达村庄的闪电》，散文诗集《桃花一笑》，随笔散文集《尘埃中触动的芬芳》。作品散见于《人民日报》《朔方》《星星》等报刊，获中国作家协会首届黄河金岸诗歌节诗歌奖、仓央嘉措国际诗歌奖。

一

歌台舞榭，亭台楼阁，远逝的是昨夜的风。

风铃轻摇处，依旧是我额头之上的那层纯洁的光芒，我在平罗玉皇阁的怀抱里成长或做心灵的飞翔。我犹如尘埃，随着季节起起落落，我的祖辈父辈，何尝不是如此？但他们没有如此敏感，对一个存在了五百八十年的古建筑，一个规模庞大的阁楼群，他们或像鸟一样地飞临，或像雨一样地来过，他们匆匆的行色，与静态中守候着的玉皇阁，只是一次短暂的邂逅，一眼望过，玉皇阁便沉到心底，成为一种养分了。我在静态中，玉皇阁是我成长的背景，我情感的积淀和萌动，总是迟钝而缓慢，不像初遇玉皇阁的人，来得那么激烈，那么亢奋，只是我看见他们比较短暂，犹如闪电在黑夜中一闪，玉皇阁就通身透亮，尔后便隐入沉沉且无边的暗夜中了。

我的脚步缓慢，踱在青砖上，踩着脚下的江山，看斑驳锈毁的砖面，历史的沧桑就在脚下铺开。我对玉皇阁是熟悉的，就像是我的身体一般，我目光落处，从山门开始，依次递升的是城隍殿、三清殿、三皇殿、三母殿。这些错落分布的殿宇，呈标准的对称，主体左右陪衬着文昌阁、关帝阁，文武双全。晨钟暮鼓的钟楼与鼓楼自是小巧玲珑，曲径通幽，回廊巧设，步步抬升，换眼成景。这个规模庞大的古代建筑群号称西北第一阁。平罗玉皇阁与甘肃平凉崆峒山均属道教圣地，如果把平罗玉皇阁的殿宇、阁楼拆开零散地落放在一座山的各个山峰之间，就能再造一个崆峒道教仙山。玉皇阁是聚集在一起的圣地，而崆峒山则是方圆几十里，上下几千米，星星点点地把神仙们安置开来。这两处圣地，我都去过，同样地静，一个是身处闹市，微闭双眼，悄然打坐的静；一个是身处青山，仙气弥漫，青松翠鸟，悠扬钟磬的静，这两种静气，都能沛然入胸，洗涤着尘世中的风，让红尘恋恋地静，让心腑朗朗地净，让我在浮躁的行走中，推开一扇虚掩的门，抵达我清澈的内心。

二

一颗妄想的种子落进了土壤，生命便在瞬间开始向上飞翔。我仰望玉皇阁是从夕阳时分开始的，我在夕阳映衬的背影中细细读着玉皇阁沧桑的轮廓，质感强烈，层次分明，点线面体，廖廖数笔，勾画得凝重而又金碧辉煌，周遭的建筑物已被渐渐省去，阁在天与地的苍茫中，渐次地雄伟和壮丽了起来，成群的飞鸽带着哨声一遍又一遍地飞越沧桑的殿宇，一遍又一遍地打量这通体金黄的楼阁。文昌阁的文气在飞扬，弥漫成向上的飘升，煌煌史册，翩翩文采，玉皇阁的上方，浪漫的纱丽当空舞动，一抹天际飞鸿，让天空绚丽而多情，万里无尘，明镜如洗，玉皇阁就在这样的天宇下飘升到众仙云集的地方，而关帝阁则沉稳地守望夕阳，持剑在手，遥望贺兰山一线上渐渐平息了的滚滚尘烟。

在夕阳中望阁是一次梦境的开始，漫游在我生命中的那一次次阁的陈述，让我侧耳倾听。风向远处飘走了，风中的内容，我依稀记得。一种宽大的伤痛已把我这颗敏感的心给包住了，我望着阁楼发呆，试想用什么方式才能解开我的这种伤痛。我的这伤痛是源自一场叛乱，这是明朝的一个深冬，一位副总兵反叛了朝廷，率贼寇在贺兰山下纵横驰骋，攻城拔寨，四十七堡相继陷落，唯独平罗城独守一方。玉皇阁的青砖上，曾被这种战火照亮着，玉皇阁的砖雕里，曾留有这场叛乱的剑伤。在平罗城挺起一对英雄，他们是萧如薰夫妇，视死如归，军民一心，共御叛乱，终获大胜，“抗逆孤忠”成为神州大地上的一道金字招牌。我的伤痛是这场战事留下的，我深情的土地，总在一次次战乱中饱受痛苦和创伤，这之后的还有民国时期的孙马大战，还有炮弹的碎片，子弹的呼啸，均在玉皇阁的周身展示威武霸气，而这一切，均被时光收容了，伤痛的记忆和累累痛楚，均飘散得如缕如烟。

其实那些梦境中发生过的事情，在史书上就有记载，证实着我梦的存在与前世的瓜葛，远去的历史毕竟是我这片土地上的历史，就如同我一出生便是黑头发、黑眼睛、黄皮肤一样，龙的传人的特征一览无余，我是一条虫，诞生在苍茫的大地之间。

三

嘈杂的世声，清静的内心。

这是几个重要节气里玉皇阁前的世象，来自于原野上的百姓，把虔诚的香火插在眼前的香炉中，双手合十，作着最为肃穆的叩拜，此时他们的内心和我一样，一片澄澈明净。而身旁世声的嘈杂却一浪高过一浪。百姓们把最朴素最简单的愿望表达得干脆而直接。敬完自己心中的神，把一颗祈福希望的种子播下，他们便坦然了，一种精神的压力得以释放，随后而来的就是些轻松欢快的日子。玉皇阁旁的戏台上，秦腔的吼声开始了，生活也就顺着这种激流勇进的劲头开始了。

其实每个人的内心都有一尊神，这跟我们所讲的信仰不大相同，心中的神更具体更直接，并且牢牢附身深入内心，而信仰有时则左右摆动。在玉皇阁里，求子求财求官的，祈幸福祈平安的，诸神并列而站，怒目金刚也好，慈眉善目也罢，构成了玉皇阁最基本的精神依托，而把玉皇阁的内涵无限地扩大了，扩大到不同的地方，不同人的心中。此时的玉皇阁是被放大了，成了诸神的居所，神圣而不可冒犯，为什么玉皇阁在民间具有如此深广的影响力呢？是因其集万善于一身，集万福千愿于一身。玉皇阁又成为一个载体，实实在在地站在这块土地的深处，承载着梦想，也承载着许多人化解苦难的愿望。自玉皇阁站立之时，一种善的氛围，便在这苍茫的大地间弥漫，浸透着人们的精神生活。闲散的居士诵颂着《心经》，念念有词，还有龛上的各种造型，构成桥梁，搭设在人与神之间，铺设了一条看得见摸得着的捷径，让善男信女在现实与梦想之间摆脱困难和心愿。

玉皇阁是神仙们的居所，玉皇阁是诸多美好愿望的寄存处。人世间化解苦难的方式多种多样，没有一了百了的全都放下，只是现实与诉说请求之间的短暂平衡。玉皇阁的拱门幽关、走廊亭榭，为心灵提供可能，与其说玉皇阁是为神仙而建，倒不如说是依据人性和人心崇美崇真崇善而建。香火的旺盛，其节拍是神与人和谐共鸣的升华，而散布在民间的各类神乎其神的传说，则加重了玉皇阁神圣的分量。有香火的地方，人气便渐渐地旺了起来，玉皇阁对心灵指导的功效，在潜移默化着人们的行为走向，玉皇阁其实在每一个嘈杂的日子里，都保持着气定神闲、清净无为的状态。犹如一朵云，瞬间无影，或转眼生成，沉静的生命总是有它厚实的分量。阁顶是金色、泛着光芒的琉璃瓦，佛光一般散开，亭院中的树木弯曲着向玉皇阁前倾，万物朝光，万法朝宗，便有了生动的注解。还有那抬梁的构建，隐在城隍殿的四角，出阁入相，人生的祈愿深含在建筑的枝叶当中。

我们的行走和仰望，玉皇阁便是一个很厚实的背景，在故乡的印象中，玉皇阁是心中无法挪开的一尊佛，我们已把根扎进了这片泥土，我们就守望着这片土地上升腾起安康富足、国泰民安的讯息。

四

西北的四季，多尘沙掳掠，多荡荡野风，也多震怒的雷雨，也有无边萧萧的落雪。落下来的无论是霜雪霏雨，还是雷霆的喘息，在佛的肩头都是一段缘。尘埃落了，佛的颜面蒙上了尘，风来了尘又被吹去了，雨来了，佛的眼又被洗得亮亮，尘起尘落，佛微微的笑始终未变。佛的神秘隐隐现现。

佛前无色，色即空。而玉皇阁前有花，一株低矮不能盈尺的梅，春天里绽放一树的美丽，美得让人心痛。光秃秃的西北大地上，一树挺举着芳艳的梅花，是大地上的一个例外，她仿佛是开在季节之外，我俯下身，以梅花为前景，拍摄下这一年中仅有的这么一次。背景是灰暗青色的玉皇阁墙体，而梅花则光艳无比，这幅图入书后，诸多人质疑，这花是加上去的，我不辩。夏日，工人在山门前的道上置下繁花，我再摄下，周正端庄的玉皇阁正坐在繁花中，雍容大气，无数的人用这张照片装点家居，这里面有荣华的成分。秋水深蓝时，我抓拍夕阳下落前的几秒，玉皇阁被斜阳涂抹得万分金黄，秋空无尘，湖水又是幽幽地蓝，省去周围繁杂的建筑，这一定格成为心灵的慰藉，洗去尘埃，沉静到致远的意境里，没有什么净水，能像秋时的玉皇阁这样令人沉静婉约。雪飘来又淡淡地逝了，小雪落在玉皇阁的任何一个方位，只是浅浅的一层，对构图无用，只有飘扬的大雪，痛快如意地挥洒之后，错落有致的玉皇阁才让人看得那么真切，那么韵味十足，石雕狮子，无论大小，棱角突兀处，全是厚厚的雪。走兽在翘檐上定定地立着，白雪让它们生动异常，钩心斗角的构件披着絮雪，红色的柱子与白雪对比鲜明，直入视野，素洁的、鲜红的、金黄的、墨绿的雪，柱子、琉璃、瓦当，让玉皇阁的内心五彩缤纷，没有这种雪白的衬托，一切隐在苍茫中便不那么真切，唯有雪纯净了一种物质或是精神。冬雪中的玉皇阁让人回到古典的意境中，时光倒流百年，感悟那种散淡闲适的时光，几廊柱红衬在前景的玉皇阁是心的收藏。

四季中飘动的风来来往往，四季里焚香叩拜的客去去回回，是谁在苍茫的大地间行走，是谁又把春风吹来的消息诉说给万物，我这职业的浪子和守望者，远行或是静坐于阁之下，或卧或醉，把内心真纯的情感表达。

远处，贺兰山的暮色苍茫，一切均要沉下去了，等着一个日出的天光。

五

我感觉我还有一滴悬而未落的泪，正在时空中静静地积累着坠下的分量。在玉皇阁的某一天，神灵们的夜宴或许已经开始了，在月朗星稀的夜晚，玉皇阁的轮廓会在谁的心头忽地明亮，这是背景的无处不在。

一辆木轮马车驮着沉甸的秋，驶过玉皇阁，隐身到苍茫的原野中了，一辆运兵车开进了古老的县城，拆拆立立搞起了建设，一个学堂在玉皇阁的一个偏殿上敲响了希望的钟声，一群学者走进了玉皇阁四周的田野，开始测量和试验。成熟的农耕文明，夹杂着生疏的现代意识流，让玉皇阁四周起了变化，以玉皇阁为核心区的城市，呼啦啦地辐射散开，择水而居的人们，把玉皇阁团团围住，繁衍生息，收获希望。灵性山水，灵性的土地在山水之间崛起。

我的仰望和敬重，源自土地，源自土地上升起的精神和梦想，土地上升起了歌声，升起了殿堂和庙宇，宽大无边的爱恋终将我覆盖，我的泪水开始流淌，宛如自己在多年的流浪之后忽然回家，在父母宽大衣袖的包裹里，把自己的情感释放。仰望天空那些似曾相识的鸽群又呼啦啦地飞临了，那朵流散许久的白云又重返蔚蓝的天空，大地上生动的内容如花开放，我青春的向往连同亲朋振翅飞翔的愿望一起在贺兰山雄浑的背景里，逃不开玉皇阁无所不在的目光和关注。

这一年和以后的那些日子，便渐渐地成熟了。我们相逢碧草连天的原野，内心珍藏着最朴素的情感和真实的表达。

（选自《黄河文学》2014 年第 3 期）

平罗飘香的西街

鼓楼以西，是一条不长的街面，街面两侧，整齐排列着各种各样的店面，没有哪一家能做得足够排场，仿佛西部古镇上的谁家小妹一般，一溜地排开，睁着秀丽的双眼，敏感地望着来来回回的陌生人。没有吆喝声，鼓楼西街就安静了许多，偶尔有穿行的车辆按下喇叭，像是旧时深夜中的几声狗叫，这些都打扰不到酒肆茶馆中的梦，美梦酣酣香香的，尘埃不到的地方，静态的闲适的气氛就在西街弥漫。

在贺兰山下的宁夏平罗，西街的名声像是风里的传说一样来来去去，而这个平罗，已有五百多年的历史了。历史夹页中的平罗，许多战事的起落，英雄人物的武功与忠勇，都在泛黄的史书中留存着。正在被阳光照彻的古城人，或许隐隐约约地感觉到祖先的存在。而日子拖着幽深的尾巴，在西街上走来走去，嗅闻着西街上永远斩不断的香味。

清晨的阳光还没有照透，两只装满羊杂碎的大锅已锃亮地摆上西街，飘着香味的羊杂碎已把西街彻底地搅醒了，早起的上班的收拾整齐的从各个角落冒出来的人，开始享用这一天中的第一道美味，新鲜的羊杂，漂红的汤汁，鲜绿的葱段，冒着阵阵诱人热气的一碗碗羊杂，成了清晨的主题。两只大锅，九十九碗，卖完走人，这是铁定的规矩，没有哪一天会让这个规矩破碎。贪睡晚起的人，永远也赶不到这九十九碗之前，为什么只卖九十九碗，至今依然是个谜。

西街的美食一字地排开，从太阳冒红开始，一直到天亮时，早晨的牛肉拉面，那是冯记的，一条窄长的铺面里，坐满的净是些老主顾，头晚喝酒过量的，胃口不舒服的，头晕的，一切不适的症状来上一碗拉面，美美地嗞上一碗汤，那浑身就舒坦了，该办事的照去办，该飘的照飘，该挂的照挂。有好多外地人，瞄准这生意如法炮制，结果是惨败而去，既便是价格再低，门庭装得再豪华，也斗不过这个土坷垃。西街的老人小孩，吃的就是那味，地地道道深深厚厚的平罗味。扁豆凉粉，酿皮，麻辣烫，小米粥，羊肉小揪面，各式各样的味儿，特别绝的平罗豆腐，平罗人到首府银川送礼，总少不了几方豆腐，那豆腐的味儿比肉还香，这是银川人对平罗豆腐的一贯口碑，没有豆腐送去办事，准办不成。一位平罗人快到银川了才想起豆腐，便立马掉转车头，去寻那平罗豆腐去了。

西街的夜宴，无辉煌金壁的映衬，却带着几分西部的侠义和豪气，大块吃肉、大碗喝酒的日子，在平罗西街演绎得淋漓尽致。祖先的神勇武功，保家卫国，抗逆孤忠的基因，到了这掌灯时分，便全都潜伏在这些酒肉子孙的血管中了。像是战场上的杀敌，像是张飞长坂坡当阳桥的厮杀和吼叫，锵锵锵地吼响一通，猜拳行令开始，英雄豪气，冲天震响，像是秦腔，像是唱歌，像是天堂里行走，这场面能感染全场的人，我们就是当年的英雄好汉，就是天王的老子，大块吃的是手抓羊肉，黄渠桥羊羔肉，宝丰酱羊肉，大碗喝酒的却是男人女人，就这么闹腾一夜，没有闹事的打架的，家家扶得醉人归，高悬的灯笼依旧通红，满街的酒香在夜晚弥漫，当然也有“醉卧沙场君莫笑，故人征战几人回”的勇士，虽败犹荣。天亮时分，平罗西街仿佛是被上苍之手清扫了一遍一样，昨夜那些轰轰烈烈、热热闹闹的聚会连影儿也看不见了，第二天没有谁会把正事耽搁。西街还是西街，飘来飘去的香味持续不断，讨生活的人们又在各自的路上，阳光依旧照了下来，香味的老尾巴依旧窜来窜去。

平罗钟鼓楼站了几百年，嗅闻惯了这味儿，欣赏地望着脚下的这片土地，安康富足，香味飘荡，就打个盹，酣酣地沉睡在这飘香的西街里。

（选自《朔方》2012年第6期）

静默如山的沉思

俞雪峰

俞雪峰（1969—），宁夏陶乐人。中国作家协会会员、中国诗歌学会会员、中国散文学会会员、宁夏作家协会理事、宁夏文艺评论家协会会员。作品在《散文百家》《朔方》《雪莲》《宁夏日报》等报刊发表500多篇（首）。出版诗歌作品集《心灵物语》、散文作品集《律动心中河》。

小时候，知道贺兰山有煤，我就隔着黄河望贺兰山，隐隐山峦依稀可辨。黄昏时分，太阳把灿烂的笑脸逐渐隐匿到贺兰山，就感觉贺兰山神秘莫测，一个能够把太阳拐跑又能产煤的地方，生发了我许多想象和向往。

那年冬天家里的煤烧完了，我押车去拉煤。

过河，我已经司空见惯，不足为奇。平生第一次走进贺兰山的兴奋好奇，完全可以想象。当贺兰山出现在眼前时，我都不敢确定自己已经到了贺兰山。山顶云雾缭绕，如同一种情绪从远古流来。确定自己已经进山了，心绪随山脉起伏难平，车沿着山路曲曲折折蜿蜒行驶，视线在路两边的深沟谷底来回穿梭，我的眼睛掉在沟里，心悬在车窗外。

一座座浑厚山峰绵延无际，清晰可辨，就连山顶上的光影都折射出分明的性格，这些山体的巨大棱角要让我欣赏它们不屈的气魄。看山势，一座连着一座，一山连着一山，它们似断犹连，峻峭而立，如兄弟般，胼手胝足，相互遥望，形态各具。

石头无处不在，便成了山。成山的石头，反而让人忽略石头的具体，石头貌似沉静，似乎表达着一种极大的自由，然而又那么富有秩序，似乎也并不在意自己的位置，一派仙风道骨，坦然自若。也许世界上最能保持自己的就是石头。我深情地看着贺兰山，自然也包括了贺兰山上的每一块石头，我不知该怎样收束自己的目光。贺兰山远远不是我站在河东老家屋后面看到的样子，远看模糊，近看巍峨耸立。整个贺兰山巍峨成压倒态势集中向我凝视着，石头有的对我友好，有的对我狰狞，似乎不小心就会有一颗大石头滚下来问候我一下，我的心不由得紧缩了，我不再隔着车窗看山峦，好像贺兰山欺生一样，吓唬一个第一次闯入它怀里的孩子。

沟口把我赶进了煤尘扑面的继续中，黑色烟尘落满街道两边，黑乎乎的屋子，黑乎乎的装煤人，黑乎乎的汽车，司机也干净不到哪里去。煤是干净的，只有我们越染越黑。堆积成山的煤是贺兰山另一种形式上的山体。这样的山会被瓦解到千家万户的炉子里作为燃烧物体，温暖的字眼里包含着黑色的煤块，哪怕是煤渣煤尘，也是红色火苗的创造者。火苗是煤一生最辉煌的语言，没有烟尘气息的生活，少了一些真正生活的况味，普通百姓的烟火人生，正是我想看到的人生。

在沟口，我看着装煤人一锨锨将块子煤装满车，铁锨的明亮回应着装煤人明亮的眼神，又比衬着满脸煤灰。汽车装满大山的沉重，也装满我的期待。

我向沟里和沟外不断张望。从沟里看不到沟外，看到的只是大山和沟谷。一车煤，让我看到了真切而火热的贺兰山，真是好亲切的感觉。从那时起，我就对煤和挖煤者有了特别的感动，在我疲惫的眼底，硌疼我的，都是悲伤的煤尘。

我从司机嘴里知道了沟口、汝箕沟、古拉本煤矿，这些与煤有着本质联系的名字，就好像是我未曾谋面但已经有了很深缘分的朋友一样，脱不开地想见。去了沟口，我还想去汝箕沟，去古拉本，凡是贺兰山产煤的地方，我都迫不及待地想去，显然是我对贺兰山有着未了的情愫。

几年后，我又坐拉煤的车去了汝箕沟。回时快天黑了，贺兰山的夜晚来得早，黑黝黝的山，就是放在眼里的黑色幕布，黑沉沉地压在眼前，我喜欢天黑下来的感觉，除了安静，更显得山路崎岖。车灯指引着前进的路，此时的灯光简直就是神来之笔，山沟里房屋微弱的灯光，照亮黑暗的前方，一点点灯火弥足珍贵。深山有灯火，心里就有暖意，回家就会充满期盼的惬意。山沟谷底流着小溪，就像一条明亮的银线，我把这条银线也想象成生命的烛光。

曾应文友之约去了一趟石炭井，石炭井便在我的心里留下了美的痕迹。坐车从大武口穿过贺兰山，一路隆起连绵不绝的岩层，如绽开的黑玫瑰，向我招手致意。漫长的路上，我不厌其烦地看着山，想着与山有关的一切。蓄满眼里的石头，填满心里的煤块，对我来说很是亲切。石炭井在贺兰山深处，该有的都有，只不过由于交通不便，物价较高，运进来和运出去，有着异曲同工之妙。不缺石头的地方，到处都是石头屋。我对石头小屋感觉不错，对石炭井的感觉因此不错。

现在石炭井什么都没有了。矿区成了塌陷区，不再出煤，也不再繁华，零落成贺兰山腹中的弃儿，那里几乎没有多少人了，走在曾经的街上，找到曾经文友家大概的位置，我久久徘徊，不忍离去。

好多人围着煤炭而生活，煤炭不断奔跑于山外，直到跑完了为止，围着它奔跑而生活的人也就跑完了。石炭井完成了它庄严的历史使命，就像蜜蜂酿蜜完成使命一样，尽管短暂，可意义非凡。踏上这块地方，我希望时间越慢越好，内心难过，不愿意让石炭井就这样从我的眼里渐渐消失。

年轻时，多次去过贺兰山深处的煤矿，也到小口子山和苏峪口两大景点去旅游。去多了，也为曾经的冲动感到可笑，在还没有真正认识一座大山的时候，千万不要冒昧向它挺进，盲目的冒犯等于轻率无知，现在不是想去不想去的问题，而是到了一定年龄，需要安静。安静地想贺兰山，安静地看贺兰山，与兴奋热闹地去贺兰山旅游有着本质的不同。

安静不需要动静，动静不再结合的时候，动就显得浮躁简单，静却是理性审视。美好的东西，出神地多看几眼，而不去骚扰，这是对美最好的尊重和热爱。静静地看山，能够看出百态人生，也就能给自己找到位置，这个位置不用争抢，自然属于自己。

下雨了，打着伞，看着雨中的贺兰山，多了一些静默的沉思，多了一些穿透岁月的思想沉淀；下雪了，看着落雪的贺兰山，多了一些纯粹干净的心灵感悟。

人过五十，是岁月塑造的过程和结果，也是浓茶越喝越淡的时分，是下午归途不嫌短，天凉好个秋的机遇。当我们活过了一定的年轮，如同风吹雨淋雷击电闪过的贺兰山，苍茫的经络里已经容纳了数不清的断片伤痕和惊魂甫定的成分，那一片刻，蓦然回首，便觉得岁月的雕琢，是无声无息的。

沉思静默如山，没有开场白，不用宣告，敬仰贺兰山，如同敬仰伟大的精神领袖。

（选自《湛江文学》2022年第3期）

俞德渊的“默守观”简解

赵和平

赵和平（1957—），笔名慕鸽，宁夏平罗人。著有《默斋拾遗·俞德渊史籍及研究》等。

俞德渊在《寄裕鲁珊同年》一文中说：“自道光五年首邑卸事后，回思前事，动触危机，因改号‘默斋’以自警。”他常用“默斋”这面镜子自警自律，告诫自己：做官要为民廉俭，避免不廉洁行为的发生。俞德渊在官近20年，堪当一代楷模，后世建祠敬奉不辍。余读《默斋公牍》忽觉其“默守观”跃然纸上，咀嚼再三，终觉不浅，简解如下。

第一，从“默斋”说起。古代“默”通“墨”，源于《庄子》“舐笔和墨”，从“犬”意“黑”声，指“黑夜里有叫声的狗突然窜出来追人”，后来演变成“闭口不出声说话”，这就赋予了默认、默许、默契、默而识之、默坐低双眉、三年默以思道等语，引申为“潜移默化”。总之，“默”有“默然不语或默默无言”之意，由此看来“默”的字义实在是太广泛了。“斋”是道教的祭祷仪式之一，要求道士们身心洁净、神情专注、言行规整、精神归统于祀神，以示对神灵的虔诚和庄敬。后来人们把读书、休息、思过、斋戒的房舍叫作书斋，“斋”就有了书室、书房、学舍等含义。道光五年（1825 年），俞德渊在长洲县署履职期间，舐笔研墨、读书学习和默守思过于茂苑舍书斋，将自己的晚号雅定为“默斋”，林则徐称其为“默俞”。同年好友路德搜集整理其遗文时，将其著作定名为《默斋公牍》和《默斋存稿》。“默斋”两字承载了珍贵的历史文化信息。

第二，“默斋”的核心是“默守”。俞德渊在《寄裕鲁珊同年》中说：“自道光五年首邑卸事后，回思前事，动触危机，因改号‘默斋’以自警。”看来，俞德渊做县令不久就明白了“默守”之理，“首邑卸事”就感到“动触危机”而改号。“自警”就是让人们自己觉悟而不犯过错。俞德渊常用“默斋”这面镜子自警自律，告诫自己做官要为民廉俭，避免不廉洁行为发生。作为两淮盐运使的俞德渊，在任五年力崇节俭，妻子常衣布素，扬州华侈之俗为之一变；他的母亲“督诸子赴任所查吏状”，可见，俞德渊的父母对他以及他对整个家庭成员的要求都很严，这说明他早就将人生定位在“默”这个值得玩味的字眼上，在“斋”里静静地守候了。路德先生评点《致潘太守》一文时说：俞德渊“一曰诚，一曰默，一曰柔；以诚而入，以默而守，以柔而用；用诚以愚，用默以讷，用柔以拙”。简言之“以诚而人，用诚以愚；以默而守，用默以讷；以柔而用，用柔以拙”。这里切题最紧的是“以默而守，用默以讷”。“讷”本指语言迟钝，不善于讲话，比喻有话难以说出。所谓“用默以讷”，重心在“讷”，源于真人所言。汉代魏伯阳曰：“耳目口三宝，闭塞勿发通；真人潜深渊，浮游守规中。”这里的真人指道教中真正有修养的人，这就是俞德渊“默守观”的核心所在。俞德渊对儒、道两家文化都有深刻的理解，敏感话题缄口不言，其经典语录为“圭角不露”，说明他操守严谨，深沉不露。他还说：“只气盛而色浮便浅。”这更是他的“默守观”思想的集中体现，应验了明代洪应明《菜根谭》上的那两句话：“从静中观物动，向闲处看人忙，才是超尘脱俗的趣味；遇忙处会偷闲，处闹中能取静，便是安身立命的功夫！”

第三，“默守”要能“默识”。子曰：“默而识之，学而不厌，诲人不倦，何有于我哉？”“学而不厌，诲人不倦”是人们耳熟能详的圣人语录，但首要的是“默而识之”。最具玩味的还是那个“默”字。朱熹说：无时不可学，无处不可学，无人不可学。所说之“学”许多都是“无字句处”的“默而识之”。“默而识之”，方可做到“无时不学，无处不学，无人不学”。人与人之间的差距，往往就在默默无闻的业余学习上。谁能坚持随机学习，谁将不知不觉获得进步。俞德渊“九岁入塾，嗜读甚勤，塾中所诵，书归必复，背一字讹必夏楚（受体罚）；始入塾，饔飧不继，忍饥而读，夜无膏油则烛香默诵，以九烛为限；邻有垦地者，天甫明已闻读书声也”。这是他与别人的不同之处。“默而识之”成就了孔子，成就了后人，也成就了包括俞德渊在内的千千万万有志者。学习一旦成为习惯，“默而识之”便成自然。养成“默而识之”习惯的人，自然也会不断地“默而进之”。

第四，谨遵“默守”方成大业。俞德渊谨遵默守，常思“将兴一利必并其弊而权之；将除一害必原其情而施之”的道理。为官近20年，身边无妾婢侍奉，家中不奢侈豪华，薪俸不私攒赚钱，可家乡有困难时无不给予帮助；同事和朋友有急难时无不支援。手脚“干净”，处事果断，宽严自如是他的长处。尚书黄钺之子黄中民为盐场大使，欲得美职，他却说：“美职以待有功，中民无功不可得！”这正是他清正廉明、勤政为官、公正为民、刚正不阿的真实写照和闪亮之处。梁章钜挽曰：“殚心力以报所知，一代长才出甘陇；处脂膏而不自润，千秋遗爱满邗江！”林则徐也说：“俞德渊做官凭借自己的清白，展现在外在的精神风貌上，凡是任过职的地方，都因为他清廉能干而受到广泛称赞。”余欲告诉读者，要能“默读、默守、默识、默进”。

末了借用王国维“能默守自成境界，有境界自成高格”的名言而自勉。愿俞德渊的“默守观”薪火相传！

（选自《默斋拾遗·俞德渊史籍及研究》，宁夏人民出版社，2017年）

大北山往事

赵玉林

赵玉林（1971—），女，甘肃民勤人。宁夏作家协会会员、石嘴山市作家协会副主席。2010年开始文学创作，作品散见于《朔方》《现代生活报》《新消息报》《石嘴山日报》等报刊。参与书籍《石嘴山记忆》《古镇轶事》等创作编辑。

大北山是石炭井矿区的梦想高地，那会儿，矿里生活闭塞、单调，每一个自认为长大的孩子，都有一个梦，那就是和伙伴们一同登上大北山，在北山顶上留下自己的符号。据说一旦登上大北山，整个石炭井矿区宛在足下，会有一览众山小的快感和气势，所以，好多学姐学哥都去过。

一直盼望着也能去一趟大北山，可是，到底父母对女孩子管得要严一些，只准我们去矿区边的山里拔山葱、爬山，或是在山顶上读书，决然不能和男孩子约着去深山里玩。

直到上初三那年,觉得自己真的长大了。我们七八个女生就约着周末去大北山。

这计划一宣布，那种心照不宣的神秘便罩在周遭。我们瞬间变成了地下工作者，悄悄地做着各种准备工作，心里像装了痒痒挠，只嫌日子慢如蜗牛。为了一心向往的大北山之行，我们在家里、学校都变得比以往更乖巧。家人和同学觉得奇怪，但又说不出什么来，只是我们心里的小兔儿不时咋舌，好可怕呀，千万不能露出风声，我们用眼神相互告诫，愉悦和幸福不能大声分享当真是一种折磨。

这也难怪，矿工家属多是外来户，自打从家乡搬迁来宁，小孩子们就再没出过矿，更别说去大北山这样奇妙而遥远的地方了。

第一次出游野餐，对我们来说简约却很隆重。那时候，最奢侈的就是带油辣子夹馒头，把自家蒸的喧腾腾的馒头从中间掰开，就像陕西人做肉夹馍，只是我们在馒头两面抹的是油炸辣椒面，那红亮闪光的辣油与白面馒头碰撞绝对是味蕾大挑战，油香、辣香和馒头的沙在舌尖上蹿下跳，能把一顿便饭吃出大餐的味。说起这油辣子，每一家的炸法和香味都不同，简单的直接油泼辣子，纯粹喷香，有的则放些许花生芝麻，还有的放葱姜等配料把油炸香捡出后浇得辣面泛香气。那会儿根本没有听过肯德基和麦当劳这些洋快餐，现在想来，我们的手法就是汉堡的做法，而我们的享受度也不比这些洋快餐差。

小伙伴们极尽奢侈地准备着各自的食物，零花钱基本都用上了，果丹皮和山楂片自是不能少，再牛气的还要带红枣、沙枣和瓜子，甚至还有茶叶蛋、西红柿之类高大上的吃食。如今的孩子看到这些连眼皮都不眨一下，但当时矿区物资匮乏，这于我们便是一场盛宴。

从地理位置来说，当时的石炭井已经很偏远了，而我们所在的四矿更是这偏角中的偏角了。仰望大北山的日子里，我们早就打听过了，四矿再往里走全是山，那山便是内蒙古地界了。

角落里的聚会终于是时候了，我们带上各自的小行囊。假装平常跳皮筋似的在电影院前等待着伙伴们。有几个人还在和父母周旋，我们就坐在高高的台阶上聊电影院的事。当时看电影几乎都是学校包场，5 分钱一场电影，但凡包场不吃饭也得去，那是学生们最兴奋的时候了。平日里，父母可以不给或少给零花钱，但是看电影的钱如果不给，那必是要闹一阵子的。而且我们都是超级投入的观众，不管看懂看不懂，都跟着电影里的人哭哭笑笑，穿越古今。这里还是学校和矿区文艺汇演的地方，那高大宏伟的幕布拉开时，谁也挡不住我们这些追粉的小家伙，演几场看几场，直到曲终人散。更有那不尽兴的小伙伴又在电影院外的高台阶上自个儿演，把大人们逗得笑出了泪。在那个简单朴素的岁月里，我们能有这样一处文化圣地和精神乐园，还是很美的。

记得有一年，电影《画皮》上映，按惯例刚上的新片是不给学校包场的，我们就听啊，听人家神乎其神地说着那些吓人的画面，光是听都不敢走夜路了。总算盼到包场了，早早进去，有同学就支招了，说《画皮》吓人是音乐闹的，等看的时候，捂上耳朵，只看画面就没那么吓人了。结果我们几个就傻乎乎地猜，谁一说《画皮》了，就紧着忙捂耳朵。一会儿又说错了还没到，刚要松了手定睛看，又有人喊，画了画了。如此三番，弄得我和几个胆小的同学就像坐过山车，一阵阵出冷汗，有的干脆放手不捂了，有的索性一直捂着耳朵不放。后来，真是《画皮》了，我们反倒没有防备，后座的同学吓得哇哇哭。我们几个还笑人家傻，不看不就成了，哭什么呀。想来，在那个时候看电影就是游戏，是玩具，这场断断续续的电影，几十年后再看新《画皮》时，怎么也找不回来了，没有新奇感也就没了恐惧感，原来未知才充满诱惑与慌张。

说着聊着，伙伴们到齐了，我们像军人整队一样，操练了一遍，有个当班干部的还学着老师和大人们的样子给我们做战前动员。她是学校的中队长，且有点领导的范儿，也不知说了一堆什么，大伙就亢奋地催着快点吧，那同学最后一句话至今记得：我们是不会迷路的，大北山就在前方，出发吧。

像当年的小红军一样，我们慷慨出行，向着大北山的方向，欢快的歌声和脚步逐渐慢下来，原来以为山里只有煤和石头，不想越往里走，越是觉得到了谁家遗落的庄园。

山坡上松树、榆树还有山杏树专拣险处生长，脚下根本没有路，几乎长满了野葱、骆驼草等。不时有马蛇子（蜥蜴的一种）窜出来，吓得我们队形鸟散，大家相互提醒，别贪玩，大北山在招手呢。此时，放眼望去，大北山在蓝天白云下，那么高大伟岸，线条分明，想着马上要征服它，心中不免有些波涛汹涌。竟想起日本的富士山，好多杂志里都登过，以前还真是羡慕得很，可此刻与眼前的大北山比，却有些想不起它的模样，眼前这山才是我的，我们一定要在那山顶上放歌。

于是，我们说起理想，有人想有一双翅膀飞出矿山。最爱学习的小红戴着眼镜，高深莫测地说："老师不是说了嘛，想出矿就一条路，好好学习。"大嗓门的小梅子立刻接话："算了吧，老师又不在，少说漂亮话。说实话，我就喜欢咱的矿，将来能在矿里上班就知足了，你们好好学吧，以后在外边跑累了，回来我请你们上大北山。"

我们一团哄笑，羞羞羞，看你能的，大北山又不是你家的。

在我们心里，只要矿在大北山就一定在，长大后才知道大北山还在，但矿却永远消逝了。

那天，我们玩得没了谱，一会儿对诗接龙，一会儿讲神话，一会儿做游戏。什么"飞流直下三千尺""不敢高声语，恐惊天上人"，只要跟山、跟水有关的诗

句都被翻了个遍。可惜，我们的大北山没有泉水也没有瀑布，否则这里不比大城市差。伙伴们假意地跳高摸天，看，我们长大了，翻过北山上北京，到上海，去天津，加油啊，我们要走的地方还多着呢。

终于走到山脚，手搭凉棚再望北山，我们就像一只只蚂蚁匍匐在它脚下，又有点小臣拜见主上的意思。我们列成一队，真心诚意地拜山，我们来了，大北山！你不用知道我们是谁，只要让我们在你怀里撒个欢。

一路奔波，伙伴们却不嫌累，说好了等到北山顶上再吃午饭。这山极少碎石，攀爬起来不算费力气，加上兴奋的心情，我们开始专注地登山。

终于翻过最后一块岩石，啊，北山顶这么宽呀，我们惊呼，快到中间去，向山向天喊出我们的心愿吧。伙伴们把双手拢成喇叭状，准备一二三。就在这时，三个穿着时髦怪气的小青年不知从哪里闪出，向我们快步走过来，嗨！小姑娘们挺厉害，过来照个相吧。

伙伴们的兴奋瞬间降到冰点，不知谁“呀”一声大叫，坏人，快跑啊。这比操场上的发令枪还刺耳，几乎来不及回想，我们脚下带风，身子好似裹了山顶的

云，一路飘着往山下冲，跑不及就坐下滑，也不知谁喊手破了，谁喊裤子刮烂了，但没人停下，一切等脱险再说。

耳边小风嗖嗖，碎石乱飞，草窠里的鸟儿、虫儿、蛇儿也受了惊吓，一座山都动了起来，这无疑是一场大北山历险。

总算冲到山下，头发也散了，还有的饭包也丢了，一个个小花脸慌乱地观望，不对，少一个人，小红呢？

不知谁哇地一声就哭了，完了，小红被大灰狼抓走了，那些坏人不会放过她的，我们回矿里找大人吧。

更有不知趣的说，完了，以后咱再也不能出来玩了。小红妈得吃了我们。

不行，我们一起找吧，我们一起来的一个也不能少啊。

我们壮壮胆子，又折回去向山上爬。这次再爬是为救命，我们顾不得身上酸疼，手脚并用，喘气都是愁苦的，山腰的草明显也丢了魂，蔫头耷脑的，那些石头也黑着脸，露出凶相，原来这山也有面目狰狞的一面。

就在我们壮胆攀爬的时候，听到有碎石滚落，有人轻声说，不会是坏人追来了吧？

山腰顿时静得吓人，落石越来越密，我们不知所措。

有个眼尖的仰脸轻呼，快看呀。我们顺她手指望去，一个兔子一样轻快的身影，跳跃着向山下奔来，原来是小红，再瞧她后边没有追兵，就小红一个人，大家放心了，大声喊小红，冲她挥手。紧爬上前，摸手，拍肩，问她没事吧。

小红装作没看见，速度更快地往山下冲，这明显是甩脸子，生气了。

我们也不作声，一路小跑着跟她到山下，赔着笑脸，把小红请到一块大石头边。霞霞赶紧用嘴吹，都请小红坐，小红假装摆架就坐，我们几个自是一番讨好。

小红像战神似地环视一圈说，看把你们吓的，那几个大哥哥都是矿上的工人，就是叫咱们给照相留念，我给他们照完了，还给了我一包零食，让我来找你们。

那时的我们就像上音乐课似的，不断变换口型，啊！哦！呀！噢！那脸也从绷得生疼到慢慢松弛，这样啊。当时最时兴的傻瓜相机，只有赶潮流的人才有，想不到小红人没事，还用了一把新式照相机。

总算找到一个打破尴尬的话题，小红也不怪大家了，山谷里又响起歌声与欢笑。

遗憾的是，我们都没看上大北山山顶的风光，就这样草草收山了，更别说在北山之上留名了。我们相互安慰，算了，只要来了就好。爱表演的小荣展开双臂想要飞的样子念道，泰戈尔说，天空不会留下飞鸟的痕迹，但我已飞过。我们也像鸟儿似的飞着追逐着，再上一次山是不可能了，我们就在回家的路上嗨，把那些小吃狠狠地享受了个遍。

回家后自是不敢露一点风儿。可总有嘴不把门的，没多久，小红妈妈见了我们翻白眼。小伙伴们再也聚不起来了，更别说游山了。那一山的欢笑、惊吓和怨气，像云一样飘远了。

我们中的好些人从上高中开始便再没见过面，不知他们是否想着那些草那些树，和我们当年散落的故事。

一别快 40 年了，大北山所在的贺兰山脉在石嘴山环保治理中，又回到渺无人迹的远古。猜想着那隐隐的，比富士山还可爱的大北山，在蓝天下依然威仪或是寂寞着，但却不舍再靠近它。

多少往事已过去，就让它在山顶向天倾诉吧。那山一定张开臂膀，把矿山建设者的英灵揽入怀中，它怎么会寂寞？若说寂寞，我们才寂寞，若是孤介，此山才孤介。

或许那山顶正有个仙人在弹琴吟诵。

（选自《神华能源报》2021 年 9 月）

我与绿皮小火车的故事

袁宝艳

袁宝艳（1968—），女，山东成武人。供职于宁夏石嘴山市大武口区教育体育局，中学语文高级教师。宁夏作家协会会员、石嘴山市作家协会理事，散文《我与绿皮小火车的故事》获自宁夏征文二等奖。作品散见于《中国旅游报》《宁夏日报》。

绿皮小火车承载着工业时代的辉煌记忆，讲述着煤炭开采的光阴故事，记录着煤矿工人的青春岁月。说它小，是因为它与现代高铁、动车相比较而言。尽管时光荏苒，岁月如河，但它在我心里仍旧似永恒的丰碑，岿然屹立。

我出生在宁夏与内蒙古交汇处的煤矿，行政地名叫作呼鲁斯太，人口归阿拉善左旗管辖，矿区归属上个世纪乃至本世纪初都大名鼎鼎的石炭井矿务局。我所在的煤矿有个闪亮的名字——乌兰矿，“乌兰”在蒙古语中乃红色之意。

乌兰矿位于贺兰山腹地，偏僻、干旱，满是戈壁，蕴藏着丰富的煤炭资源。父辈都是老实、本分、善良、不惜力的矿工。联系煤矿与外界的交通工具除了每天上、下午两班的大巴车外，最主要的就是这列由银川始发，终点到达汝箕沟站的绿皮小火车。每天中午十一点前后经过呼鲁斯太，下午两点左右再由终点站返回经停。这列绿皮小火车是我们矿区人的最爱——因为它票价便宜，2元到大武口，直到现在还是4元到银川。

我与绿皮小火车是有故事的。

学生时代，联系校园与父母的“经济纽带”

在所有商品、所有运行车辆票价都上涨的背景下，我的小火车还保有原来的价格，让我这个家境贫寒的穷学生得以在向父母要生活费的日子能及时回家，这列小火车维系着我对家对父母对两个弟弟最真实的思念。直到今天提笔记录这列小火车时内心满满的都是暖都是爱。上世纪八十年代末我在宁大、大弟弟在沟口技校、小弟弟在石嘴山师范读书——仅有三级工的父亲靠着每月300多元的工资同时供养着三个孩子上学，这是多大的经济压力啊！还好，我们都坐小火车往返，每月有一次全家人的团圆。我们一家人该是有多么珍爱这列正点、安全又便宜的交通工具啊！这种感激，根植内心，从未曾改变。

为人妻母，经营夫妻爱情的“快车道”

2006年秋，企业学校移交政府办学，我的工作随即调往大武口市区，丈夫依旧工作在矿山。于是，夫妻间开始了长达十年的两地分居，带着孩子经常坐绿皮小火车探亲的模式正式开启。世界上再美的风景，都不及回家的那段路，何况我还怀揣着为你而来的爱意，不在乎穿越绵绵山脉的苦。一程一路的戈壁荒漠擦窗而过移步换景，一山一洞的长短隧道呼啸穿越柳暗花明，一花一草的装饰点缀瞬间远去桃红柳绿。车上，我给儿子讲着他儿时骑在爸爸脖子上爬山、涉水的故事；讲着矿工们井下采煤的艰辛与劳动的快乐；讲着隔壁座位上一同坐火车的李阿姨和矿工王叔叔的爱情故事……一路向北，和儿子绵延的情话都关乎我作为矿嫂对矿山的情对矿工的爱。

阖家团聚，风雪回家路“花开成海”

2008年大年二十九是我记忆中风雪最大的一天。我忙完手头的最后一点工作，前往火车站买票准备赶回乌兰矿的家过年。去火车站的路上没有公交车，没有私家车，甚至没有自行车——白茫茫的大雪铺天盖地，只有行色匆匆的和我朝同一方向行走的赶路人。感谢绿皮小火车，在所有交通工具被风雪阻挡不能行驶时，给了我一个回家的工具；感谢绿皮小火车的准时抵达，让我在大年三十体会到父母在家的温暖；感谢绿皮小火车上陪我一同赶往各个矿区阖家团圆共度除夕的矿工亲属们，一车厢的欢笑，一火车的快乐，一条路的幸福。片片雪花迎风飞舞，让我感觉不到一丝丝寒冷。如果花开可以带来幸福，我真诚地祈祷矿工矿嫂的世界里花开成海。

想念乘坐绿皮小火车的每一个日子。时光如水，无言即大美。日子如莲，平凡即雅致。虽然这列小火车一路向北所抵达的每一个站点，没有如画的风景，没有热闹的街市，没有光鲜的衣着，但，生活在那里的人们却有着朴素的生活和遥远的梦想，即使明天天寒地冻，我们内心始终盛着山高水长、如云锦绣。

（选自《中国旅游报》2020年5月）

查汉托护往事（外一篇）

高尚忠

高尚忠（1964—），宁夏平罗人。中国民间文艺家协会会员、宁夏作家协会会员、宁夏非物质文化遗产项目（民间故事）代表性传承人。出版散文集《行吟塞上》。

宁夏北部平原的大开发，始于清代雍正初年。雍正朝以前，这里仅有一条修筑于唐代的古渠，即唐徕渠，它的梢段可灌溉到平罗县城之北十余里的农田。

黄河西岸的大片滩地，因荒无人烟，在明代晚期沦为蒙古族牧民放牧的天然大草场，他们称之为查汉托护，蒙古语意为河湾牧地，或白色的臂弯，这一名称，既说明了这片地方的形状，也形容了这片地方的颜色，因为这片河滩地到处是白色的盐碱土，黄河冲刷出的地形如同人的臂弯。

康熙末年，查汉托护部蒙古族牧民奉旨移驻黄河以东的鄂尔多斯牧区，留下了适宜开垦耕种的数百里河滩旷野。

雍正初年，朝廷在位于宁夏北部的唐徕渠流域设立了平罗县。为了开垦沿黄河西岸的这片滩地，朝廷派了工部侍郎通智到宁夏督办修造惠农渠（百姓俗称皇渠）和昌润渠。通智实地查看后，认为查汉托护河滩确实有开垦的价值。因此，他奏请朝廷，从宁夏各地调派十二个武举人，到平罗县协助开挖惠农、昌润两渠。

中卫宁阳四百户田家营子的武举人田会蓝，被选中调到平罗。

田会蓝到平罗后，和挖渠民夫同吃同住在工地上，且带头挖土方，背背篼，不嫌脏，不怕苦，风餐露宿，殚精竭虑，整整干了五年，终于挖通了惠农渠和昌润渠。两渠开挖成功，需要招募大量的百姓到这里开垦荒地。其他武举人完成了朝廷委派的开渠任务后，叩谢皇恩脱离苦差，都纷纷返回了原籍老家，亲友团聚，安享太平。田会蓝却劝说全家人和亲戚朋友，带头从富甲宁夏的中卫，迁移到荒凉的平罗县黄河岸边的西永惠堡定居下来，仍然使用老家的地名，将这里也称呼为田家营子，并开垦起万亩荒地。

武举人田会蓝的迁移行为，很快传遍了宁夏各地，两渠沿岸很快搬迁来了上万户移民，朝廷也分别在惠农渠东设立了新渠县，在昌润渠西设立了宝丰县。从此，三县人口连年增加，黄河西岸的滩地得到了开垦浇灌，真正变成了万顷良田。

乾隆初年，以平罗县城为中心，突发了大地震，昌润渠被地震毁坏，万顷农田干旱无收，连年饥荒，百姓流离失所。田会蓝体恤民苦，仗义疏财，带头捐献出殷实的全部家产，亲率两个儿子和当地百姓重修昌润渠，从黄河上游的通吉堡开口，引黄河水入渠，全长近二百里。水渠疏通后，两岸百姓把他们一家人当作救星一样看待，民间长久流传着他们修渠泽民的感人事迹。后来，田会蓝病逝，葬在西永惠堡，朝廷为了褒奖他的功绩，追授他为“武德将军”。

后来，嘉庆年间，在昌润渠畔的平罗县正闸堡，出了一名翰林名叫俞德渊，终身在南方为官，曾担任过江宁知府、两淮盐运使。俞翰林为官期间，品德高尚，体恤爱民，廉洁奉公，因而名垂青史，并被载入历代县志，成为平罗人引以为傲的精神楷模。然而，开挖两渠，带头垦荒，仗义疏财的功臣田会蓝，在平罗的地方志书《平罗记略》中却仅有简略的记载。

唐徕渠、汉延渠、惠农渠、昌润渠是宁夏的四大干渠。相传过去每年立夏放水时，都要举行祭祀龙王的仪式，以祈求保佑渠道安全。四渠总龙王就是修凿惠农、昌润两渠的通智。

惠农渠、昌润渠竣工后，灌区内的八个堡，都以通字冠名，俗称通八堡。于是有奸人向雍正皇帝奏本，状告通智私贪天功，为自己树碑立传，收买民心，图谋造反。雍正皇帝下旨，定了通智死罪，并在惠农渠正闸桥上行刑。由于通智蒙冤遇害，头虽断而身不倒。后来，乾隆皇帝为通智平了反，还追封他为四渠总龙王，令民间永久祭祀，百姓还在昌润渠旁修建了祭祀的龙王庙。

通智蒙冤遇害的传说，只是民间的一种演绎。正史记载通智并没有遇害，而是寿终正寝。

查汉托护往事很多，留给我印象最深的仅此而已。

（选自《芙蓉国文汇》2019 年 9 月）

书院旧事

漫步古城西街，一阵琅琅书声忽然传入耳际，不禁令人侧目寻觅，随声追踪，读书声源自县城西大街南侧的城关一小，正是这不起眼的一隅校园里，曾经培育出数以千计的各类英才。

城关一小前身可追溯至清代乾隆年间的平罗学馆和兴平书院，后更名为又新书院，历史颇为悠久。嘉庆年间，平罗籍翰林俞德渊曾就读于兴平书院，并考取了秀才和举人，后前往京师考取进士，被钦点为翰林院庶吉士，官至两淮盐运使，终成一代贤达。

依旧是嘉庆年间，平罗知县王楚堂倾囊资助家境贫寒的学子俞德渊，远赴西安考取了举人。王知县为重修兴平书院，还将积攒三年的廉俸钱捐出，为书院建造房屋，购置教具，成为平罗历史上捐资助学的第一人。

考取举人后的俞德渊，曾经主讲甘肃兰山书院，后受聘回到了母校平罗又新书院任教三年，其间他还鼓励弟弟俞德洵在乡下开设义塾，授学解惑。道光年间，编撰平罗八卷方志——《平罗记略》的时任知县徐保字发起兴修又新书院，在江南为官的俞德渊，生活简朴，粗茶淡饭，把省吃俭用下的三百两银子捐赠给母校资助修建书院，近月竣工，书院面貌焕然一新。他还在来信中勉励童生“立志大植，品正察理”。

道光中期，续史重学的继任知县张梯，看到书院墙壁倾颓，房舍破落，损坏严重，决心筹措经费进行重建。他带头捐出俸银二百两，发动地方热心公益人士捐款，监工督造，历时五月，建成开学。同时，在《平罗记略》的基础上潜心史书续编，完成五卷《续增平罗记略》，为后人研究平罗历史留下了宝贵的历史资料。

文化与精神的薪火相传是一个民族的希望所在，曾有人说：忘记历史就等于是背叛。平罗文化教育一脉相承，人杰地灵，英才辈出，民风淳朴，物华天宝，赢得“南卫北平”之美誉，正是得益于前贤的无私奉献，这种精神将永远激励后人为造福桑梓锲而不舍。

时间远去，历史永恒，难忘书院旧事。

（选自《朔方》2012 年增刊）

一灯如豆

郜小红

郜小红（1975—），女，宁夏平罗人。宁夏平罗四中语文教师，钟爱文字与文学。

傍晚时候，拖着疲惫的身体去看母亲。弟弟病了，脑梗死，抢救及时，做了血管支架，捡回了一条命，但左侧肢体毫无知觉，在市医院康复。弟媳和姐姐们轮流在医院照顾弟弟，我上班之余，每天要来照看一下母亲。

弟弟是家里唯一的男孩，自父亲走后，母亲就一直跟弟弟住。母亲八十岁了，生活尚能自理，平时弟弟两口子忙的时候，母亲还负责给上高中的孙子做饭。弟弟的病来得突然，没有任何征兆，夜半发病送往医院，就严重到吓得我们所有人乱了阵脚。母亲在家里，拿着老年机不知打给谁，慌乱中拨通了三姐的电话，三姐强装镇定百般安慰，末了将电话打给我，叮嘱我一定抽空去陪母亲，暂时瞒着弟弟的病情。自此，每天下班，我都快马加鞭赶往弟弟家陪母亲。

初夏的傍晚，天有些阴沉，要下雨了。远远望过去，母亲窗户亮着灯，昏黄的一点点亮光。敲门，没人开，再敲，门仍然紧闭，又敲一遍，屋子里寂静无声。母亲住在一楼，绕到窗边往里瞧，客厅里灯暗着，亮起的是过道里的廊灯，小小的光晕映得屋子里昏黄一片。屋子里整整齐齐，平素里母亲常坐的沙发上空无一人，再往里看向厨房，昏暗的房间里也丝毫看不到母亲的影子。卫生间和卧室的情形看不到。忽然，一个不祥的念头闪过我脑海，母亲常年血压偏高，也曾经因为脑梗死进过医院，该不会是……我不敢多想，急忙折回门口再次使劲敲，依然没有回应。脑海里，全是母亲跌倒在卫生间地上的画面，我有想哭的冲动！

先生安慰我“天刚黑不久，灯开着，说明没事，或许出去了呢？别急，我们找找。”对呀，我疾步到邻居婶婶家敲门，说明来意，婶婶告诉我，下午她一直和母亲在屋子里聊天，到晚饭时才从母亲家离开，她离开的时候，母亲好好的，没什么事。听了婶婶的话，我的焦虑没有丝毫减轻，年老的母亲腿脚不好，记忆也逐年减退，独自出门，稍远一点的路程，她都会找不见自己的家。我的老母亲呀，天都黑了，你到底去哪儿了？

起风了，我迎着微凉的风，匆匆往小区外奔去，心里充满了恐惧和绝望。“那不是妈么？”先生的语气里满是欣喜和如释重负。我顺着他指的方向看过去，远远的，路灯下，母亲正蹒跚着往回走，风掀起她满头的白发。我赶紧迎了上去，接过她手上拎的东西，搀起她的胳膊一迭声地埋怨。母亲歉疚地笑着答我：“估计今天振利（我先生）要来，他爱吃干捞面。我早早和好了面，炸了辣酱，发现冰箱里没有韭菜了，趁天没黑透，就出来买些。干捞面调了韭菜才香呢！”我从母亲手里接过的塑料袋里，装着一捆新鲜的韭菜。

一时间，心里五味杂陈。我默默地搀紧了母亲的手臂，陪她往回走，眼角却不觉沁出了泪。

母亲向来重男轻女，唯一的儿子病了，那夜她目睹了儿子发病时的样子，这几日，于她，是怎样的煎熬？每天见到我，听我报喜不报忧的安慰，她也只是喃喃地随声附和，之后再不主动多问一句。起初，我们大家都担心弟弟这一病，母亲万一承受不住会倒下，但连日里的陪伴，我竟丝毫看不出母亲的虚弱。事实上，母亲的表现比我们预料的好太多。一度，我还偷偷和姐姐聊起，怀疑母亲老得情感迟钝了，麻木到不知道担心难过了。我像对待不谙世事的孩子般，只见她安康，不见她悲喜。

“昨晚上没见你来，估计你学校有事。”母亲像是随意说道。“嗯，昨天下班到家有点儿晚，实在太累，中午给你打过电话，也没啥事，就没来。”我急忙回答。“嗯，忙你就去忙，乏了就不用来，我好着呢！”母亲的话听上去很轻松。

聊天间，母亲已经端上了一碗香喷喷的干捞面，边抄匀边递给了先生。我和先生低头吃面，母亲静静地坐在一边看着我们。“你今天给医院打电话了吗？国子（弟弟小名）好了么？”母亲犹豫着问道。我抬头看她，神情里满是小心翼翼。见我看她，母亲有点难为情的样子，忙解释：“今天你婶婶问起，我就问问你，到底咋样了？”看着有点慌乱的母亲，我心里一阵难过。记得有人说过：“当你发现你的父母对你说话开始变得小心翼翼的时候，他们就真的老了。”母亲的衰老，是我早就知道了的，但什么时候，我让母亲如此惧怕了呢？母亲不过是想天天得到儿子病情的消息，她清楚地知道，年老的她其实此刻什么也不能为儿子做，时时的追问和担心不过是给儿女平添烦恼罢了，所以她努力克制住自己，不问，不说，但心里的牵念却没有一刻停止过。老迈的母亲不会从老年机里找寻儿女的号码，我是她此时唯一能够见到的人。母亲天天盼我，也不过是盼着我带给她弟弟的信息。

望着灯下的母亲，瘦小，苍老。不知怎的，我脑海里忽然闪现出小时候的夜晚，村里常常停电，母亲点了蜡烛，看我在如豆的烛光下写作业。烛光映照着母亲年轻的脸，那么美！

（选自《塞上》2020 年第 1 期）

大武口的普通话

常惠琴

常惠琴（1948—），女，宁夏惠农人。宁夏作家协会会员、石嘴山市诗词学会副会长。在《朔方》等公开及内部出版物上发表作品85万余字。报告文学《一团熊熊燃烧的烈火》荣获中国报告文学学会全国征文三等奖；散文《奔向青海湖》荣获《散文选刊》“华夏情全国诗歌散文邀请赛”散文类一等奖。

大武口的普通话虽然不及广播里的那么标准，却自成风格，既不像宁夏人说普通话，也不像内蒙古人、陕西人、上海人说的普通话。好长一段时间，我都很纳闷这种语言和语气是如何形成的？

1969年中师毕业后，我来大武口看望同窗好友。那时，因为有九〇五厂和石炭井矿务局、洗煤厂的存在，就有了一条仅有的刚刚修好的抬眼就能望到头的柏油路，在荒漠和星星点点房屋的陪伴下，平坦、寂静而安详。满街不见几个人，我与几位同学脚踏一路晚霞，抛洒一路欢歌，惊飞了路旁枝头的几只小麻雀。

同学们分别住在叫什么“几百户”的居民点，土坯垒砌抹着白灰的房子里，大家疯狂地聊，疯狂地笑。

1974年，婆母搬家到大武口，每隔几个月，我就能去一次大武口。路还是那条路，街还是那条街，所不同的是银北地区革委会办公大楼耸立着三层高的“工”字形楼，灰绿、灰粉色的水刷石墙面，由锅炉房送入各房间暖气片的丝丝暖气，以及楼后面几排一砖到顶宽敞明亮的革委会干部家属房，在阳光下流溢着一种令人感到骄傲和激动的色彩。“工”字形大楼门前院内，我与家人兴奋地拍照留影，拍下满院绿树红花，拍下大武口最醒目的亮点。

1984年，因工作调动，我有幸在这座楼里上班，从此，与大武口长相厮守。这时，大武口的大街已增加到六七条，楼房、平房也增添了不少，一座小城的粗线条框架已经呈现在这片厚实的土地上。

不知什么时候，我惊奇地发现，两个孩子改变了宁夏口音，活脱脱一口流利的普通话。侧耳听听，大武口满街的青少年，全都在说普通话，尽管父母们操着一口地道的宁夏话、上海话、浙江话、河南话还有天津话！大武口的普通话，虽然不及广播里的那么标准，却自成风格，既不像宁夏人说的普通话，也不像内蒙古人、陕西人、上海人、河南人、天津人很多外省人说的普通话。好长一段时间，我都很纳闷，这种语言和语气是如何形成的？莫不是冥冥之中有什么在指

点……

不知什么时候，我又发现，在大武口，不仅仅是青少年和儿童，连一些过去一直说着宁夏话、内蒙古话、上海话、天津话、河南话等家乡话的人们，都在说着普通话，而且，我也不知不觉地加入了这个行列。张口普通话，已成为大武口的一种时尚和风气。细细咀嚼，这是一种比五湖四海人们说的普通话都要接近标准的、都要好听的普通话，一种将各地优点加以孕育而生的优质普通话种，就像不同肤色血缘很远的父母所孕育的新一代，父母的优势、长处都在他们身上发扬光大。

又不知什么时候，我惊喜地发现，从五湖四海前来支援边疆建设的人们和宁夏土生土长的人们，都在相互影响着，渗透着。向来不爱吃鱼也没有吃炒菜习惯的宁夏人，学着外地人的样儿，不但吃鱼，吃炒菜，而且把海味端上了饭桌。不习惯开怀畅饮，不会划拳的外地人，也在猜拳行令憨厚款待着亲朋好友，一桌子炒菜中，加一盘宁夏人好吃的猪肉炖咸菜，几碗羊肉揪面片，吆五喝六之中，酣畅淋漓地把酒杯高高举起……

一种独具特色的移民文化，在大武口地区发酵着、膨胀着、筛选着、优化着、组合着……

当我发现了这一切的时候，大武口已经大大地改变了模样。我居住的三层红砖小楼房，已成长为五层之高外贴白瓷砖嵌有铝合金玻璃窗的新式楼群。底层，由住户们改造的小型商业房，变为二层豪华气派的商业楼。楼下的土路人行道，变为红砖铺设又变为五彩釉面的砖道。马路对面，从无到有，从两三家卖菜的小地摊、低矮简陋的铁皮营业房，到瓷砖贴墙面、水磨石贴地面的营业房，又到兴建了五层楼的经营水果、副食、百货的综合性市场，中间又兴建了大棚肉菜果市场。

单线的青山路早已拓宽为双线。星星点点的平房，逐渐被新颖别致的楼房所代替，流光溢彩中闪烁着现代化的气息。楼房与平房之间，平房与平房之间，柏油路、红砖地面欣然代替了昔日的沙土路面，将坑坑洼洼的过去轻巧地掩埋。

市志记载：1970 年，大武口兴建了 5 条街道。1980 年兴建了 9 条街道，拓展了朝阳街。1990 年兴建了 12 条街道，改造拓宽了 8 条街道。80 年代建了青山公园，90 年代建成了森林公园、三湖水上乐园、和平鸽广场等 6 个广场……

一行行枯燥单调的数据中，大武口前进的脚步声，在美妙地脆响，大武口发达兴旺的迷人景象在亮丽地闪现，合着新时代的节拍，移民文化的品位在不断地提升。

漫步大武口街头，从四面八方移植而来的槐树、丁香、新品种绿草，都在兴奋地舒枝展叶。和平鸽广场上演出的具有江南、塞北、黄河流域以及宁夏地区特色的歌舞、曲艺、秧歌等汇成了气势磅礴铿锵有力的交响曲，飞扬在独具特色的大武口普通话的声声赞誉中，飞扬在小草树木的枝枝叶叶间，飞扬在一条条街道的不断延伸拓展中，飞扬在一座座高楼的雄伟屹立中……

（选自散文集《深情石嘴山》，新华出版社，2003 年）

母女俩的时光

曹吉芳

曹吉芳（1975—），女，宁夏平罗人。石嘴山市作家协会理事。2017年开始写作，已在报纸杂志发表文章200多篇，散见于《银川晚报》，多见于行业报纸杂志，有作品入选《石嘴山故事》系列丛书。

瞥了一眼门外，发现母亲又来了。不用说，肯定是送菜来了。母亲提着一个蓝色的购物袋，身子倾斜着。

只是，母亲袋里的菜有些特别：一个带疤的茄子；几棵耷拉着脑袋的菠菜；几条失了水灵的黄瓜，绝对还有一个头大脖子细的茭瓜。母亲的手提袋，貌似机器猫的大口袋，啥都能掏出来。

接过母亲的手提袋，我迫不及待打开，一个水果萝卜正羞涩地看着我。我扒拉出来，一圈一圈剥了皮，啃起来。萝卜不再脆爽，但很绵软。我一口接一口啃下去，母亲看着我，满眼的慈爱。

过不了几天，母亲便会骑着她那二八自行车来看我，顺便送菜。去年，我把自己骑了没几天的二六送给母亲，母亲再三推脱不要。我知道母亲的心思，她怕我没了自行车，万一用时不方便。我告诉母亲，我太忙了，骑自行车费时费力耽误事。在我的劝说下，母亲勉强收下可又束之高阁了。我问及此事，母亲说她的二八利索，蹬一下跑几圈，不像我的二六，干蹬不转。其实，我知道母亲的底细，新衣服留在过年穿的意识，已经深入骨髓。

也曾经和母亲说过，给她办一张老年卡，别骑车了，坐公交。母亲一口拒绝了，说公交得等，哪像她的自行车，抬脚就走，想上儿女家就上儿女家，想上你姨妈家，就去了。母亲说得那么美气，我也就由着她了。

早几年，我建议母亲骑电动车。母亲说，跑那么快干嘛！骑自行车稳当。近两年，周围熟悉的老人，因为骑电动车出车祸的比比皆是，又因为照顾老人，子女间嫌隙横生的也不在少数。现在想来，我妈是既聪明又懂事，不愿给自己和儿女找麻烦。母亲处处小心谨慎，一生不曾轰轰烈烈，但过得很安稳。

这几年，我守店脱不了身。来店里看我，成了母亲的常态。母女俩坐在桌子前聊天，母亲有什么烦心事都会对我说。其实母亲的烦心事，无非是和同龄人比较滋生的，有老小孩的味道。面对七旬老母，我就把她当成小孩好好哄着，哄着她往开里想。母亲呢，经过我的开导，离开的时候，脚步很轻松。

其实，母亲一直是一个豁达的人。年轻时，每次和老公吵完架，我就不给他做饭。要是被母亲知道了，就扯下脸狠狠训我："他干那么重的活，你竟然不给他做饭，太不像话了。"我不服气地回敬："人家妈给女儿撑腰呢，你倒好，胳膊肘往外拐。"母亲说："你年轻不懂事，我可不糊涂。错在你，我不能由着你错下去。"那些年，感谢母亲的及时敲打，没让我走偏路，才有了现在的幸福生活。有时窃想，遇到这样的丈母娘，真是老公的福气。

母女俩聊天时，常常被打断。母亲知道我忙，来了也不肯久留。走时不忘了嘱咐我，不行就别干了，钱有多少够呢，身体要紧。出了门，不忘了再补上一句，文章也别写了，又费脑，又费眼的。

母亲一生节俭，对人实诚。弟媳妇卖剩下的菜，她不辞辛苦地骑上自行车送给亲戚。我不想拦她，今非昔比了，亲戚们不差买菜的钱。但那不光是菜，是母亲的一份心意。

有时，我会忍不住想：母亲不在了，又有谁给我送菜呢？但那母女俩聊天的美好时光，将永远留在我的记忆中，温暖我的余生。

（选自《银川晚报》2022 年 5 月）

惠安大街的前世今生

梁永贵

梁永贵（1971—），宁夏惠农人。宁夏民间文艺家协会会员、石嘴山市民间文艺家协会理事。作品散见于《宁夏日报》《共产党人》《青年文学家》《北方文学》等报刊。

巨幅的变迁

我喜欢散步。

喜欢到户外领略大自然神奇美妙的变幻，如星、似虹……

喜欢春的温情，夏的热烈，秋的丰盈，冬的桎梏，似诗、如歌……

喜欢山的威严，水的明快，人的灵动，物的殷实，一若年少，那明亮的眸子……

然而，让我感到能使心灵慰藉、爽朗的好去处，要数惠安大街了。

惠安大街是宁夏石嘴山市惠农区，我故乡老城区改造的一大杰作，曾经是半截排涝泄洪的干沟梢段。

散步惠安大街，心情总在沉醉中

今年的仲夏之夜，我隔三岔五就到新打造的新型滨河园林城市惠农，一条叫作惠安大街的马路来散步。

当夜幕降临，月光挥洒时，两行路灯明珠般地闪亮在大街的上空。绿玉样的树，在设有盲线、彩砖铺成的人行道上向着远方伸展开去。逛夜市的人，遛狗的人，健身遛弯和赏景的人……三三两两各具神情，都比较惬意。

大街在路灯红绿灯车灯的作用下宽敞而明亮，车辆好比游鱼，序而不乱地游弋在这条无波无浪的河里，两旁是商户及彩灯点缀的楼群，像河的护岸，观赏置身其中，感觉真美!

这条大街有4个车道、2个自行车道和2个人行道。一道铁隔栏从路的中央把南北相向行驶的车辆隔成法定单行线上的文明行驶，斑马线等交通标志也在灯光的作用下，荧光闪亮，格外清晰，引导着大大小小的车辆和行人安全前行。

大街两侧，商铺串成一线，门前“三包”，井然有序。

那旧街弯弯曲曲的巷子里，老字号的作坊也在这里设有专卖店，门前的客流量，不比超市逊色。

公益电子大屏变幻着文字图景，将政策法规和信息传递给人们……

这里，楼群林立，最高的超过了20层。差不多的建筑都配有彩灯，将物体点缀得格外亮丽。远远望去，与天上的银河相媲美，分不清哪是天上哪是人间!

远处的塔吊，像纤细的手背，在楼宇间伸来移去，蘸着云彩绘画，我知道，生活中尚有许多的事还不尽完美，需要补白着色……气锤铿锵的声音时不时由远及近地传来，我更明白，美好家园建设的根基就需要这样夯实……

城市建设在循序渐进，这座小城越来越显出塞上边陲特有的魅力!

由好望角向北望去，商家更加密集，东西南北商厦林立。到惠农来集中购物者，差不多都在这个大片区搞定。

过滨河大道就是黄河公园。在这里，观河一线天，赏水万片粼，你会想到黄河古渡石嘴子，羊皮筏子摆渡生计的情景。联想迄今，大桥横架东西，宁蒙隔河相望的历史早已成为过去。跨省跨界，走亲访友只不过十来分钟的事。这里，有石嘴山市第一人民医院，内蒙古自治区的乌海市、鄂托克旗等地方的患者，差不多都要到惠农来就医，而且医保也予政策享受。当行进在大桥上，看着宽敞的大河，想起那首《我的祖国》，总是感慨万千。

由好望角南下，过政务大厅和世纪家园，是由昔日的园林场改建而成的惠安公园。这里设有湖泊凉亭、儿童乐园、健身路径及其它公益设施，处处绿柳成荫，花繁叶茂。人们在这里赏景、健身、唱歌、跳舞，松弛着工作的心情，享受着丰富的精神文化生活。

大街下，曾经是一段与文明卫生城市建设极不协调的大排水沟

我们不难想起，脚下踩着的惠安大街，曾经是一条号称“三排”（即宁夏北部第三大排水干沟）的一截约有 3 公里的沟段。每到春夏秋时节，这里污浊横流，臭气熏天，是治污排涝的一顶愁帽子。

这段沟，自南向北护送洪涝入河，由北向南迎接着平罗、大武口、贺兰等地顺势而下的洪涝过往，是自治区级排涝系统工程的重要组成部分，每一处水利设施都受法律的保护，每一锹土都系着建设者们的汗水。

这沟，全程百余里，惠安大街建设所替代的，是一截与当地经济社会发展不相适应的泄洪排涝的水利设施。沟道的东侧是园艺镇、林业站，西侧是老城区和园林场。现在，全部纳入了城市南扩规划建设的蓝图。有的更新了管理机制，有的转变了服务职能，有的进行了优化组合，都服务于滨河园林城市。这一经济社会建设大局的科学定位，为人们的美好生活开路。

据考，没有“三排”前，这里湖泊星罗棋布，杂草丛生，蛙声脆鸣。百鸟繁衍生息，野兽出没，遇上连阴雨天，洪涝成灾，河水泛滥，历史上就曾有过不少水患发生。民间传说中，这一带曾是妖魔鬼怪盛行之地。

“三排”开挖后的数十年间，沟堤滑坡，泥牛阻水现象时有发生，在地质结

构上，这一带曾经是黄河的古河道，地下流沙大。从古地名讲，里西河、外西河、河坝、西河桥、底埂、石嘴子等老地名，既是远古岁月的留痕，也是研发农耕的标识。燕窝池、高庙湖、红柳滩这些地名说明这里曾经是片湿地。

在民间，有这样的歌谣：“石嘴子山呀两头子尖，东靠黄河西靠贺兰山，年种年收水呀水浇田。宁夏川平又宽，东靠黄河西靠贺兰山，金川银川米呀啊米粮川……”足见，这片热土，风光有多秀丽。

上世纪五十年代，在党和政府的号召下，几万劳动大军从四面八方汇成南北一线，人工开挖了这条连通惠农、平罗、贺兰三县泄洪排涝的著名干沟。沟道的开挖，使东西两岸的万顷良田地力增强，产出率逐年提升，养育着勤劳勇敢的两岸人民。

励精图治，且看挥就大手笔

历史不会忘记，曾经的“三排”梢段，也是城市排污的唯一通道，小孩们溜冰的乐园，蚊虫类繁殖的温床。过去，“三排”惠农城区这一段，每当河水涨起，排水沟水位随之上涨，市民们的生命财产和园艺、尾闸、乡镇住户、粮田等面临威胁，防汛坝和倒灌工程曾经修到了与附近居民窗门等高的位置。

这里，前些年尽管处处巡河宣传，但时不时就有青少年溺水身亡的消息传开。

早先，“三排”水质清纯，曾有鱼虾、田螺、贝壳、泥鳅，甚至水鸟在此繁衍生息。近年来，随着经济社会的发展，“三排”上游企业增多，水系被严重污染，莫说鱼虾，就连水草也不肯生长了。生态失衡现象已经向人们做出警示：污染＝自残＝犯罪！

2004年区县合并后，针对城乡统筹发展、资源枯竭、产业转型升级、移民入住、人口增多、塌陷区人口搬迁、老城区改造等一系列重大问题，区委区政府曾提出凝心聚力，倾力打造新型滨河园林城市的兴区理念，以“敢打硬仗，善打硬仗，打赢硬仗”的人文精神，使城市面貌焕然一新。

一条由“三排”梢改道转换而来的交通工程——惠安大街，在这种大背景下脱颖而出，人们本着“绿水青山就是金山银山”的理念，加强环境治理，有效扼制污染源，推行河长制，进一步完善管理体系，大沟变大街，惠农人用勤劳智慧变了个戏法，完成了一项了不起的创举。

“三排”，在这里拐了个弯

惠安大街取代了“三排”梢段，那么，“三排”又移到了何方？

在西河桥与园林场交界处，我找到了答案。“三排”在这里转折由西向东，穿国道109线，过新区过滨河大道与五排水沟并流入河，全程3公里，有效缓解了城市排污和用地紧张等问题。

在解决这些重大问题的同时，许多后顾之忧也迎刃而解了。

曾经横跨“三排”之上的安乐桥，连接着国道109线，是十分重要的水利和交通设施。它曾为国家建设、地方经济发展付出过巨大代价，做出过卓越贡献。随着“三排”改道，惠安大街的出现，结束了它抗衡重量、连通城乡的历史使命。新安乐桥以新的面孔横空出世，在“三排”改道与国道109线交会处竣工，时代赋予了它新的使命，那便是：固守人文盛名，传承历史文脉，再展建设宏图！

延伸段，纵情书写新篇章

在“三排”改道拐弯处，新建有一座跨“三排”的大桥——惠安大桥。

由该桥向西至同城化干道2.16公里的行程，就是惠安大街延伸段。这段路与惠安大街一脉相承，也是4车道配套建设，统筹管理，级别与惠安大街同等之高。南侧是尾闸的千顷良田，北侧是西河桥阳光家园和惠农三产创业园。这里，依山、傍水、抗涝，是城乡居民二、三产业开发的好地方。如果继续向前延伸，穿过红果子宝马村即可对接京藏高速公路出入口，发展潜力相当大。

这段路，任由路灯、树池、人行道和盲道铺设，车辆和行人依然可有序行进，只不过多了些郊外闲散的空间和情趣。穿行在这里的田块地档间，凉风习习，阵阵清香，一若品茶，甭提多爽。到这里散步，赏田园风光，观三产园建设佳景，品农家生产生活情调，体验养蜂酿蜜人的生活乐趣，有兴致的话，还可在人行道旁的柳荫下，打打太极拳，边走边吼吼大秦腔，漫漫花儿……

惠安大街的问世，结束了这里寝食难安、怨声载道的历史，开启了惠农城区综合治理、经济社会快速发展的新局面，是新世纪惠农老城区改造的精彩之笔。

（选自《作家天地》2020 年第 3 期）

我的老师母亲（外一篇）

谢　丽

谢丽（1974—），女，宁夏西吉人。宁夏作家协会会员，鲁迅文学院首届公安作家研修班学员。作品散见于《人民公安报》《宁夏日报》《朔方》等报刊。先后在石嘴山市公安及宣传文化系统工作，现就职于黄河出版传媒集团。

母亲是一名小学教师，30 多年的教学生涯，使她对教育事业有一份至深至敬的热爱，母亲的这一份执着贯穿着她的生活也深深地感染着我们兄妹。母亲是从山乡的沟沟壑壑里一步一个脚印地走过来的。那时候，几间破旧的平房，几套高矮不一的桌凳，十几个孩童，一圈低矮的围墙，就是一个校园的全部。母亲就以校园为家，我们兄妹更成了校园的孩子。

夏天，在教室里上完课后，母亲就领学生们到校园的空地上听写生字。我们总是高兴地抢先为自己圈一片大方块空地，趴在地上，认真听写，直到方块写满为止。虽然没有多余的粉笔，但我们每人都拥有一支最耐用的笔——墨棒，就是从电池上取下的石墨。写完后，手和脸染得黑黑的，院子也画得黑黑的。母亲耐心地一一检查完毕后，总会露出满意的笑容。直到现在，每每看见废电池，我总是舍不得扔掉，要知道，小时候能拥有一支墨棒该是多么高兴啊！后来，当我坐在大学校园宽敞明亮的教室里时，仍会时时忆起小时候的快乐时光。试想，一位年轻的女老师，领着一群天真的儿童，以蓝天白云为室，以大地为纸，以棍为笔，在阳光下读书写字，该是怎样的一份浪漫！可在当时这的确是节约纸笔又培养兴趣的绝好办法。

冬天，教室里缺少煤炭，我们是围着炉子，在母亲的宿舍加办公室里度过的。有时候，母亲还领着我们去山上拾柴火，一边背诵课文，一边讲故事，在欢声笑语中不知不觉就解决了几日的取暖问题。现在回想起来，我真的佩服母亲是多么会巧妙地捕捉孩子的心理，使我们在困难中不仅没有感到苦涩，反而却感知了一份在课堂上无法体味到的乐趣！

除了勤俭节约之外，母亲还挪出本就十分紧缺的工资购置铅笔和纸张，有时接济家穷的孩子，有时会当作奖品发放。那时，我们争先恐后、争分夺秒地学习，目的只是为了得到一支铅笔、一本作业本的奖励。想起来，那时候我们想学习却没有条件，想想现在校园里的孩子，教学条件那么好，可就不愿意好好学习，真是难以言说。

母亲在做好一名教师的同时，也把学生当成了自己的孩子。记忆中，我和同学们总是一样的待遇。那时，由于是在民族聚居区，乡亲们的思想比较保守，很少有孩子上学，尤其是女孩子更不用说。母亲便主动上门做动员工作，开始时常吃闭门羹，后来乡亲们和母亲相处久了，都在夸奖母亲的为人，也就主动将孩子送到学校，母亲便倍加爱护。班里有了一两个女孩子，自然就成了我的好朋友。闲时，母亲就给我们一起梳头、扎蝴蝶结、编小辫……

每逢开斋节等节日，热情好客的回族大娘们就端来可口的饭菜，这是对母亲辛勤工作的认可和最朴素直接的感谢。后来母亲工作调动，许多乡亲赶来送行，学生们抓住老师的手不放，我更是大哭着埋怨母亲，不肯上路。

到了条件较好的学校后，母亲更加珍惜这一切，把更多的精力投入到教学中。记忆中，母亲总是一幅忙碌的身影，备课、讲课、批改作业、烟熏火燎地做饭、争分夺秒地干家务，从未有过多的休息时间。针对有的学生接受能力好，课堂上“吃不饱”，有的后进生“吃不消”，母亲便把他们留到家中给“开小灶”。1998年，母亲很器重的一名叫马俊的学生考入了中央民族大学。临行前，马俊前来看望母亲，母亲高兴得不知所措。元旦时，收到来自中央民族大学的贺年卡后，母亲显得格外激动，一个劲地念叨着要回寄一张。我说元旦已过了，咱们明年早点寄去，母亲这才答应着，小心地把卡压在玻璃台下，同我们兄妹的并在一起。

30多年的教学生涯，母亲已是桃李满天下，常常会有各种不同身份的人来看望母亲，有军人、学生、干部、职工、农民、商人，有的母亲已认不出来了。他们都是母亲曾经帮助和资助过的。每当这时，母亲总是激动不已，忆古追今，仿佛又回到了当年的情景。我也常常会在一些场合碰到陌生人向我问及母亲，转达对母亲的感激之情。他们都记着母亲当年一支笔、一本作业本的帮助。1989年，母亲被评为全国优秀教师，在自治区参加了表彰会。那年，母亲又得到了一枚宁夏回族自治区四十周年大庆荣誉纪念章。我将奖章摆放在家中醒目处，母亲总会悄悄地收起。

如今，母亲已退居教育一线，依然是“廉颇未老”，时时关心着学校的情况，念念不忘过去的教学生涯。作为女儿，作为母亲的学生，只有我才理解母亲的心情。母亲早已将教育事业和自己的生活紧密地连在了一起，谁能忘记艰苦岁月里自己的生活经历呢？那是母亲对曾经用心投入和付出过的教育事业的发自内心的热爱，也是一份对生活的眷恋之情！

（选自《宁夏公安》1999年第11期）

花儿为什么这样红

因痴花，大学实习便在诸多课题中选择了花卉。师傅是位可亲的老者，满腹花经，也许沾染了花的灵气，看上去很有些仙风道骨。见了我们，便说："孩子们，养花很清苦。"吓唬什么？我有些不以为然。实践之后，才知做一名"护花使者"远非想象中的浪漫洒脱。经腐熟的粪肥臭气熏天，将它们小心铺入花池后，还需用小铲翻埋入土，玫瑰似乎并不"领情"，每每将手刺划得经纬纵横。浇水则更不易，得深谙花的习性，依季节、气温、花龄等来确定浇水量和次数。每日浇水时自然是汗水、肥水一同洒。待遍身泥污，精疲力竭下班回宿舍，还需动手做饭，这就让我们这些被象牙塔内的和风细雨沐浴得近乎飘飘然不食人间烟火的学子，更增了份柴米油盐的家庭主妇之苦。却正是这些清苦，似骄夏清凉的雨丝，冲涤我心

灵深处的浮躁，让我走出浮华和安逸，接受自然和社会的暗示，潜心感悟生命的创造。晨曦熹微，花池中亲手培育的鲜花垂首含羞，泪光点点。温馨的康乃馨象征博大的母爱；高贵的玫瑰预示纯洁忠贞的爱情；清秀的百合高洁素雅；鹤望兰凌空欲翔，马蹄莲卓尔不群……置身众香丛中，一股彻心的愉悦漾及全身。

我们将鲜花采切下来包成花束，做成插花品，或扎成花篮、花束等，望着满心欢欣的顾客归去的背影，心底油然生出一种语言无以表述的满足，这是那置身于琳琅满目的货架前或者流光溢彩的繁华中所不能体味的感觉，也就是在那一刻我真正理解了“清贫为傲，勤耕为豪”“但行好事，莫问前程”的内涵，我读懂了老师傅面庞的微笑——坦荡、祥和、安静……曾经很多次，我看见过这样的笑容，那是在硕果挂枝、丰收在即农民喜悦的脸上，在救死扶伤、妙手回春的白衣战士脸上，在桃李芬芳的园丁脸上，在驰骋疆场、战功赫赫的公安民警、解放军战士脸上，在挥汗如雨、不辍劳作的工人脸上……

我终于明白了花儿为什么这样红。

（选自《朔方》1998 年第 10 期）

佳境有约在平罗

蒋振邦

蒋振邦（1939—），宁夏贺兰人。中国作家协会会员。笔名人之初、鱼希水等，出版故土小说选《情债》《沙湖情缘》。出版文集《说古论今话道德》《塞上情思》《故园》《岁月宁大》。出版论文选《编辑论道》、电视剧剧本《喜从何来》等。发表论文《走出混沌、开拓新路》等50多篇。有9篇论文入选全国专业性会议，并多次应邀出席学术研讨会。

“春色满园关不住，一枝红杏出墙来。”古人的这两句名诗，用来描绘宁夏平罗县的古今佳景，再形象不过了。作为历史悠久的平罗城，西傍巍巍贺兰山，东依滔滔黄河水。远在4000多年前，即新石器时代的后期，就有先民在这里耕牧、繁衍、生息。秦属北地郡，汉建廉县，唐设警州，宋置定州，明置千户所，清平罗、新渠、宝丰3县。在历史的长河中创造了灿烂的文化遗存——古代文物建筑令人惊叹，自然天成的景观让人叫绝，从而为旅游提供了丰厚的文化资源。

笔者有幸在平罗工作22年，对于平罗珍贵的文化遗产、自然景观以及相关的趣闻轶事，耳闻目睹颇多，愿记录在此。

雄伟壮观的玉皇阁

平罗玉皇阁，位于平罗县城北部，是宁夏最大的道教寺院之一。它占地面积4200平方米，其砖包台座南北长105米、东西宽40米，分为4级，由南向北渐次升高，最高建筑约 26 米。其建筑风格极富民族性，特点鲜明。虽然玉皇阁是两个时期所建，但高低楼阁互为衬托呼应，回廊飞桥如金丝银线，将所有建筑连成一体。其造型独特，规模宏伟，工艺精细，高楼气势宏大，小阁玲珑剔透、主体突出，陪衬亦错落有致。其阁内所有殿宇，尽为雕梁画栋，或雕刻花卉兽禽，或彩绘山水人物、历史故事，刀笔洗练，功底深厚，具有很高的欣赏学习价值。登上最高层三母殿，可凭栏眺望巍巍贺兰山、滚滚黄河水和县城全景。故此，人们常说，到了平罗城，不登玉皇阁，犹如到了泰山而未观日出一样，将留下终生遗憾。新中国成立后，党和人民政府十分重视玉皇阁的保护工作。1959 年在此处成立平罗县展览馆，派专人管护。1963 年 2 月 21 日，宁夏回族自治区人民政府将玉皇阁定为区级重点文物保护单位。自 1979 年以来，平罗县政府先后进行了三次修复，并将其山门前的空地辟为“玉皇阁公园”。经过 10 多年的不懈努力，小桥流水、亭阁小径、绿荫芳草，成为民众受益的喜乐公园。现在的玉皇阁，与 20 世纪 70 年代前相比，反差十分强烈。我保存着一张 20 世纪 60 年代初拍下的照片，片头题有“自治区文物保护单位之一——平罗玉皇阁”字样。对照 2000 年 8 月 14 日《宁夏日报》刊出的照片，不可同日而语。我手中的旧照片，前面小窗洞开，面目苍荒，连房上的覆瓦也破损严重，给人一种残破不全的陈旧感觉……

“中国一绝”在沙湖

如今的沙湖，美名越来越响，就像提起杭州就令人联想到西湖一样，不少外地人一说起宁夏，就自然而然地和沙湖联系到一起。

沙湖的诱人之处在于一半是黄沙，展示生态的粗犷，一派荒漠景象，茫茫 5000 亩袒露雄浑之地的原始状貌；一半是绿水，塞上江南的风光，一片水乡的秀丽，烟波近万亩，尽现温柔之梦的生动情怀。沙与水，相互依存，相映成趣。

沙湖的多姿多情，在于它自然天成，没有人工造作的痕迹，合乎当代人的欣赏情趣和娱乐取向。

沙湖有明显的地理位置优势。地处平罗西大滩，南近享誉世界的西夏王陵，西依自然屏障贺兰山，北靠太西煤城大武口，东连阡陌良田的黄河平原……其旅游价值非同一般，令人心动。

我与沙湖有缘。1957 年 2 月 16 日，《银川报》曾刊登我创作的一首题为《西大滩呀，望不到边》的小诗，记录下当时的军垦战士创办前进农场的艰苦岁月：“我永远记着那一天 / 前进农场的英雄开进西大滩 / 瞧，那雄伟的步伐 / 他们要在这里建立家园 / 送下去太阳又迎来月亮 / 拖拉机在荒滩上歌唱 / 淙淙的渠水在荒滩胸膛上流过 / 新栽的树木站立在新修的路旁 / 春天，播下了幸福的种子 / 夏天，微风吹拂着金黄的麦浪 / 收割机来回奔驰 / 人们都露出欣喜的目光……”后来，1962 年我大学毕业后又分配到平罗工作，曾不止一次地从西大滩横穿而过。在我的印象中，这里杂草、芦苇丛生，低洼、湖泊连片，当时并未留意这里竟有万亩天然湖区。当进入 20 世纪 90 年代，沙湖扬名中外，我曾试图揭开她“养在深闺人未识”的被尘封的岁月，至今并无直接佐证。然而经过查寻，还是得到了一点可供参考的线索——在平罗周围城乡一带，有个棱湖，传说当年穆桂英在这里安营扎寨时，荒无人烟，无水饮用。正当将士们渴得头昏眼花时，敌军来战，穆元帅将手中宝镜向后一扔，像闪电一样由小变大，从高空落下来，轰的一声，一个明镜似的大湖出现了。宋朝官兵欢声雷动，士气高涨，杀退敌军。穆桂英的宝镜也从此化作湖泊，后人称之为棱湖。这传说中的棱湖，就在前进农场的东南面，和沙湖所处位置基本吻合。同时，沙湖亦应属于贺兰山下七十二连湖水系，在宁夏八景中，有“连湖渔歌”一景。清朝人田霖曾赋《连湖渔歌》一首，歌云：“闻说连湖七十二，沧波深处聚鱼多。不知罢钓何村宿，一棹青萍欸乃歌。”由此可见，当年虽有美丽的自然景观，却属于原始状态，人烟稀少，荒僻得很。

历史见证钟鼓楼

钟鼓楼坐落在平罗城中心，造型独特，秀丽俏美，受到过往行人的青睐。钟鼓楼建筑在 13 米宽的方形台基上。台基下以砖石拱券成洞形十字通道。钟鼓楼外似 3 层，实为 2 层，每层楼的 4 个角，各有两个暗角，故曰“四明八暗”，共有 36 个角，72 根柱子，意为“三十六天罡”“七十二地煞”，其造型奇异，在宁夏罕见。

钟鼓楼始建年代不详，记载已有 400 多年的历史。钟鼓楼曾在清乾隆三年强烈地震中与城同毁，后与城同建，后又遭火灾，在 1914 年重建，可谓多灾多难。在 20 世纪 30 年代之前，钟鼓楼是平罗城中心最高层建筑，它亦是平罗历史的见证——有些全县性重大活动，往往将主席台或观礼台设在上面，显示了它不可动摇的中心地位……在最高层的顶部，向 4 个方向安放的大功率高音大喇叭一响，全县城的人就如同听到了起床号，开始起床，中午又变为下班的铃声，人流车流塞满大街小巷，晚上，这里一群，那里一堆，男女老少聚集在钟鼓楼不远处，听新闻，听刘兰芳的评书……

钟鼓楼饱经历史沧桑，作为平罗历史文物之一，如今受到了细心保护，周围砌上了花池，安装了栏杆，成为平罗的一大景点，吸引着游客的关注。

贺兰群峰捧古刹

平罗县古“八景”中，有一景为“佛寺香泉”。清人王以晋有诗云：“近山便有白云迎，入寺凝神听磬声。妙有甘泉供客饮，尘心涤尽道心清。”此言妙处，正是北武当庙，又名寿佛寺，位于贺兰山韭菜沟西南，距平罗县城 24 公里。

如若晴日，登临平罗县城北的玉皇阁，西眺贺兰山，妙不可言。在霞光漫飞的早晨，极目西望，那绚丽的霞光，不但染红了天穹，而且也将贺兰群峰装饰一

新。先是红色，进而变幻为橘黄色，而后又在阳光的辐射下变为淡蓝色。更令人心旷神怡的是，半坡上，宝塔耸立，庙宇廓清，呈橘黄色调，在风和日丽的中午，阳光照耀下的古刹，隐约可见，恍若梦境。

北武当寿佛寺，据载始建于清康熙癸未年，即1703年，距今有300年的历史。它的兴建，以致后来的数次扩建，才有了相当规模。先后建造了楼殿、前山门、灵光殿、观音楼、无量殿、韦驮殿、大佛殿、东配殿、西配殿、子孙殿、眼光殿、净房等。于1848年道光戊申年又建七级浮屠多宝塔一座，高约28米。寿佛寺，高阁台榭耸峙、栋宇迂回，雕梁画栋、彩绘油饰。早晚钟声悠扬，昼夜诵声不停，香火旺盛……据传，达赖喇嘛进京朝拜皇帝时，曾经路过此寺。寿佛寺是汉、蒙古族信教者共同朝拜的圣地——农历正月十五、七月十五、八月十五、九月十五是庙会之吉日良辰，善男信女和围观者如扯不断的羊毛线，山上山下，人流不绝。那些远道来的香客，稍有条件的骑头小毛驴，颠颠悠悠来朝圣，大户有钱人则骑大骡子大马，或者坐着木花轱辘轿车来拜佛。至于蒙古族兄弟，骑高头大马的，赶着羊拉着骆驼的，常常要在庙会前后住上几日。那顶顶帐篷、毡房，像朵朵白莲花，开放在寺庙四周，为庙会增添了无限情趣。

古寺有幸日，欣慰前景美。寿佛寺背靠贺兰群峰，侧面也有峻峰对峙。站在寺楼之上，居高临下，俯视银北平原，郁郁葱葱，一派水乡景色。而大武口市区近在眼前，美丽的市容市貌尽收眼底。如今交通方便，一条柏油马路直通寺庙，水电供应畅达，给广大旅游者提供了一个休闲观赏的好地方。游客观光除了庙会之外，还可欣赏巧夺天工的建筑技艺，亲自体验一下佛教传统文化，忘我地饱览塞上风光、煤城新姿，尽情地眺望层层叠翠的原野。

（选自散文集《沙湖情缘》，宁夏人民出版社，2003 年）

石嘴山的雨

路燕燕

路燕燕（1965—），女，笔名金鹿，黑龙江依兰人。石嘴山市新闻传媒中心原主任编辑。著有散文集《燕语呢喃》，曾有20余篇新闻及新闻副刊作品获奖。

石嘴山是个夏季少雨、冬季少雪的城市，终年降水量低。这都源于它地处温带大陆性气候所致。由于夏季很少看到雨，因此这里的人们对雨有一种别样的情怀。

来一场雨，石嘴山人就像见了贵客一样屋里屋外地撒欢念叨着雨的好。雨对石嘴山人也是时而缠绵，时而狂放。缠绵的雨大多在春季，不大不小，不急不慢，渐渐地、悄悄地把干渴的大地浸个透彻。受到滋润的大地也从不辜负雨的那份温情，不久绿芽便从地里、树上钻出来，接着成片成片的地绿了、山绿了、树绿了。一冬曾光秃秃的城市刹那间被绿色笼罩。披上绿衣的小城一副欲说还休的模样，羞答答地绽放着她的美丽。热情豪放的石嘴山人是绝不会放过这大好春光的，他们亲近自然的方式也从不含蓄。春天一到，这里的人们便成伙结队地奔向城外的山野寻花觅草，把憋了一冬的激情，伴着宁夏花儿的曲调撒它个满山满坡。

盛夏季节，石嘴山是个避暑的好地方，尤其是早上，整个城市给人一种吃了冰镇西瓜的感觉。但是若遇上高温天那份热也是别有风景，天上是火辣辣的太阳晒着，地上是烫手的沙土烤着，整个城市透着一股燥气。此时，人们最盼望的就是来一场雨，痛痛快快地把城市浇个透。可往往是天不遂人愿，偏偏是滴雨不下。偶尔来一场雨也没了春季的缠绵，而是带着几分狂野，甚至还有几分歇斯底里，呼啦啦连天连夜让雨水满城流淌。即使这样，石嘴山人对雨从没有厌烦感，他们依旧用洪亮的音色赞道："这雨下得真爽！"一场暴雨过后，整个城市澄明瓦亮，人们的心也有一种透亮的感觉。

石嘴山的秋天短暂而美丽。贺兰山下的火炬树、银杏树、绿松把小城装扮得色彩斑斓，星海湖畔垂柳婆娑，湖水微澜。这时的雨对于石嘴山来说从来都是不约而来，它的光临有几分道别，又有几分不舍，所以总是断断续续地缠绵一阵后，留下一丝寒意便转身离去。

今年春分刚过，石嘴山的天空便阴了起来。天气预报预告未来几天会有雨，于是人们像期待看到新娘子下轿一样瞪大眼睛期待这场雨的到来，可是老天总是不解风情，脸阴得像受了委屈的孩子，一连两天这雨就是没下。路上的行人走着走着便望望天，嘟囔道，不说是今天有雨吗，咋还不下呀？也许是念叨的人多了，老天的脸终于沉不住了，在一个黑漆漆的夜晚将雨羞答答地滴落下来。今春的第一场雨滴在了这干燥的城市，润了树，润了地，更润了人们的心。

（选自《贺兰山》2018 年第 4 期）

周有光在石嘴山当“农民”

撖学东

撖学东（1960—），宁夏惠农人，石板影雕画传承人。著有文集《贺兰山下的趣味杂谈》。

我国的语言学家、中国文字改革的推动者、汉语拼音方案的主要创制者，经历晚清、北洋、民国和新中国等4个历史时期的“四朝元老”周有光老先生，曾在我市当过“农民”。

1969年，时在中国文字改革委员会任职的周有光，被打成“反动学术权威”，下放到设在平罗县的国务院“五七”干校（位于崇岗镇的潮湖村）劳动改造。

据周先生回忆：“在‘五七’干校劳动了2年零4个月，我过了整整一年的农民生活，我觉得很有意思，还有好处。我容易失眠，到了宁夏去种田，没有脑力劳动，体力劳动竟把我的失眠症治好了，所以看似不好的事也有好的一面。”

周先生曾这样写道：“在宁夏平罗县‘五七’干校种了一大片高粱，教育家林汉达先生和我一同躺在土岗子上，看守高粱。躺着是犯法的，因为我们奉命要不断走着看守，不让人来偷；不得站立不动，不得坐下，更不能躺下；要一个人在北，一个人在南，分头巡视，不得聚在一起。我们一连看了3天，一眼望到4

公里路以外，没有人影，没有人来偷，也没有人来看守我们这两个看守的老头。我们第 4 天就胆敢躺下了。”

于是，65 岁的周有光和 71 岁的林汉达仰望天空，热烈讨论中国语文大众化问题。一次，林老问：未亡人“遗孀”“寡妇”，哪种说法好？ 周先生开玩笑似的回答：大人物的寡妇叫遗孀，小人物的遗孀叫寡妇。又说，从前有部外国电影，译名《风流寡妇》如果改为《风流遗孀》观众可能要减少一半……讨论逐渐深入，最后一致同意，语文大众化要“三化”，即通俗化、口语化、规范化。二位老先生高声地交谈，好像对着几万株高粱演讲。

看守白菜窖，他每天要把所有的白菜翻看一遍，将开始发烂的拿给炊事班去烧（炒菜）。他说：“整个一个冬天，我们从来没有吃过好菜。”这件事引发了他的“白菜理论”：烂了才吃，不烂不吃，吃的全烂。

周有光出生于江苏常州青果巷。这里出了三位致力于中国文字改革的著名学者：赵元任、瞿秋白、周有光。周有光在上海圣约翰大学就学时主修经济，兼修语言学。1947 年在美国访问普林斯顿大学时，经朋友、著名教授何廉引荐，曾经与大科学家爱因斯坦见面并聊天，他对爱因斯坦的一段话记忆深刻：一个人的一生到 60 岁为止，工作是 13 年，除了吃饭睡觉之外，业余时间是 17 年，能不能成功就看怎么利用你的业余时间。能见过爱因斯坦并与之面对面地交谈，这在中国人来讲可以说是少之又少。

周有光留学回国任复旦大学经济学教授。1952 年出版了《中国拼音文字研究》，1955 年到北京参加全国文字改革会议。会后吴玉章主任委员决定让他留任中国文字改革委员会，担任汉语拼音方案委员会委员。由于他同时懂得中、英、法、日四门语言，对语言文字得心应手。

1958 年 2 月，全国人大通过了《关于汉语拼音方案的决议》，在此之前，简化字已经推行。

周有光在北京大学等高等学府讲授汉字改革课程，他编撰的讲义《汉字改革概论》成为大学教材。他主持了汉语拼音正词法基本规划的制订，并于 1984 年发布。

1979 年至 1982 年，周有光出席国际标准化组织的文献技术会议，使该组织通过投票认定拼音为拼写汉语的国际标准，从中国标准到世界标准这是过去没有的。

2006 年 3 月，周有光 101 岁。49 岁由经济转入语言，终成我国卓越的语言学家；82 岁开始学电脑，打字、收发邮件，轻松自如；93 岁出版《比较文字学初探》；97 岁去体检，医生不相信，以为他写错了年龄，给他改成了 79 岁；100 岁，《百岁新稿》问世；101 岁则眼花耳背，但思维敏捷，行走麻利，可自行从三楼下至一楼。他幽默地对来访者说："我今年 101 岁，上帝糊涂，把我给忘了。"

人活得长，周有光就把一些他遇到的奇事转化为快乐美好的回忆。

"我一生好玩的事情多得很，比如在"五七"干校，遇到一件奇怪的事情。林彪死的第二天开大会。中午特别热，我们开会又很长，我就戴了一个大草帽预备中午用。开到大概九点半钟的时候，上面飞来许多大雁，这在烟囱多的北京看不见，在宁夏可以看见。几千几万只大雁飞来，盖天铺地，飞到我们头上时，有一个大雁一声怪叫，大雁们都下大便，像雨一样下。我的草帽上全是大雁的大便，袖子上面也搞了一点。人家不戴帽子的人不得了，大雁的大便粘得不得了，粘在头发里面，洗都洗不干净。像这样的事情，大家说要一万年才碰到一次啊。这个事情是没有多大特别意义的，可是遇到这样的一个怪事情是很难的。"

2017 年 1 月 14 日，周有光先生走完了他漫长而丰富多彩的一生。他为中国语言文字学做出的卓越贡献和他在石嘴山的峥嵘岁月永远值得我们铭记。

（选自《石嘴山故事》，阳光出版社，2020 年）

一树山桃花

樊　波

樊波（1976—），女，笔名樊冰，网名锦绣山河入梦，宁夏中宁人。石嘴山市作家协会会员，散文、小说、诗歌等作品散见于《宁夏日报》等报刊，现居石嘴山市大武口区。

惊艳，在一刹那，因了那一树粉白。

三月的一日，几位朋友约了一起徒步归德沟。说是闲，倒不如说是因了人人都道的山中景色，说是美得不可方物。因为不曾亲见，所以，心生了许多念想。人都说，看景不如听景，所以，一直觉得是人们夸大了那份美丽，住在山下二十多年不曾刻意去走近这个山后的世界，直到今天。

北武当庙作为大武口的标志性旅游景点之一，当是被周边省区家喻户晓，至于它身后依傍的那座大山——贺兰山，也是历史源远流长。贺兰山的地质历史长达20亿年，这样一段时间地质演变，不仅让贺兰山由一片汪洋挺拔为一座奇特的山脉，而且还留下了众多的矿藏资源。贺兰山山间有数个东西向的山谷，自古以来就是东西交通要道。贺兰山为石质山地，土地瘠薄，多岩石裸露，植被类型较简单，植被覆盖率较低。沿着庙门旁边的石路蜿蜒而进，一股枯寂萧瑟就漫了过来。

此刻山上，经过近些年精心栽种养护的松树，已经泛出青色，挺拔成一道风景线。酸枣树还是枯枝嶙峋，在山风中摇曳，枝上存留的酸枣，已经干瘪得失去水分，随风而逝与风同去。同行的友人随手想摘一颗酸枣，一枚酸枣刺硬生生扎进手里，估计这也是酸枣特有的生存之法吧。

我们沿着一条山沟而行，旁边被山洪冲出的石头，冲断的枯木树根，冲得变了形的嶙峋山路，都让我们慨叹“造化钟神秀”，只是过于硬朗成一种粗犷，一种随意，不与山势妥协的野蛮。人都说，水是至柔之物，在什么样的形状里则成什么样，可此刻，却是水造山势。同行的一位老师说：“这条路早都不是以前的模样了，几年前，我们走的这条路是可以通车的。”

如果说，峭壁嶙峋、山石旱寂是初入山的感觉，那当你步行一小时眼前忽而出现一汪水流，而且无法就近寻到源头，又该会是一种怎样的惊叹？周遭皆是环山，贫瘠的山上辽阔苍茫，群峰与白云相牵，不见绿色，不见活物，唯有几只似是山鹰或是雀鸟在山峰之间翱翔盘旋、啼鸣，合着泉水潺潺，给人寂寥的徒行增添了几许快意。

泉边似是有人无意插栽的柳枝，芽色青青，高低不一，东一棵，西一枝，有心无状之举，也许多年后，也会成林成荫。进山寻景，忽见泉水，柳枝青青，一汪水中，几尾游鱼嬉戏，欣喜不已。不细看，你根本看不见身体颜色几乎和水中景颜色一般无二，若不是刻意制出响声，那灵动的影子吸引了你的视线，你几乎发现不了尺拃长的生命已然在逃避危机。听随行的老师说，这种鱼属于冷水鱼，而且它适宜山中泉水这样的环境，山下的安暖它活不了，并且宜生吃，听说还能治疗几种生僻的病。说者也是听说，未曾亲见，所以，大家听后也觉得神奇。

山石旱寂寥西风，酸枣沙棘赖求生。入目无源泉水处，一汪冷雨嬉群峰。在这样一个有着20亿年地质历史的重峦叠嶂中，见到这样那样的物种都不会让人觉得匪夷所思了，只是被神奇的自然造化深深折服。

惊叹就在这样的瞬间产生了。那立于峭壁，顺着山势，一沟一沟繁茂盛开的一树一树花香，顿时将我们吸引。蜂蝶环绕，馨香阵阵扑鼻而来，我们也随香而动，或俯或跪，或蹲或仰，或闻或赏，动的，静的，激动的，震撼的，还有立于花前沉默不语的。群山无语，花香有言，都说市间今春早，也只是桃红几处，丝绦几缕，哪似山间花蝶得意，蜂舞香浓，一派春意盎然，看来，春不在星星点点，春在目尽处，春在繁茂的绽放，春在群山的沟沟坎坎，春在一树一树的粉白烂漫里。

峭壁嶙峋鬼神工，层叠褶皱不与同。远峰牵云来做客，最是花香山桃红。广阔雄浑的美在一树一树的花香里柔和了下来，沉淀了下来，山石是花的背景，花是山石的点缀，蜂绕石涧，蝶停枝头，咔嚓一下，人山一景，山花一色，春在枝头，人比山花俏。

最是人间留不住，便是这等绝色。一夜山花开，一夜风过处，瓣随风逝待来春。

一树山桃花，不论怎样的境地，兀自绽放，不论是否有人欣赏，是否捡拾，都将自己好好安放，看尽峰上云过，听尽百鸟争鸣，也不惧山间生灵为了生存的无情蚕食，挺立着，野蛮着，播撒着，等待着，盛放，凋落，将枝上的刺长得更实，把底部的根扎得更深，用尽全力迎着那个春天的邂逅！

（选自《宁夏日报》2021年4月）

朝阳西街46号

薛青峰

薛青峰(1960—),陕西大荔人。宁夏理工学院副教授。曾在《散文》《美文》《华夏散文》《散文选刊》《朔方》等报刊发表散文500余篇。作品分别获全国和宁夏第五、七、十届文学艺术作品评奖二等奖和一等奖。出版《被雨淋湿的眼泪》《回家的门》《沙湖奇景》《艺文舟楫》《移动的故乡》五部散文集。

推土机一夜之间就把自以为坚固的事物从地球上抹去了，即使是百年大计的一所学校。不到一年，这所学校的原址上就耸立起一座新楼盘，以高耸如山的姿态吸引行人的视线。考察的人群络绎不绝，房价、面积、环境、医院、学校、市场、幼儿园、交通迅速热议起来……然后，乔迁新禧的爆竹声替代了朗朗的读书声。这所学校从这条街上终于淡出了人们的视野。这里的确曾经有一所学校，我的学校。蓝底白字的46号门牌虽然还在朝阳街存在，可是已经不是我的46号了。18年来，每逢遇到新朋友问我在哪里工作，我都会说："石嘴山市第一职业中学。地址是石嘴山市大武口区朝阳西街46号。"我这么啰嗦地介绍，是因为有自豪在心中收藏。

而现在，我每次走过这里，心里都很纠结。我离开这里已经5年了。准确地说，离开这里就是体制之外的人了。我的信件，再不会寄到这里。这里的门牌号成为记忆……悲哉，哀哉。

其实，学校并没有消逝，更换了校名，换了个校址，搬迁他处了。毕竟有几十号的教职工要张嘴吃饭。只是这所学校被兼并了，被市场淘汰了，或者说被强者吃掉了。这是社会发展的大势，教育也不能例外。学校的消逝，最忧伤的应该是在这里付出青春与心血的教师。当然，这是我个人的臆想式的忧伤。学校搬走以后，校园长期空落。傍晚时分，我在校园里转过几次，想到了学校的创立者。黄昏时分守望校园，是老校长几十年的习惯。走在空落的校园里听自己的脚步声，我想，对这所学校有感情的教师或许会在黄昏时分走进来看一看。尘埃落定，辉煌以后归于沉寂，就像当初的校园是沉寂的荒漠一样。穿越记忆的墙壁，谁会想到这所城市职业技术教育的梦想就诞生在无人问津的荒漠中。

提起老校长，有几件小事让我永生难忘。试讲，考察一个人有没有能力做教师，是对教师资格的第一步验证。而我的试讲彻底砸锅了，但老校长依然相信我能当好一个教师。他嘱咐我一周以后来报到。报到的第一天老校长叮咛我许多规则、备课的方法及上课的环节。我认真听了，一一记取。一学期下来，进步不小。我想，这是老校长的特意关照，扶我上路。第二学期，学校安排我做班主任，我有些犹豫，老校长以他特有的铿锵语调对我说："当一个好教师，首先要学会管理学生。没有当过班主任的教师，是不合格的。"这是忠告，也是命令。我果然不会管理学生，班里一团糟，不会上主题班会课，老校长亲自为我上了三堂示范班会课。怎样当好一个班主任，老校长又送了我一程。

在老校长麾下当教师是一种享受。曾国藩说："扬善于公庭，归过于私室。"老校长两种方法都用，就是对你的赏识与厚爱了。有一次，晚自习值班我迟到了，老校长第二天当众批评我是怎样起共产党员的模范带头作用的？他又批评说，革命工作是怎样干的？我感到这话说重了，上纲上线，并且有些左，我突然火冒三丈，留下一句话后就摔门而去。老校长这样批评我，我受不了。过后，老校长找我谈话，语重心长。我也敞开心扉说："陈希同都腐败了，你让一个普通党员担当什么大义？”其实，我这是歪理，奇怪的是正直的老校长竟然听我说下去，竟然表现出出奇的温和。我心中那种敬重油然而生。学校不是真空地带，也不是净土。老校长把我当朋友，不谈工作了，谈起了社会上的不良现象。我知道自己错了，该怎样处罚都行，就是不习惯扣帽子。我为自己的错误而强词夺理，老校长的宽容让我感激。给领导尴尬，还想不想混下去？老校长的胸怀就在于此，从不计前嫌，不把你往绝路上逼。我把此事告诉我的同学，我的同学说："你真幸运。"我同学告诉我有这样的领导，他看着你身上有毛病，也看到你多次犯同样的错误，但就是不说，在任何场合都不批评你，并且有时候还表扬你几句，让你飘起来。终于有一天，你犯下了不可饶恕的大错，领导一脚踩下去，断了你的后路。老校长没有因为此事冷落我，而是对我信任有加了。在这里，有三种领导我都遇到了，严厉型的、微笑型的、好好型的。

那几年，学校真是蒸蒸日上，每年老校长都带领教职工外出旅游。去九寨沟，我与老校长同住一间木屋。我已经接连吃了四五天方便面了，这天早晨准备接着吃。老校长说："你吃了一路方便面，这样不行，体力消耗很大。走，跟我出去吃饭。"他边说边抢过我正在撕开的方便面盒，扔进垃圾桶。那个时候，跟着老校长走进名山大川，游览名胜古迹，大块吃肉，大碗喝酒，回来全身心地投入工作，真是性情所致，令人难忘。我扛着摄像机，拍摄一路的情景。回家抬不起胳膊，发现肿了。当时一点感觉没有，那是一种忘情啊。有一年旅游夜宿长武，遭遇地痞滋事，一个流氓扇了老校长一个耳光，老校长没有还手，谦谦君子风度超然。我想，与这些人有什么理可讲？老校长自小习练家传的太极功夫，为什么不让这些不知天高地厚的流氓吃点苦头呢？但老校长沉着冷静，用自己的身体隔开了双方的争斗，也确实多亏了老校长的沉着冷静。如果一校之长带头打架，事态扩大，怎么收场呢？后来，老师们忍无可忍，不顾老校长的劝告，纷纷握起棍棒，奋起反抗，将滋事的歹徒赶出旅馆，经历了一场“长武大战”。

我从老校长身上感悟到，一个男人若没有强烈的荣誉感，他的事业是不会成功的。爹娘送我们来到这个纷繁多变、丰富多彩的世界，就是让我们为社会扮演一个角色，并且演好。“我去搞职业教育”，危难请命，历史和时代托付老校长演好这个角色。从荒漠上的一无所有，到“从爱出发，从严要求；转化一个落后生同培养一个大学生同样光荣”的办学思想的建立，老校长完成了自己的使命。有多少学生毕业以后，始终与自己的校长保持密切的来往，经过岁月磨砺的师生关系格外纯厚，就像老校长的名字一样。

再过50年，人们还记得这里曾经是一所学校吗？昨天已成为了历史。成为历史的事，人们往往会放弃，但我常常想起职业中学。虽然后来我离开了这所学校，是因为这里的人和事全然变了味道。我总是想起与老校长第一次见面握手的情景，那绵绵的柔和之感让我回味终身。这双手柔绵且细瘦，这是在黑板上书写魏碑体方块字的手。

他严肃、严谨且严厉。最初，我有些怕老校长，看到他的严厉，我想到当军人的父亲。确实是这样，老校长有孙武精神，我以为，他当教师，实在是入错了门。而当他在校园的草坪里侍弄修剪那些花草树木时，又纯粹是一个勤劳不息的农夫了。实际上，人人都在揣摩校长。我觉得我的揣摩是到位的。我瞧着像农民一样淳朴、像军人一样严谨、像父亲一样严厉的校长，油然而生敬意。每天走进校园的时候，老校长已经在操场上摆开了太极拳的架势，几十年如一日，给了教师们多少精神上的示范。

当校长很累。他没有个人的生活，肩负着责任，对上级负责，被下级监视，被无聊者奉承着，被混日子的人群簇拥着。有一个教师戏称“一头雄狮领着一群绵羊”。多数人心中没有事业、没有梦想，也没有信仰，只有生存，有饭吃是大多数人最大的工作理由，而校长的理由则是社会责任，则是要办出一流的好学校。勇于担当责任的人精神是孤独的，校长站在时代前沿办教育，想教育，唯命是从的人们总是跟不上校长的思路和节拍，校长为此而苦恼。但是苦恼归苦恼，校长有责任教育自己的教师，他总是逼迫自己的教师读书充电。我记得，“国学热”还没有兴起时，校长带领全校教职工学《论语》，读孔子。当时，引起一些老师的嘲讽，但校长每周坚持主讲，命令大家做笔记。电脑在社会上还是时髦词时，校长就办学习班督促老师学电脑。其实，校长从来没有让部下理解自己的良苦用心，他只是这样推行，迟早大家会理解的。所以，他的辛劳就比他人多，同时，辛苦就成了他最大的志趣，他乐此不疲，停不下来。现在，他退休赋闲在太极拳的圆与方之间，赋闲在山水之间，已经不累了。

我是校长意志的受益者，因为有了宽松的环境，我可以在岗位上写作，作品发表了，校长是我的第一个读者，并且年终还会得到奖励。学校草创期，老校长身边汇聚了许多有识之士,学校鼎盛时期,这些人相继离开。天下没有不散的筵席。我是 1991 年走进职业中学的，这时，正是计划经济向市场经济转型时期，学校的生源已经下滑了，最后下滑到淡出人们的视野。但是，这是一所靠所有教师的爱心站立在社会上的学校，不管今天这所学校的校址在哪里。

老校长退休了，其他教师今后也会纷纷退休，学校的历史也会退休吗？学校搬迁了，而学校的历史应该在。学校为什么不是一所百年老校呢？一所百年老校靠什么力量走过百年呢？一所学校的创业精神为什么就那么容易消逝呢？难道时代变革真能把有些坚硬的东西磨光吗？我虽然回答不了这些问题，但我知道不能用庸俗的眼光看待一个人曾经对社会的贡献。有创业精神、有社会责任感的人什么时候都不会庸俗地活着，即使他退休，他还会找到自己为社会服务的岗位。生命不息，发光不止。老校长是典型的传统文人，达则兼济天下，积极入世。积极，是说他做事的心态积极，总是采取主动，不怕劳顿，意志坚定，百折不挠，精力充沛，精气神十足；入世，是说他独善其身依然想着天下，有了平台，创造一番事业，没有平台，努力为社会去做点事情。退休以后，他为社会作了许多公益事情。身体退休了，精神还在社会的大海里畅游。人们提到老校长，就说，哦，是职业中学的校长。

现在，帷幕落下去了。老校长在退休之前，提拔我当工会主席。可是，我当了一年，就辞职不干了，辜负了老校长的器重。但我记着老校长的好。我常常教育学生要学会感恩。这么多年，我无以报答老校长的知遇之恩，现在，就写下这些文字，表达我的感恩之情。

小时候常听母亲说，人一生能遇到“四好”，就是莫大的幸福。“四好”就是上学时遇到一个好班主任，工作时遇到一个好领导，在社会上遇到一个好朋友，成家时遇到一个好伴侣。我外祖父教私塾，我估摸这些话是外祖父告诫母亲的，母亲又当家训告诉了我。这话在我身上应验了。最少有三条是准确的，老校长既是我的老师，又是我的领导，还是我的朋友。

显然，老校长已经退休多年，不是校长了，但在我心中的校长位置是永远的。在我这里，永远的校长有着强烈的个人情愫。一所学校可以在城市的街景中消逝，而一个人在我心中却站立到永远。我没有能力不让学校消逝，但我的情感让老校长站立在心中。

今年元旦，我参加了一个学生的婚礼。大家相聚自然就回到了学生时代。学生问这问那，我都想不起来了。十八个春秋，我怎能记住在哪次班会上说过什么话，批评过谁，伤害过哪个学生。现在，学生都一一打开记忆的闸门，替我回忆着。“噢，原来是这样，那我就自罚一杯酒吧。”学生们哈哈大笑，多少年没有这样开心笑过了。

一个学生问班长，你记得我们班的十六字班训吗？班长反问道，你说最后一句话是什么？“学会克制”，这个学生回答对了。大家你一句我一句说出十六字班训，最后齐声朗诵——“学会做事、学会感恩、学会尊重、学会克制”，像当年每周一的班会课一样。十六字班训，我是根据学情、班情制定的。难得啊，这种幸福恐怕只有教师会有。一个学生与班长发生冲突，叫来外班同学打架，我批评他：“你与别人一起打自己班的同学，你真行，窝里斗，丢人不丢人啊，你。”听学生回忆往事，我感动而温暖。回忆总有尾声，一个学生突然说：“我们的学校已经不存在了，搬迁到星海湖了。”这突然的话题，让热闹的气氛也突然冷寂下来，大家都不说话了，学校没有了，大家有些黯然伤神。

我站起来说：“事物都在变化中发展。来，大家干一杯，新年快乐！”

就在昨天，一个调到西安的同事说他已回到大武口，想让我陪他到学校走走。我想告诉他学校已经拆迁了，但我不想扫老同事的雅兴，就如约而至。到了学校原址，一切都没有了，朝阳西街 46 号的门牌也不存在了，只剩下了校园上空的一片云烟还是原来的样子。同事说想见见老校长，我约老校长出来在学校旁边的“金土地”饭庄吃饭。饭桌上，同事回忆了许多往事，依稀如梦，老校长已经不记得了，但听着同事富有表演意味的回忆，老校长不断地哈哈大笑。同事回忆了他第一天报到的情景，老校长让他担任班主任，他说刚毕业，没有经验，老校长把报到通知书塞给他，说，不当班主任，就回去吧。老校长不要没有勇气当班主任的大学毕业生。这样的历练定然会收藏在一个青年人成长的记忆中，听着同事回忆往事，我脑海中也是风起云涌……

哦，老校长在我心中，朝阳西街 46 号就不会丢失。

（选自散文集《移动的故乡》，团结出版社，2018 年）

后 记

编辑出版《石嘴山市城市文学丛书》及《名家笔下的石嘴山》，是对石嘴山市建市60多年来一次文学艺术方面的全面回顾和认真总结，也是加快石嘴山文化建设、提振文化自信的重要举措。在2022年3月召开的石嘴山市文艺工作座谈会上，市委主管宣传思想文化工作的领导提出了这一课题，特别是首次厘清了石嘴山“城市文学、工矿文艺”内涵，具有高屋建瓴的指导意义。基于对这一命题的进一步思考和发掘，编撰一套系统体现石嘴山市建市60年多年来“城市文学、工矿文艺”的丛书，以兹彰显石嘴山文学在宁夏文学方阵的地位和价值，就被提到石嘴山市文联2022年工作的重要议程。

怎样把这项既体现地方文学发展历史又具有开拓性的工作做好？这是丛书编委会的每一位同志都在认真思考的问题。为此，会议研究了多次，会后又商议了多遍，同时也广泛征求了各方面意见，形成了许多共识。首先，就是牢牢把握一个鲜明的主题。这就是紧紧围绕石嘴山市市情衍生的石嘴山文学，充分彰显其在宁夏乃至全国颇具特色的“城市文学、工矿文艺”内涵。把握住这一主线，石嘴山文学在宁夏文学方阵中的价值和方位就能够得以充分体现，也为丛书编选提供了大纲。其次，就是牢牢把握全面反映石嘴山文学发展常态。建市60多年以来，石嘴山的文学事业紧随时代发展而发展，也显现出不俗的成就。据不完全统计，其间先后结集出版的各类文学作品集逾百部，这就为我们编选丛书具备了雄厚的基础，但在如此浩瀚的文库中选出具有代表性的作品，编选工作量之大，需要我们拿出大海捞针的工作精神。最后，就是牢牢把握能够代表石嘴山市文学水平这一尺度。在浩如烟海的文学卷帙中，我们充分考虑到选录本地区作家在国家核心报刊发表的作品。本着对历史负责的态度，我们还精选一部分本地区文学期刊上的作品，同时，要求每位作家只精选自己的一种文体作品。此外，对少数民族作家和女作家的作品，也多有考虑，力求能够全面反映石嘴山市60多年来文学创作队伍的状况和创作水平。

《石嘴山市城市文学丛书》及《名家笔下的石嘴山》启动以来，得到各方的热切关注和全力支持。自治区党委宣传部、石嘴山市委宣传部悉心指导，自治区文联主要领导及宁夏作家协会有关同志给予全方位的支持协调。石嘴山市委常委、宣传部部长王正儒同志为丛书作序，在宁夏和全国文学界享有盛誉的著名作家石舒清、郭文斌先生也欣然提笔作序，令人感念；许多来过石嘴山、写过石嘴山的国内名家不吝献稿，令人感佩；石嘴山市的百余名作家积极配合，选出自己最好的作品参加选编，令人感奋。在短短的几个月时间里，先后有包括国内一批著名作家在内的188人次的作家作品云集其中，既为这皇皇四卷本文学大书能够顺利面世注入了强大的文学活力，也是将其试图成为融汇思想性、可读性、艺术性、史料性和典藏性于一体的百年选本的基本保证。

文章千古事，甘苦寸心知！《石嘴山市城市文学丛书》及《名家笔下的石嘴山》从启动编撰到出版面世，前后历时近一年时间，编委会近20位来自各个不同岗位的作家艺术家，克服种种困难，精心编稿；宁夏人民出版社领导和编辑全力支持；星秀传媒的同志日夜加班加点，不辞辛劳。要做成一项卷帙浩繁的文化工程，难度之大，可想而知，加上其它方面的原因，以及编选水平有限，工作疏漏和缺憾在所难免，祈请广大读者不吝指正。

石嘴山市文学艺术界联合会党组书记、主席　丁少贵